中国报告文学理论建构丛书

报告文学文体论

李炳银 主 编
丁晓原
李朝全 副主编
郭志云 著

U0889630

河北出版传媒集团
河北教育出版社

图书在版编目（CIP）数据

报告文学文体论 / 郭志云著 . -- 石家庄 : 河北教育出版社 , 2021.11

（中国报告文学理论建构丛书 / 李炳银主编）

ISBN 978-7-5545-6595-7

Ⅰ . ①报… Ⅱ . ①郭… Ⅲ . ①报告文学 - 文体 - 文学研究 - 中国 Ⅳ . ① I207.5

中国版本图书馆 CIP 数据核字 (2021) 第 213911 号

书　　名　**报告文学文体论**
BAOGAO WENXUE WENTI LUN

作　　者　郭志云

出 版 人　董素山
责任编辑　郝建东
装帧设计　牛亚勋
责任校对　张亚楠　张翼成
出　　版　河北出版传媒集团
河北教育出版社　http://www.hbep.com
（石家庄市联盟路705号，050061）
印　　制　河北荣恩印刷有限公司
开　　本　890毫米×1252毫米　1/32
印　　张　9.25
字　　数　220千字
版　　次　2021年11月第1版
印　　次　2021年11月第1次印刷
书　　号　ISBN 978-7-5545-6595-7
定　　价　55.00元

版权所有，侵权必究

序

李炳银

亲爱的读者，当这套《中国报告文学理论建构丛书》呈现在你面前时，我深感欢喜和欣慰！在经过近三年时间与多位学人共同努力取得这些成果后，收获的感觉十分甜蜜。可是，这种稍有缓释的情绪获得的同时，也有一种忐忑感却又开始了。这是因为，我深知这套理论丛书的编撰和出版，意味着中国文学，特别是报告文学理论工程的建设，第一次有了专题系统的研究成果呈现，这具有填补理论空白的意义和作用。这个行动本身，首先就富有价值，值得珍贵。但是，这个果子的品质如何？味道怎样？却需要读者鉴别。也正因为如此，使我喜忧共存。另外，丛书中《报告文学文体论》（郭志云）、《报告文学作家论》（刘叶郁）、《报告文学创作论》（刘浏）、《报告文学史论》（黄菲茵）几位年轻的文学理论研究学者，担纲撰写，也非常令人欢喜。这是报告文学创作走向深入高端，理论人才壮大的体现。我非常自信，《中国报告文学理论建构丛书》的出版，是报告文学理论建设的重大收获，是报告文学创作历史的新的里程碑，是具有开创和史性价值的中国文学理论研究现象。尽管它很可能会存在不少缺陷和偏颇，但一个正确方向领域的开启，就是成功和对理想目标的有效接近！

中国报告文学作为一种逐渐明朗起来的文体，是在1930年前后，受到德国等欧洲文化现象的影响，然后由日本传播进入中国的。报告文学在中国生发成长之后，在反封建、抗击外来侵略斗争和自身国家民族进步的发展过程中，曾经发挥了很多特殊突出的作用，出现了像瞿秋白的《饿乡纪程》，夏衍的《包身工》，萧乾的《流民图》，范长江的《中国的西北角》，黄钢的《开麦拉前的汪精卫》，王石、房树民的《为了六十一个阶级弟兄》，穆青、冯健、周原的《县委书记的榜样——焦裕禄》等作家作品；到1978年中国社会开始新的历史时期之后，由于徐迟《哥德巴赫猜想》、黄宗英《大雁情》、理由《扬眉剑出鞘》、柯岩《船长》等很多作家作品的巨大影响，在促进思想解放运动、拨乱反正、改革开放、讲好中国建设发展故事、追求中华民族伟大复兴梦的激情精神行动中，发挥了很好的作用。报告文学的旗帜在中国高扬，声势浩荡，繁荣兴盛，“由附庸蔚为大国”，在中国文学创作的天地定宗立派，成为显族。作为一种新的文体表达形式，报告文学在近百年的经历发展中，有借鉴吸收，更有开拓和创新，如今在作家队伍壮大、创作实践方面的丰硕繁荣成果，其影响作用十分罕见。报告文学创作的实际表现和特性存在，已经为理论的认识总结和探讨，提供了非常厚实丰富的基础。

可惜，此前很长时间里，对于报告文学的理论认识界定、分析归纳和深入的理论研究探讨比较少。虽然自一开始就有茅盾、袁殊、周刚鸣、以群、田仲济、秦兆阳等不少人给予不少关注和认识表达，但终究是零散和直观感受的，缺乏全面系统和深入。造成这种局面的原因，与报告文学多年处于生成发育阶段，处于逐渐成熟的过程中，还未能将自己的面貌性格比较充分地展现出来有关；还同很多人坚守诗歌、小说正宗的传统文学观念，缺乏对报告文学这样的新文体形态抱有开放接受态度有很大关系。报告文学很长时间存在于新闻和文学的夹缝当中，被相互推拒，招致地位模糊，根基未稳。这种未能比较清晰的面容和摇晃不定的存在状态，使不少人对报告文学产生疏忽隔膜和缺乏真准认识，也影响了更多人参与理论关注研究的热情。

创作实践和理论解析总结，是报告文学相互依存发展的两个方面。报告文学作为一种新颖年轻的文学表现表达方式，在缺乏精准理论观察引导下自由自然探索生长，当然对其无约束的自然生长会有好处，或许对其进行多方面多形式的寻觅实践还会有某些便利。但是，这样的创作状态不宜持续过长的时间；否则，反而会因长时间的无序状态影响报告文学沿着正确的个性轨道不断前行。因此，理论研究建设的适时出现非常重要。正如前面说到的，报告文学当今的创作实践，已经表现出的广大丰富和多样性存在，已经为理论性的认识研究和科学总结提供了很好的基础条件。所以，理论建构的活动可以说正当其时。《中国报告文学理论建构丛书》正是在呼应着报告文学创作的需要而开始和结果的。

《中国报告文学理论建构丛书》从报告文学“文体论”“作家论”“创作论”“史论”四个主题角度分别展开研究，试图首次给报告文学一种全面系统深入的认识解析和判断总结表达，渴望对报告文学文体特征、作家要求、创作规律、历史行迹等给予系统分析阐述，入其堂奥。这些研究表达，更多是在认识总结报告文学作家作品实践成果基础上的归纳认识，也是在回顾辨析此前很多人关注表达对报告文学理解观点时的吸收表达。当然，这些理论归纳分析和力尽系统性的呈现，无疑也是代表了撰著者自己的或部分人们的理解层面和观点，具有个性主张立场。但是，不管是归纳总结别人，还是自我思考表达，其目的都是希望通过这些研究表述，能够对报告文学给予相对真准到位的认识理解，对报告文学作家的创作独特性包含及要求给予观察判断，对报告文学作为一种文学现象的发生发展历史判断等给予理论表述。这几个方面的内容，基本涵盖了报告文学的所有理论范围，也是人们在接触、认识、感受、判断等时候经常会遇到的问题。这也恰好说明，回答这些问题疑问的迫切性和必要性。这里容纳的学术见识表达，自然是努力抵达肌理，但由于各种原因，很可能依然会存在不周全、不充分、不精准的地方。我们恳请所有关注者坦诚批评指正，提出建设性意见，使之日臻完善，长远地有利于报告文学发展繁荣。

报告文学作为一种独特的文学表达，之所以在诗歌、小说等其他文学形式之外还有新生的空间和个性存在价值，就是因为报告文学具有自己介入社会生活，并以独特的表达手段产生作用影响的特殊能力。报告文学这种文体的出现，就是因为诗歌、小说在现实社会生活日益复杂多变的局面下，社会生活中存在的许多真实思想情感蕴含、戏剧故事性和巨大的群体期待性内容，事实上已经大大地超越和覆盖了作家、诗人的虚构想象空间和私人情感，故而小说、诗歌很难真实及时、精准鲜明、周详充分、简短艺术地描绘表达社会生活中真实存在的故事人物，不易给读者的渴望以迅速满足的情况下发生的。社会生活的真实表现，经常是一种因为复杂的环境条件改变而出现，并非完全遵循固定逻辑发展的存在，作家的虚构可是在按照一种主观逻辑设计延伸的表达。因此，虚构永远不会比真实生活的表现更富有新鲜和机动灵活丰富性。作家的虚构想象活动，是在主观构想逻辑过程中的延伸推进，而实际的社会生活经常是突破逻辑的动感表现。爱因斯坦说，逻辑可以从A点到D点，但生活实际却可能从A到任何一点。这种社会发展变化情形，在如今这个迅猛发展的信息网络化时代，表现就格外突出。当社会现实人生中的矛盾以至灾难、战争正在激烈蔓延，各种纷纭复杂的现象、信息使人失去接近精确判断的时候，如果诗人还在局限于主观自我抒情怀，小说家还在安坐室内主观虚构编织平庸浮泛的传奇故事，置读者的强烈需要而不顾，读者就会对文学因为不满足提出新的期待和要求。

真实性是人们生存生活渴望的重要欲望表现，真实性也是人们开始自己认识选择行动的基础。所以，真实是所有精神文化行动和表达的根基所在。当其他文学体裁表达在与真实，与社会现实生活出现疏离和表现无力的时候，以趋向真实表达为根本原则的报告文学，就在这种社会文学关系背景下创新出现了。作为新型文体，报告文学是社会人生存在需要催生和作家适应读者呼唤生长出的文学新苗。一个时代有一个时代新兴茁壮的文学。《诗经》、先秦散文、汉赋、唐诗、宋词、元曲、明清小说等，书写了中国漫长的文学道路上的辉煌。文学体裁的探索改变，是适应着时代社会生活的需要而发生的。这种发生在很多时候是时代的要求和选择，并不完全以作家的爱好为取舍，作家只有敏感地接受和积极地参与这样的文体写作，才能够以最新式的表达实现对时代社会人生的充分书写。如今，报告文学这种带有分明时代特征的文体出现，是一个文学书写和历史的新开始。

报告文学创作既是作家自己的文学行为，但因为这种文体的特殊需要，作家的创作却总是同现实的社会人生对象紧密联系。所以，报告文学作家应当具备时代天下观念、家国情怀，非常需要有像屈原一般的对于国计民生的真诚关注，需要有一种与民众忧乐共享的社会人生态度和使命精神。报告文学总是在积极的社会建设与合理的批评淘汰中发挥自己独特的作用。新闻的基因和文学艺术的基因组合与巧妙变异新生，催动了新的更强的报告文学。报告文学的生成，与现代新闻报纸业的发展关系紧密。在其初期阶段，也是以特殊手段表达填充报纸新闻的不足为目标的。但是伴随着时代的进步改变，报告文学在接触更加广泛多样的社会生活对象的过程中，自身也在不断地变化和调整，已经很自觉和努力开阔自己的视野和思路，在更加宽泛的社会生活面上表现自己的观察和思索，对于新闻已经有很大的补充和超越，将报告文学自身推移到了社会生活变革与文明发展的重要舞台。报告文学作家已经在社会生活中担当起瞭望和监督的神圣责任，对那些伟大高尚和英勇坚韧的文明行为给予真挚的歌赞；对于那些罪恶丑陋和自私怯懦的消极行为给予抨击和规劝；为社会的公开、公正和公平，趋向文明健康发展建设提供有力的支持。报告文学写作，因为作家需要认真地参与社会变革发展的进程，将自己置身现实社会的潮流旋涡之中，总会不断接触各样的题材事件人物。对于作家来说，这种不断放射性的写作过程，面对不同题材领域人物的情形，是对作家的高要求，很大考验，难度甚多，自然就需要作家既要密切了解感受社会脉搏变化情形，及时广泛阅读社会这部大书，还需要多方面的文化知识积累，并获得深入抵达广博的层级。所以，报告文学写作，对作家要求虽然很严格，但这样的写作，同时也是对作家不断的提高和丰富的过程。最后聚沙成山，纳流成河。报告文学创作，不像某些作者，总在自己熟悉的社会生活范围创作，还声称“挖一口深井”。有人虽然将一生的积累和能量掏空了，但挖到了丰水，可以欣慰！可仍有不少人，一生都在一个地方开挖，付出很多劳动，筋疲力尽了，结果却还未见到水，自己反成了个井底之蛙，使人惋惜。

鲁迅先生曾经将文艺视为作家在现实社会人生环境中“感应的神经，攻守的手足”。我以为用先生这句话来认识感受报告文学很贴切。报告文学创作经常是发生在作家对现实生活的独特观察感受或众说纷纭的信息状态下的一种独特发现和判断的时候，似乎不同于小说创作中那种作家自己生活经验的积累与抒发情形。报告文学与社会现实生活这种电光石火、冰冷血热般的联系，是格外强烈的。报告文学说到底是作家个人密切结合真实社会现实存在的主观社会表达，借用了新闻事实真实原则特性和文学艺术形象描述叙述的手段，但却不同于新闻更多是客观事实简洁表述呈现的情形。新闻最大的特点是客观真实和快速简洁等要求。新闻在很多时候是被动地追寻，是对于新的事件现象和人物的选择追踪记述，因此有人自嘲地说："新闻记者总是像狗一样追寻着味道在奔跑。"可报告文学的特点是真实独特和深刻充分与形象生动，作家有比较大的主动选择性。尊重真实性原则的态度就不必再说，但新颖独特、个性深刻和形象生动，却是报告文学作家需要非常重视和认真对待的。独特，深刻，是一种对作家社会眼光和理性思维高度的考验要求，是不同于机械感应跟随和客观描述的。报告文学"忧思"的价值正是在这些独特的题材选择和个性见识判断中表现出来，"攻守"的行动也因为这些表现发生不同的作用。

报告文学创作，不是社会人生真实事实的机械搬运挪移，是对社会生活现实的一种理性的关注点化过程。"忧思"是报告文学"攻守"的利器，是报告文学有别于新闻客观机械描述而具有主观态度的地方。报告文学的"忧思"是"苟利国家生死以，岂因祸福避趋之"式的大"忧思"，是应当将人类文明进步和当下的国家民族利益与百姓的冷暖喜悲感受放在前面的。像屈原、范仲淹、鲁迅等那样，是"忧思"天下，而不是纯粹个人的自哀自叹、得失计较等。"忧思"也不只是简单地揭穿疮疤，暴露隐私，报告文学是一种应当有突出理性思考表达的文学表现。我曾经归纳说：报告文学是有社会责任使命担当的知识分子，在密切参与现实社会建设发展过程中，以真实存在的事实人物对象为基础，独特观察、理性判断和艺术形象地图文表达的文学形式。报告文学隶属于文学范畴。但同时，又因为报告文学立足于真实事实的原则，它就自然地具有了一种"存史"的功能。我最早提出"史志性报告文学"的概念，正是基于很多此类作家作品的基础。在这个“存史”的表现中，报告文学是接受了人们对现实矛盾焦点问题渴望了解需求的同时，也很好地吸收了中国文化优秀传统中记事抒怀发思的文化特点。司马迁的伟大著作《史记》，被鲁迅赞美为“无韵之《离骚》，史家之绝唱”，是在文学和历史表达存在方面具有伟大意义的。《史记》虽然不能够简单地与报告文学等同，但两者是存在很多的内在沟通联系的。报告文学这个存史功能的拥有和运用，有对《史记》的借鉴和吸收，是一颗种子在新的土地上生长的结果。“史志性报告文学”的出现，很大地丰富和延展开阔了报告文学的领域，也使得报告文学的内容生命力因此而更加拓展茁壮和长久，价值作用突出有力。

报告文学面对的是现实社会生活间各种纷纭的世相人物，也需要思考和真实记述，但在具有这所有的基础内容之上，作家对于自己面对的对象，是否能够给予独特深刻的思想评判和文学形象艺术的表现，使之产生很好的“经世致用”的作用，却是个非常重要的问题。一切的文艺，看似直观生动叙述和形象展现，但在根本上都是对于某种思想精神和情感情绪的追求与有益事实的记述与生发。所以，作品理性情感的内容蕴含，才是所有文艺作品的核心所在。这种蕴含成分的有无、多少，往往是文艺作品价值力量显示的尺度。那种过分地将故事性推向文学作品的极端位置的看法，是浮浅偏执和错误的。这样的理解是基于初始时小说生发于“街谈巷议”“道听途说”“志怪”“传奇”等娱乐性基础上的浮浅见识。报告文学也会是这样。对于报告文学作家作品来说，仅仅是事实对象的真实呈现是远远不够的，更加重要的是作家通过真实的事实人物，在认识评判对象以至在更大的范围空间，鉴别出对象的价值作用和影响才是终极目标。作家需要有对真实事实的确切理性把握解释，更需要由此开启生发的能力。文学创作，是作家观察选择和认识把控社会人生的表达过程，不是机械的社会人生事实拍照和搬运。

报告文学倚重新闻的真实品质，汲取小说等文学体裁的叙述表现艺术手段和智性的观察校鉴，然后构筑自己具有个性表达的文学风格，使自己自立并强势表现于文学天地。所以，在很好地面对现实社会人生，给社会人生丰富内容以理性的观察理解，在保真社会存在的事件人物之后，报告文学依然需要很好地解决完成文学艺术表达的任务。而这些也是内容范围的形式传输表现，依然是报告文学构成的重要部分和价值所在。报告文学是要依靠这样的文学艺术表现翅膀从社会大地起飞，飞向广大的社会空间和读者中间，在作家作品和读者之间建立起沟通的桥梁，完成初心到目标的到达。积四十多年的报告文学阅读研究感受，我曾经指出：真实是报告文学的生命、现实社会人生是报告文学的舞台、思想理性穿透力是报告文学的灵魂、文学艺术表达是报告文学的翅膀。优秀的报告文学作家作品，需要具有转事成识、转识成智、转智成诗、转诗成史的能力。

报告文学作为一种独立个性文体，自然应当会有自身的规定性和规律存在。但是，对于这些独特性规律性给予精准系统深入的理论阐述，却不是一个简单的事情。不同作家会有不同的表现，各有高招，互见优长。其中，会出现见仁见智的现象。但我相信，所有相关报告文学的认识理解，创作实践，都会是趋向对其深透理解把握的有益表现。我清楚地以为，这部丛书所包含的大量内容，都很好地具有这样的趋向作用。应当承认，报告文学的现实表现非常令人欣慰，但报告文学这种文体的特性优势和承载潜能，还没有充分被我们的作家发挥运用出来。在文体与成果之间，空间依然很大。报告文学是一个可以出大作家、大作品的新型文体，大山在隆起，山峰在耸立，但更多的高峰还令人期待！

《中国报告文学理论建构丛书》，是在2018年6月，呼应报告文学创作发展需要和很多相关人士建议开启的一项重要文学理论研究活动。在开始这个活动之前和之后，我们广泛地开展情况调查和咨询活动，力求从一开始就树立端正、严谨、客观、多元、科学等学术态度和立场方法，先后在河北峰峰、山东泰安、北京等地，开展项目论证、确定论题对象、选择撰著人选、撰写提纲、初稿审阅等。在这个过程中，很多作家、文学理论家给予热情关注和支持。赵瑜、张陵、李春雷、丁晓原、李朝全、魏建军等人发挥了很多建设性的作用，傅洁也作了许多联络工作；郭志云、刘叶郁、刘浏、黄菲蒟四位年轻的文学博士，在多年报告文学理论研究积累的基础上，各自分别承担撰著，使得丛书工程得以切实落位。这几位学人都严肃认真对待此事，不惜投入很高的热情和大量的时间精力，尽力出色完成写作，显示了新一代报告文学理论研究人才的新姿态和新气象。十分令人感动，值得点赞。对新时期中国报告文学有辟疆贡献作用的作家理由先生，在得知《中国报告文学理论建构丛书》项目启动的消息时，给予了热情的赞赏支持和帮助，并表达殷切的关注期待；2019年，中国作家协会经严格审定，将《中国报告文学理论建构丛书》项目，确定为年度“全国重点文学创作扶持”对象，我们颇感荣幸和责任担负；河北教育出版社知悉相关消息后，积极表达接受出版这套丛书的热忱态度等，都非常使我们感动，在此深表感谢！正是这种各方向心辐辏的态度和持续支持，聚集和成全了《中国报告文学理论建构丛书》项目的最后成果。中国的文学，特别是报告文学的历史，将会因此有一个新的纪录和开始！

2020年5月23日　于北京

目 录

导论
报告文学作为一个文体概念

作为晚近兴起的一个文体类型，中国现代报告文学发端于暗流涌动、风云诡谲的近代社会。在百余年的发展历程中，经历了20世纪30年代的文体定名、左联意识形态推动下的第一次创作高峰、新时期以来的“由附庸蔚为大国”等重要阶段，终自成一体，在文学日益边缘化的历史语境中持续散发着经久不息的文体魅力。在这并不阔绰的发展时域中，虽有时代、政治、文化等多重元素的规制导引，现代报告文学却在有序衍变的进程中逐渐形成了自身基本的定性规范，既区别于其他文体，又不至于遁入故步自封的泥淖。有体无定的发展趋态，再加上与时代联系的紧密性，使得现代报告文学文体的进阶展现出了强烈的与时俱进的品格，创作、传播、接受等环节的推陈出新，导向了文体一次又一次的华丽转身。时代不断更迭，现代报告文学的文本数量、艺术水准、作家人数、读者接受等都呈现出稳中有升的发展态势。时至今日，报告文学文体取得的创作实绩可谓有目共睹，《包身工》《谁是最可爱的人》《哥德巴赫猜想》《中国农民调查》《西部的倾诉》《天使在作战》《木棉花开》《那山，那水》《县委书记》等典型文本“应时而作，为时而歌”，所掀起的社会影响力让这一年轻的文体逐渐走入文坛中心地带，成为一支不可忽视的艺术力量。

一、报告文学文体概念的内涵外延

作为一个文体类型，报告文学的身份界定长期以来都处于一种众说纷纭、各执一词的悬浮状态。究其根源，关键在于对报告文学的文体属性与独立品格认识不清，以至于无法给它进行准确的美学定位，自然更谈不上建构独立的文体理论话语体系。研究百余年来的中国现代报告文学文体，首先必须面对的就是报告文学的本质属性问题。

现代报告文学早期创作的萌生依托于近代报纸传媒的兴起。因此，在中国浩如烟海的历代文化典籍中，关于“文学”的记载数不胜数，却并没有“报告文学”这一词的记载和解释，只有“报告”：

《汉书·王莽传上》：“虽文王却虞芮何以加？宜报告天下。”

《宋书·张永传》：“永即夜彻围退军，不报告诸军，众军惊扰。”

清刘献廷《广阳杂记》卷三：“又或夜静月明，梢人见有物若巨木，偃卧沙际，方报告惊谛，则倏然入水，风浪遽作。”

以上谈到的“报告”，显然都是“宣告”“告诉”的意思。虽然，“报告”在这些文言文语境中的使用同本文论述的“报告文学”本质上并没有任何直接的关联，自然它也未能够对报告文学的概念来源作出合理的解释。不过，词源学意义上的探寻却提示了报告文学这一文体所具有的强大社会功能。这就不难理解，缘何在中国报告文学的发展历程中，很长一段时间都将其简称为“报告”。

“报告文学这一名词是在我国大革命期间，随同一些马克思列宁主义的作品从日本传到中国。”[①]胡仲持明确了报告文学文体名称的“舶来品”性质。然而，他所提出的看法含混暧昧，未能给出相应的史料佐证，也使得他的说法没有多大的实际研究效用。其实，早在大革命开始之前，“报告”一词就已然出现在国内学人的论述中。1923年1月25日，瞿秋白在《赤俄之归途·后记》中写道：“这一篇拉拉杂杂记来，似乎没甚系统。读者想必懂得这些‘妇人孺子之谈’。——可算是我三年旅俄最后一次的‘新闻记者式’的报告。”[②]在现今可考的文献资料中，瞿秋白所使用的“报告”一词可视为中国“报告文学”称谓的初次亮相。只不过，因为外来文体的认定，瞿秋白这一提法之重大意义被有意无意忽略了。

国际报告文学兴起于19世纪末的工业化社会，并且很快地掀起一股世界性的潮流，“（报告文学）无疑将成为最精彩的，无愧于我们这个举世无双的时代的文献记录”。[③]作为一种在欧洲大陆乃至全世界都起到了很大影响的新兴文体，“报告文学乃至通信文学的名称，是Reportage的译语。这是从外国语Report而新造的术语”。[④]从这个意义上，考证英美词典中对于

①胡仲持，《论报告文学》，见杨如鹏主编《中国报告文学论》，广州文化出版社，1988年，第92页。
②瞿秋白，《赤俄之归途·后记》，《瞿秋白文集》政治编，第1卷，人民文学出版社，1988年，第423页。
③尹均生，《国际报告文学的源起与发展》，华中师范大学出版社，2009年，第1页。
④[日]川口浩，沈端先译，《报告文学论》，载《北斗》第2卷第1期，1932年1月20日。

"Reportage"和"Report"这两个词的释义无疑有利于深化对报告文学的文体认知。

"The Concise Oxford Dictionary Of Current English"(《简明牛津词典》)在西方英语世界的影响力不言而喻。该书1964年版第1054页对"Reportage"和"Report"的解释分别是:

Reportage:(typical style of)reporting events for the press

"给报刊报道事件的典型文体"

Report:Bring back account of,state as ascertained fact,tell as news,narrate or describe or repeat esp. as eyewitness etc,……

"带回……的说明,把已经查清楚了的事实说出来,叙述,描述,特别是作为现场目击者重述亲眼看到的……"

而在美国很有影响力的"Webster's Third New International Dictionary Of The English Language"(《韦伯斯特大辞典》),该书1961年版1925—1926页对"Reportage"和"Report"两词的诠释分别为:

Reportage:writing intend to give a factual and detailed account of directly observed or carefully documented events and scenes

"指这类作品——对于直接观察过或者有条件资料认真地记载下来的事件和场面,给予真实的、详细的描述。"

Report:to watch for and write about the newsworthy aspects or developments of

"注意并写出……的有新闻价值的方面或发展"①

基本采用直译而非意译,目的是不破坏这些词语在其生长环境中原定的含义。可以发现,"事件""真实""叙述"等围绕

① 参见杨江柱,《为报告文学正名——从报告文学的起源、移植与发展来看它的内涵与外延》,周国华、陈进波编《报告文学论集》,新华出版社,1985年,第133页。

"文学性"与"新闻性"展开的阐释，无疑是西方文艺界对报告文学特征的基本认定。虽然就报告文学起源问题的争议在全球范围内一直都不曾间断[①]，但它的发展与繁荣并没有因此受到过多的限制。报告文学很快就在包括德国、俄国、捷克、法国、日本、中国等东西方国家显示了自身独特的文学魅力。

"囿于当时的政治环境和新闻媒介，在德国新兴的并命名的'报告文学'，未能在20年代传进中国。而到'左联'成立时期才由一些左翼作家从日本文坛这个中转站，把德国无产阶级的报告文学介绍进来。"[②]第一个提出"报告文学"中文译名的是陶晶孙。1930年3月1日出版的《大众文艺》上发表了他翻译的日本学者中野重治的《德国新兴文学》中写道："刻羞可说是新的形式的无产阶级操觚者，所谓'报告文学'的元祖，写有很多长篇，而他的面目尤在这种报告文学随笔纪行之中。"[③]

伴随国外报告文学理论文章的大量译介，国内的报告文学理论探讨也纷至沓来，只不过未能达成共识却是常态。尤其是在"报告文学"的体裁认定上，在很长的一段历史时期中都未能达成约定俗成的默契。沈端先所翻译的川口浩的《报告文学论》中对于"报告文学是最新的形式的文学"[④]的认定并没能很快被学界接受。

①川口浩认为，"近代最初的Reporter，是美国的普洛作家贾克·伦敦。"法国学者被埃尔·墨林说："左拉是近代报告文学的创始者。"塞尔维亚的巴克则认为报告文学起始于捷克记者基希。美国新闻泰斗李普曼则认为"报告文学始于约翰·里德"。黄钢的看法结合了以上诸多的观点，相对严密，报告文学"缘起于《一八七一年公社史》，发端于《震撼世界的十天》；但就'艺术的文告'从理论到实践的自觉完成，则始于基希诸人"。参见尹均生，《国际报告文学的源起与发展》，华中师范大学出版社，2009年，第11页。
②唐鸿棣，《论"左联"时期报告文学》，《上海师范大学学报》，1992年第1期。
③陶晶孙，《德国新兴文学》，载《大众文艺》，1930年3月1日。刻羞即基希，音译不同。
④[日]川口浩，沈端先译，《报告文学论》，载《北斗》第2卷第1期，1932年1月20日。

在文笔活动方面，产生最多的，是近乎Reportage的形式的一种新闻报告；应用了适应于这一事变的断片叙述的报告文学的形式，作家们传达了关于“一×二八”以后各方面的事实。①

1932年4月，《上海事变与报告文学》由上海南强书局出版。上面这段话选自阿英以“南强编辑部”的名义为这部报告文学选集所作的序言。“新闻报告”似乎是阿英对报告文学的体裁界定。但随后，他又在文中提到，“报告文学是最新的形式的文学，是具有着无限的鼓动效果的形式。”②这里强调的又是报告文学的文体特征，“报告文学的最大的力点，是在事实的报告。但这决不是和照相机摄取物象一样地，机械地将现实用文字来表现。这，必然的具有一定的目的，和一定的倾向”。③“新闻”与“文学”之间无序跳跃是阿英在这一序言中表现出的个人感性经验。其实，这恰恰也是中国现代报告文学体裁认定长久以来游移的两端。

胡风1935年2月发表在《文学》杂志上的《关于速写及其他》虽篇幅短小，但其研究的独立品格却为诸多后代学者津津乐道。在这篇文章中，胡风将“报告文学”名之以“速写”，认为它“是一种文艺性的纪事”④，充分强调了报告文学的文学性及其写作中必须具有的时代性与时效性。在将其同“杂文”比较的

---

①阿英，《从上海事变说到报告文学（代序一）》，见《中国报告文学丛书》第一辑第三分册，长江文艺出版社，1981年，第7页。
②阿英，《从上海事变说到报告文学（代序一）》，见《中国报告文学丛书》第一辑第三分册，长江文艺出版社，1981年，第8页。
③阿英，《从上海事变说到报告文学（代序一）》，见《中国报告文学丛书》第一辑第三分册，长江文艺出版社，1981年，第7页。
④胡风，《关于速写及其他》，载《文学》第4卷第2号，1935年2月。

过程中，胡风明确了报告文学的形象性批判之于时代的重要性。烽火战乱的时节，中国的确需要这样一种富于战斗性的文体来展示、应对社会战乱语境的不堪。对此，周立波也深以为然：

> 报告文学，简称报告，在目前的中国，有着非常重要的意义。中国现在的作家，都在烽火旁写作。他们的读者也大都是在烽火之旁的。用怎样简单、明了、迅速而有力的文学形式来直接反映并批判现实，是作家们应当考虑而且也有人考虑了的事情。报告就是这种文学形式的一种。①

在《谈谈报告文学》中，周立波明确了报告文学之为文学的基本属性。他还以基希的报告文学创作为范本来剖析报告文学写作过程中需要做到的诸如“绵密的调查”“细密的研究和分析”“艺术的手法”等等。而得益于早年间持续的对外国文学思潮及艺术方法的密切关注，茅盾在对报告文学文体论述上显得更加游刃有余，也更加准确到位：

> 每一时代产生了它的特性的文学。“报告”是我们这匆忙而多变的时代所产生的特性的文学式样。②

时代在选择报告文学的同时，也对其做出了相应的形式操作上的规制塑型。这是茅盾在《关于“报告文学”》中提出的理论主张。“新闻性”“尖锐的批评性”“文学性”等是他切中肯綮的理论凝练。只不过，在对报告文学文学性表达进行区分时，作为

① 周立波，《谈谈报告文学》，载《读书生活》第3卷第12期，1936年4月25日。
② 茅盾，《关于“报告文学”》，载《中流》第1卷第11期，1937年2月20日。

小说家的茅盾错误地将好的报告文学作品的形象化等同于小说文体——“人物的刻画，环境的描写，氛围的渲染等等”[①]。大抵是缺乏有效的自我创作作为榜样，茅盾的这一错误引导并未对中国报告文学后来的文体发展造成毁灭性的影响，只是在他的理论强调下，后起报告文学创作在文学性强化上有了较为明显的提升。

同时期的罗荪在《谈报告文学》中指出：“报告文学所选取的题材的对象必须是实在的人物，实在的事件，实在的环境。”[②]何其芳则在《报告文学纵横谈》中给报告文学“下了一个朴素的定义：报告文学者，记叙当前发生的事情之记事文也”。[③]周钢鸣的《怎样写报告文学》着力理清报告文学同一般新闻报道、小说、人物速写之间的文体差异，体现出研究者自身的文体意识。

以上各家的论述虽观点各异，但其提出的关于报告文学本质属性的概括却是作为中国报告文学文体研究的重要源头和基础。他们提出的诸如“报告”“速写”等作为“报告文学”的替换概念也在很长一段历史时期为文学界所接受、沿用。只不过，这样的相对简洁恰恰无法完整呈现出报告文学的“文体”属性。因此，辨明何为报告文学在该文体的研究中显得尤为重要。

在我看来，今天讨论的报告文学作品，指的应该是以现实社会中富有时代性的具体的人物、事件、问题等为主要的表现对象，以纪实性的叙述为主要的表现手段，展示一段真实的历史场域并体现出作家明确的主观立场、思想主题与情感态度的文学

① 茅盾，《关于“报告文学”》，载《中流》第1卷第11期，1937年2月20日。
② 罗荪，《谈报告文学》，载《读书月报》第1卷第12期，1940年2月1日。
③ 何其芳，《何其芳文集》第4卷，人民文学出版社，1983年，第150页。

作品。这其中的四个关键词是时代性、纪实性、叙述性和文学作品。

“时代性”，要求报告文学所状写的必须是存在于真实社会生活中的能直接触碰的相关人物、事件、问题等，而不仅停留在作家自我狭小生活空间的展示。即便是历史题材的写作，其着眼点也应是时代精神与当下功用。这是报告文学之所以称其为“报告的文学”的基本前提。报告文学的社会辐射面及其文体功能也主要在这个方面建构起来。

“纪实性”指的是报告文学的非虚构品格，必须是真实的，而非作家拘泥于简陋书斋的自我虚构与想象的文学图景。这一要求是报告文学区别于其他虚构性叙事文学作品的主要标志之一。如果不顾客观真相地妄加编造、杜撰，必定会伤害报告文学的文体品性，使其丧失文体坚守而不再具备强大的社会功能与文体担当。

“叙述性”是对报告文学基本表达方法的限定，强调必须是作家主体的一种纪实性表达，至少也必须是以叙事为主的。当然，作为一个特殊文体类型，报告文学的叙述性还体现在了作家的非叙事性话语上。报告文学的批判、歌颂等叙事功能都必须依靠文本内的叙事话语、非叙事话语共同承担。

“文学作品”强调的是其文学的本质属性，以区别那些以评论、研究为主要撰写目的的历史性质、学术性质的纪实报告。作为文学的一个重要部类，报告文学同样必须具备形象的、可感的、带有创作者个性的艺术特征。这就要求在保证非虚构的基础上，报告文学的创作还是应该充分发挥文学的想象和艺术的再造，“藉创作想象之力而给以充分的形象化”①。

总之，这四个关键词分别限定了报告文学的表现对象、表现品格、表现方法和表现形式。这一概念强化了报告文学非虚构的诉求，也彰显了该文体文学性的本质。这是报告文学作为一个文体概念的内涵所在。

可以说，只要是具备上述品格的作品，不论采取的是什么样的具体形式——传记型的人物特写、游记式的旅途见闻等，都可以也应当被纳入报告文学文体范畴中。报告文学的时代性、纪实性，是它脱胎于新闻的文体由来，使得它同其他一切没有新闻性的传记、游记、短篇小说等划清了文体上的界限。而报告文学的叙述性、文学性则使得它与通讯报道、深度报道等新闻文体拉开了距离。这是报告文学文体概念的外延所在。伴随着时代的进步和发展，报告文学文体也出现了许多新的变化。

文学评论家李炳银在1997年提出并命名了“史志性报告文学”的概念。他在《“史志性报告文学”——报告文学的新形态》一文中，对此概念给予了阐述：“‘史志性报告文学’在历史的有关领域寻求和报告对现实有启发与参考的内容，试图以史为镜，更清楚地了解和把握现实。所以，这样的作品具备史的性质。但它和那种目的在于弄清历史面貌还原历史生活本原状态的纯粹的历史研究不同；因为是在尊重历史的矛盾事件或重要人物中发现对现实有启示性的内容进行报告，它在表现形态上又区别于那些直接报告现实生活矛盾事件或重要人物的报告文学作品。如果说，大多以现实题材为对象的报告文学有着比较浓厚的现实现场气氛的话，‘史志性报告文学’因为是以历史为对象的

①茅盾，《关于“报告文学”》，载《中流》第1卷第11期，1937年2月20日。

报告文学，就有着显然的历史内容因素和思辨力量。‘史志性报告文学’的重要特点，就是在实现报告文学关注认知现实生活的同时，有了一种可喜的史志价值。因此，它在历史与文学，现实和历史等方面，具有很好的融合价值。”①在他看来，钱钢的《海葬》、赵瑜的《马家军调查》、张建伟的《大清王朝的最后变革》、麦天枢的《昨天——中英鸦片战争纪实》、李鸣生的《飞向太空港》、卢跃刚的《长江三峡：中国的史诗》、邢军纪的《最后的大师》、王宏甲的《中国天眼：南仁东传》、何建明的《浦东史诗》等许许多多着重书写地方行业发展巨变和重大事件对象的作品，都可以看成这个报告文学形态的典范之作。显然，这种现象是报告文学文体在感受到一定外在约束之后，在文体探索改变方面最成功的实践收获，并在此后不断成熟发展。

进入新世纪，随着报告文学外延的不断扩大，更有学者创造性地提出了“大报告文学”的概念，认为报告文学存在狭义与广义之分，广义的报告文学可以容纳“传记、评传、史传、回忆录、访谈录、口述史、政论体纪事作品、田野调查笔记、调查报告、新闻通讯特写、游记、日记等无法归入小说、诗歌、散文、戏剧的所有纪实类文学作品”②。换句话说，作为一个与时谐行的文体类型，在内涵坚守的理论前提下，报告文学文体实践的外延还将进一步扩大。

二、报告文学文体研究的历史演化

文体概念的厘清源于文体研究的深入。回溯历史，尽管中国

① 李炳银，《“史志性报告文学”——报告文学的新形态》，选自《中国报告文学的凝思》，作家出版社，2009年，第70页。
② 李朝全，《“大报告文学”：报告文学文体探析》，载《文艺报》，2012年5月4日，第2版。

现代报告文学早在晚清时期就已萌生，但真正意义上的文体研究却姗姗来迟。严格地说，袁殊1931年的《报告文学论》只是“根据夏衍、适夷和我的讨论，并参照了苏联的理论”[①]写作而成，且在执笔过程中大多参照了随后夏衍化名沈端先翻译的川口浩的同题文章。鉴于袁文发表的时间早于川口浩的文章被完整翻译发表长达半年多，因此，将其视为现代报告文学理论研究的滥觞。袁殊1932年6月发表的专论《如何写报告文学——再论报告文学》对报告文学文体的阶级定性、文体特征以及具体写法等都做了比较全面的阐释，较之前文有了更多自身的理论见解。

紧随其后，报告文学理论研究成了30年代中国报告文学文体成长一个很重要的外在构成与助力。阿英、胡风、周立波、茅盾、周钢鸣、魏猛克和以群等先后将自己对报告文学的看法以理论文章的形式表达出来。或是借鉴他山之石，或是针对情势的自我抒发，权且不论其观点正确与否，数家争鸣现象的出现至少成就了中国现代报告文学文体研究的第一股浪潮。其中，胡风的《关于速写及其他》不论是从时间维度还是从理论深度来看，都有理由将其视为现代报告文学理论研究由此前的单纯译介转述走向独立研究的起点。而茅盾的《关于“报告文学”》有力推动了报告文学由新闻向文学的靠拢，在整个报告文学文体研究史上影响深远。这一系列报告文学文体理论研究的成果，观点各异，甚至有些论者间的观点互相抵牾，却正是现代报告文学理论研究的萌生与奠基。

新中国成立之后的十七年文学阶段，中国的文学发展路向基本上因循着毛泽东《在延安文艺座谈会上的讲话》所主张的文艺

---

①袁殊，《袁殊文集·关于文艺新闻》，南京出版社，1992年，第68页。

精神，在政治规训中有条不紊地成长着。放眼本阶段的报告文学文体研究，只是将其置于散文类属中作为一个子门类进行探究，但有了明显进步。刘白羽在《论特写》中说："近数年来，特写作为一种文学样式是从苏联介绍过来的。""特写是一种独特的文学体裁，是应当和诗歌、小说、戏剧等形式同等看待的一种形式。"[①]井岩盾也在《真实与虚构——关于特写、传记、回忆录等一个基本问题的讨论》对报告文学文体进行了一个较为符合文体品格的评价："特写、传记、回忆录等这一类文学作品，必须严格遵循真人真事这条原则，决不能容许虚构，如果虚构，便是歪曲，便是对于事实的或历史的真实面目的歪曲。"[②]针对着新闻性与阶级性、真实性与文学性等富有时代性的报告文学理论研究的相关问题，1963年3月由《人民日报》编辑部与中国作家协会联合召开的报告文学座谈会予以了充分的讨论和辨析。会议将报告文学的新闻属性与时代衍生的阶级性认定相结合，并以"时代精神"这一核心概念对其做了新的认定，并恢复使用"报告文学"的文体名称。

1977年至80年代中期，是我国现代报告文学文体研究的恢复期。"文革"结束不久，罗荪便发表短论《充分发挥报告文学的战斗作用》用以提倡报告文学创作。黄钢在《报告文学的时代特征及其必须严守真实的党性原则》中指出："报告文学是一种极富战斗性的，兼有时代的报告的特色的，以特定的新闻性的内容为题材，以文字的形象为手段的、独特的、独立的文学样

①刘白羽，《论特写》，见《文学杂记》，北京出版社，1958年，第156、157页。
②井岩盾，《真实与虚构——关于特写、传记、回忆录等一个基本问题的讨论》，载《文学评论》，1959年第5期。

式。”[1]它是现代文学中新发展起来的一种“独立的文学部类”，这一观点得到了当时学术界的肯定。张德明在《报告文学的艺术》中认定“报告文学是新闻与文学结合的产物”，是“一种边缘性的体裁”[2]。而雷达在1983年发表的《报告文学的勃兴与嬗变》则认为报告文学“它再也不是徘徊于新闻与文学之间的时常找不到自己准确位置的东西，而是作为一种独立的，日臻成熟的文学样式，在我们的文坛勃兴起来了。它完全有资格与小说、诗歌甚至戏剧等文艺形式并驾齐驱，争相媲美”[3]。尹均生、杨如鹏1983年出版的《报告文学纵横谈》对现代报告文学的早期实践者周恩来、瞿秋白等人的创作进行了较为完整的梳理与呈现，同时还具体探讨了包括报告文学的定义、社会职能、同人物传记的区别等文体范畴的相关问题。而涂怀章1984年出版的《报告文学概论》分属《中国写作研究丛书》，该书从报告文学的基本特征、历史由来、社会作用、采访、构思、结构安排、人物刻画、语言运用、风格形成等方面为报告文学的写作做了一个理论建构的尝试。

20世纪80年代中期至1998年的十余年，是我国报告文学理论研究的全新发展阶段。全景式的“问题报告文学”在80年代中后期文坛的汹涌，使得重新确认报告文学的身份地位成了迫切的必然。80年代中后期的报告文学文体理论研究出现了学术争鸣的盛况：赵佩争的《更广地涵盖、更深地开掘——谈几篇综合性报告文学》、李炳银的《九州生气恃风雷——论报告文学的发展踪迹及兴盛原因》、艾妮的《弄潮人的求索——问题报告文学讨

①黄钢，《报告文学的时代特征及其必须严守真实的党性原则》，载《文艺研究》，1980年第1期。
②张德明，《报告文学的艺术》，复旦大学出版社，1984年，第3页。
③雷达，《报告文学的勃兴与嬗变》，载《时代的报告》，1983年第6期。

论会概述》、尹均生的《论近年报告文学的现实性、功利性、文学性——兼评1988年“中国潮”获奖报告文学》、周政保与韩子勇的《真实是一种判断——现代报告文学的理论对话》、谢泳的《当代报告文学的新走向》等就是对当时报告文学创作与理论探究及时而有效的反映。更加引人注目的是，一大批论文集和理论专著的相继问世，如赵遐秋的《中国现代报告文学史》、洪威雷的《报告文学的写作》、杨如鹏主编的《中国报告文学》、张德明的《报告文学创作谈》和范培松的《报告文学春秋》等。其中赵遐秋1987年出版的《中国现代报告文学史》是我国第一部的报告文学文体断代史。翔实的资料搜集与公允的立论阐释是赵著最明显的特色，而相应的自成体系则体现出了研究者力图走出原有研究苑囿的决心与勇气。

20世纪90年代的中国报告文学文体研究顺势而变，报告文学理论研究整体水平和质量的提高有目共睹。投身报告文学研究多年的朱子南于1995年出版了近百万言的《中国报告文学史》，紧紧抓住报告文学文体与观念的发展、演进，将其置于整个文学乃至整个社会文化的大背景中进行细致深入的考察，有史有论，相得益彰。朱子南尤其关注报告文学旨在批判的文体功能，“报告文学的基本精神在于批判”，“这种批判精神在过去因为批判对象的相对确定而表现为战斗性，在今天则表现为一种思考的力量。”①张春宁1993年出版的《中国报告文学史稿》采用科学历史主义的方法对中国报告文学发展的脉络与轮廓进行了具体翔实的描绘。佘树森、陈旭光的《中国当代散文报告文学发展史》“把文学现象的考察置放于中国这一特定社会时期充满复杂

① 朱子南，《中国报告文学史》，百花洲文艺出版社，1995年，第1044页。

性的广阔宏大的背景中”[1]，凸显了报告文学的文体特性。陈进波、马永强1997年合作出版的《报告文学探论》“自有其突出的优点。关于欧美报告文学的概述，比较新鲜，可帮助读者一扩眼界。对台湾报告文学的介绍也很难得，是平时看不到的，显然作者花了很多辛苦，得之不易”。[2]90年代报告文学文体学理化研究的深入还表现在针对着新时期报告文学的断代研究，如章罗生的《新时期报告文学概观》、李炳银的《当代报告文学流变论》和梁多亮的《中国新时期报告文学论稿》等。

1999年至今的二十余年，是我国报告文学理论研究的趋新阶段。周政保1999年出版的《非虚构叙述形态——九十年代报告文学批评》对报告文学的辐射面予以了宏观性强调，“在今天，报告文学已经成为最受大众欢迎的文体之一。”[3]紧接着，论著撇开了报告文学“真实性”的缠绕，转而以“非虚构性”替换原有的文艺学概念，展示了论者敏锐独到的学术眼光。本时期，章罗生、丁晓原、李炳银、王晖、龚举善、李朝全等是报告文学文体研究的生力军。其中，以文学批评见长的李炳银先后发表了《报告文学现实的行走姿态》《报告文学的文学不等式——对报告文学的一种自我理解》《文学的目标和报告文学的力量》等理论文章，聚焦报告文学作为一种独立文体的社会参与性、文体功能、文学表达等层面。丁晓原的《文化生态与报告文学》运用生态文艺学的方法，从文化角度——尤其是从政治文化角度，对中国报告文学进行外部环境与内部形式相结合的整体关照。他2008年出版的《文化生态视镜中的中国报告文学》则在《文化生态与报告

① 谢冕，《中国当代散文报告文学发展史·序》，北京大学出版社，1996年，第2页。
② 雷达，《报告文学探论·序》，兰州大学出版社，1997年，第2页。
③ 周政保，《非虚构叙述形态——九十年代报告文学批评》，解放军文艺出版社，1999年，第1页。

文学》的基础上加入了对新世纪报告文学的文化生态分析。2011年9月出版的《中国报告文学三十年观察》中，丁晓原分辑对新时期30年的报告文学流变、具体作家作品、文体理论、创构价值、叙事姿式[①]等进行辨析。包括《国际性写作报告文学的三个话题》《国家志·文体史：新中国70年报告文学论》《论“全媒体”时代的中国报告文学转型》等重要理论文章的发表，彰显了丁晓原对报告文学文体研究的持续关注与不断深入。王晖的《百年报告文学的文体流变与批评态势》从文化学的角度兼及文体学、传播学来考察中国报告文学的文体性质、发展规律、批评标准等。非虚构性、跨文体性和文化批判性是其对报告文学文体规范的确立。他的《时代文体与文体时代——近30年中国写实文学观察》将报告文学放置于“写实文学”这一大的概念中进行辨析，扩大了报告文学研究的理论视野，提供了新的思维方式与研究方法。以史学研究见长的章罗生在2002年出版的《中国报告文学发展史》“对报告文学历史文本的详尽掌握，全书引证十分丰富，援用资料相当翔实”。[②]而随后写作的《新世纪报告文学的审美新变》以题材内容为视角对报告文学文体进行细致梳理和平面分析，充分显示出了章罗生多年来对报告文学发展前沿问题追踪的延续性。而兼有创作与研究双重身份的李朝全，既有《国家书房》《梦想照亮生活》《少年英雄》等报告文学佳作，也推出了《“非虚构潮”与报告文学新变》《新世纪报告文学：危机与新变》《“大报告文学”：报告文学文体探析》等理论文章，为多元融合时代报告文学的文体扩张鼓与呼。

当然，除却报告文学文体研究领域取得的突破与实绩，还应

①丁晓原，《中国报告文学三十年观察》，作家出版社，2011年，第3页。
②张炯，《中国报告文学发展史·序》，湖南人民出版社，2002年，第2页。

注意到，在视觉文化取得文化霸权，电视、网络、“大众话语”成为时尚的文化生态中，有关报告文学是否已“枯竭”的呼号此起彼伏。包括报告文学内容要不要大众化、报告文学作为文体类别的“身份的尴尬”日渐突出等警醒不时见诸报刊。甚至有些对报告文学缺乏了解且很少阅读的人，出于传统固化的文学观念和主观偏好，竟然发出臆断，以为报告文学将不可避免在读者的遗忘中逐渐老去。黄浩、黄凡中的《报告文学：文体的时代尴尬——对报告文学“生存艰难”的本体质疑》、李敬泽的《报告文学的枯竭和文坛的“青春崇拜”》、吴俊的《也说“报告文学”的身份尴尬》等在文学界所引起的喧哗与骚动不应视而不见。面对这种种“观念”，理性的报告文学研究者及时作出了针锋相对的必要回应。争论的出现体现出了报告文学文体发展不得不面对的时代尴尬，却也可视为报告文学文体理论研究走向深化的一个重要契机。

三、报告文学文体理论的关键分歧

如前所述，时至今日，中国报告文学文体理论的建构事实上更多停留在了“拿来主义”[①]的层面上，主动性地从国外和其他文体中汲取理论营养，但系统性、本土化、特色化的报告文学理论建构仍有待努力。这可以说是当前中国报告文学文体理论构建的最大弊病所在。具体而言，在文体理论的诸多维度上，报告文学作家与研究者乃至不同的报告文学研究者之间都存在着多样化的思考与认定。

关于报告文学的文体发生问题。“古已有之”“近代起

---

① 王晖，《拿来与缺失——关于中国报告文学理论建构的反思》，载《华中师范大学学报》（人文社会科学版），2014年第5期。

源”“五四兴起”“20世纪30年代”等多种说法，时间跨度之长、互相无法说服等问题，首先暴露出了理论界、学术界对报告文学文体认定的“支离破碎”“各自为战”。明确报告文学的发生期，才能实现对这一文体发生原因的全方位考辨，也才能实现对报告文学文体的知识考古。这是报告文学“源”的问题。

报告文学的文体特征问题。针对这一理论问题已有许多不同的回答，“真实性”“及时性”“纪实性”“新闻性”“文学性”“非虚构性”“跨文体性”“报告性”“政论性”“边缘性”等词汇在不同论者的报告文学文体特征描述中进行着层出不穷的排列组合。实际上，这是解决报告文学是什么的核心要义，也是明确什么样的作品可纳入报告文学文体的关键所在。

有关报告文学的文体功能问题。这个问题可以细化为几个小的问题，包括报告文学的题材选择、现实功用、战斗精神等，如报告文学中是否能够容纳历史题材？报告文学叙事者属于什么类型？批判性是否报告文学的必备品质？只有厘清这些看似二元对立的基本理论问题，报告文学文体的审美功能方能浮出历史地表。

报告文学的聚焦方式问题。表面看来，这是一个报告文学文体理论建构“拿来主义”的范本。实际上，报告文学聚焦方式的问题关涉的是不同聚焦方式与题材选择的对应性，更重要的是，认知性聚焦概念的提出能够以更加学理性的方式，回答报告文学当中是否能够存在合理的艺术想象。

报告文学的叙述策略问题。作为叙述文体，报告文学文体的展开方式也包含了类似小说叙事学中的时间、节奏、话语模式等，报告文学非虚构的诉求限定了它的叙事灵活性，但并不意味着报告文学的叙事就完全是被动的。作为文学生产的一种，报告文学同样体现出了明确自觉的读者意识，“戴着镣铐在跳舞”。

报告文学文体有哪些类型？这是一个文体理论成熟必须具备的理论话题，但很明显已有的相关论述在这方面是薄弱的。报告文学文体的特殊性也可以从类型划分的角度窥见一斑。篇幅长短、创作动机、文体风格、结构形态的不同标准下，报告文学文体的丰富性和多样性更加清晰可见。

报告文学的比较特性。尤其是伴随非虚构、纪实等理论命题的提出，报告文学的比较特性问题更加突出。只有将报告文学同新闻、纪实文学、虚构文学等进行深入的比较，才能廓清报告文学与新闻不一样的立意构思、与纪实文学不一样的文体坚守等，也才能认知报告文学文体发展过程中文体的包容性和生命力。

报告文学的发展向度。这就是报告文学创作在发展历程中对王晖提出的“拿来主义”问题的破解。作为一个舶来品，报告文学在发展过程中大量地吸收借鉴了西方的理论和表现方式，但也在一些层面做出了民族化、本土化的努力。而这些努力，也代表着中国现代报告文学发展的几个维度。

这些关键分歧的探讨，是报告文学文体理论建构的着力点所在，也是学理性研究得以深入的抓手所在。通过对这一系列理论分歧的深度辨析，转而进行报告文学文体理论构建的尝试，是本书的出发点和落脚点。

第一章

报告文学的历史演进

熟悉报告文学的人，大多知道这一文体专名是舶来品，但除却部分专门研究者，却鲜有人对其源起问题进行过足够说服力的考证。知识考古学日渐流行的今天，对中国现代报告文学进行知识考古式的细致探究，成了文体研究得以深入的首当其冲。已有关于现代报告文学发生时间问题的观点主要有四种：

一、"古已有之"说。刘白羽在《文学杂记》中提出："只要我们考察一下我们的文学传统，就可发现，早已有这样一种体裁流传下来。……比如《史记》……"[①]1959年，他重申，报告文学"自古以来就在中国文学中占有重要的位置"。[②]不过，《郑伯克段于鄢》《李将军列传》等例证上的不匹配使得他的提法说服力不足。张海珊在《报告文学"最新输入"说质疑》中指出："我们中国文学源远流长，散文非常发达，实在不可能设想在它那浩浩荡荡的历史长河里竟会没有报告文学的浪花。"[③]《纪实：文学的时代选择》主编高文升同样奉持"古已有之"说，"骆宾王

① 刘白羽，《文学杂记》，北京出版社，1958年，第131页。

② 刘白羽，《给人民作一个通讯员》，见张德明编《中外作家论报告文学》，云南人民出版社，1985年，第78页。

③ 张海珊，《报告文学"最新输入"说质疑》，载《上海师范学院学报》，1981年第2期。

的《代李敬业传檄天下文》……可以说它是我国古代报告文学的先声”[①]。而王春春、王洪祥则将《大唐西域记》视为“中国也是世界上最早的报告文学”[②]。

二、近代起源说。包括袁殊、阿英、周钢鸣、尹均生、朱子南、张春宁、章罗生、丁晓原、王晖等均持这一看法。袁殊在《报告文学论》中指出：“‘报告文学’这一名词在中国还是很新的。……这文学的形成，自然不会是古已有之的；它是一种近代工业社会的产物。”[③]阿英在《从上海事变说到报告文学（序）》中发展了袁殊的观点，“所谓Reportage，报告文学，是什么意思呢？这种文学的形式，始终是近代的工业社会的产物。”[④]周钢鸣在其《怎样写报告文学》一书中对此观点表示认同。尹均生也认为，“报告文学不同于诗歌、小说、戏剧、散文、传记文学等文学形式，它不是古代早就产生了的，而是近代社会生活的产物，是近代社会政治经济生活需要的产物。”[⑤]朱子南也明确支持“近代起源说”。张春宁的《中国报告文学史稿》将报告文学的诞生期定为1898—1919年，即通常意义上的近代文学阶段，并明确地将《戊戌政变记》视作中国报告文学诞生的标志。章罗生在《中国报告文学发展史》中对张春宁的观点予以赞成，“此论言之成理，符合实际，可以认定。”[⑥]丁晓原也毫不讳言：“近代文化的转型为报告文学的发生，提供了可能性的历史条件。”[⑦]同为学院派报告文学研究专家的王晖也赞同近代

①高文升，《纪实：文学的时代选择——新时期纪实文学研究》（主编），河南文艺出版社，1998年，第12、13、14页。
②王春春、王洪祥，《报告文学探源》，载《南京师范大学文学院学报》，2004年第4期。
③袁殊，《报告文学论》，载《文艺新闻》第18号，1931年。
④阿英，《从上海事变说到报告文学》（代序一），见《中国报告文学丛书》第一辑第三分册，长江文艺出版社，1981年，第7页。
⑤尹均生、杨如鹏，《报告文学纵横谈》，四川人民出版社，1983年，第11页。
⑥章罗生，《中国报告文学发展史》，湖南人民出版社，2002年，第22页。
⑦丁晓原，《文化生态视镜中的中国报告文学》，复旦大学出版社，2008年，第35页。

起源说。

三、五四兴起说。周而复、田仲济、杨如鹏、赵遐秋、张瑷等都秉持这一说法。在周而复看来，五四运动期间刊登的包括《一周中北京的公民大活动》等“可以说是中国报告文学的滥觞”[①]。田仲济指出，“至少中国现代文学的发生期的前后已有了萌芽期的报告或类似报告的作品。”[②]赵遐秋则认为，“五四运动的风暴给中国带来了春天的气息。在文学的百花园地里，报告文学破土而出了。”[③]张瑷的《20世纪纪实文学导论》对这一观点予以了回应，“中国的报告文学萌生于‘五四’时期，最早的作品也是脱胎于新闻通讯或纪游散文，如1919年5月11日出版的《每周评论》上发表的《一周中北京的公民大活动》。”[④]

四、20世纪30年代说。持此说法的有以群、罗荪、理由、林非、李炳银、何建明、李春雷等。以群在《抗战以来的报告文学》中断言：“在一九三一年的‘九一八’以前，中国还没有报告文学。”[⑤]蓝海的《中国抗战文艺史》沿用这一说法。理由也支持“20世纪30年代说”，“我国产生报告文学大致在三十年代，真正的繁荣是在五十年代”。[⑥]林非在《中国现代报告文学创作的一个轮廓》中坦言：“在现代文学史上，报告文学的正式兴起，已经是三十年代以后的事情了。”[⑦]而罗荪在为《以群文艺论文集》作序时指出：“报告文学是三十年代开始兴起的一种

①周而复，《谈报告文学——周立波周而复报告文学集·序》，载《文艺报》，1981年第1期。
②田仲济，《特写报告发展的一个轮廓——特写报告集编辑的一点感受》，载《文史哲》，1963年第3期。
③赵遐秋，《中国现代报告文学史》，中国人民大学出版社，1987年，第37页。
④张瑷，《20世纪纪实文学导论》，文化艺术出版社，2005年，第30页。
⑤以群，《抗战以来的中国报告文学》，载《中苏文化》，第9卷第1期，1941年7月25日。
⑥理由，《漫谈报告文学的写作》，见张德明编《中外作家论报告文学》，云南人民出版社，1985年，第194页。
⑦林非，《中国现代报告文学创作的一个轮廓》，载《时代的报告》，1980年第2期。

文学样式”，“报告文学是中国新文学当中的一个最年轻的兄弟，它的产生和发达，永远和中国民众的反日运动、抗日斗争密切地结合着”。①

需要指出的是，刘白羽等力主的“古已有之”说旨在找寻现代报告文学的传统文化资源，为文体正名提供更多史实论据，虽然它的提出与阐释明显拓宽了报告文学的历史时域，但它的缺点也赫然在目——忽视了现代报告文学得以产生的社会历史文化背景及其对报纸等现代传媒的明显依赖性。中国古代文学中大量存在着纪实作品，它们也确实暗合了现代报告文学的“非虚构性”②特征，但这种相似只是表面的，未能涵盖现代报告文学的全部内涵。古代中国明显不具备报告文学文体产生与发展所需的条件，更谈不上容纳真正意义上的报告文学作家作品。

而“20世纪30年代说”则重“名”轻实，过分夸大事物命名对其发生的重要性，反而忽视了30年代中国报告文学被命名前相关的作家作品。简单以“名”的重要性剔除历史的绵延性，显然也是对报告文学文体认识上的误区。任何事物都不会是突兀闪现在历史场域中，它需要一个孕育、萌芽的时空。从这个意义上讲，任何所谓“中国第一个报告文学作品”的机械指认都缺乏说服力。

反观第二、三种说法，虽在具体表述上存在时间节点先后之别，但其内在观念却是相通的。晚清是一个暗流涌动的转型时代。雨后春笋般出现的出版社和报纸、杂志等为文学发展提供了广阔天地，也彻底改变了中国传统文学的旧有面貌，只是，它没

---

①罗荪，《以群文艺论文集·序》，上海文艺出版社，1983年，第1页。
②王晖，《本位坚守与叙说新创——论20世纪报告文学作家的文体意识》，载《南京师范大学文学院学报》，2003年第4期。

有表现为五四新文学运动似的狂飙突进，而是俨然无形般潜行、孕育中偶有突破。现代报告文学的发生是一个积累渐进的过程，传统文学资源的继承、时代与文体之间的双向互动、外来文化因素的滋养以及媒介转型的外在导向，对于中国报告文学的现代化进程都有着深刻影响。

第一节　传统继承与报告文学的历史溯源

不管是《现代汉语词典》，还是容纳量更大的《辞海》等工具书，都将报告文学仅仅看作散文的一个分支，并未将其视为独立的文体类型。这一认定显然已被报告文学日益强大的文体实绩及社会影响力所消解，但释义本身却提醒了两点——一方面确证了报告文学的文学本质属性，另一方面则暗示了中国由来已久的散文及文学传统对现代报告文学发生发展的重要意义。

事实上，谈及报告文学的历史源起，除最不被认同的“古已有之”说，其余均无一例外都将文体的萌生同外来文学资源相挂钩，似乎传统中国没有任何因素孕育着报告文学的文体雏形。事实显然没这么简单，毕竟，中华民族悠久的历史长河中包孕着无数辉煌灿烂的文化典藏。即便是“五四”新文学那种与文化传统之间的“断裂”与“再生”关系，也远没有“五四”作家极力宣扬反传统的言论中所披露的那样激烈。“如果说‘断裂’，那也是一种‘脐带式的断裂’；如果说‘再生’，那也是一种‘凤凰式的再生’。”[1]所以，“古已有之”的提法虽无说服力，但它却提示

① 陈平原，《中国小说叙事模式的转变》，北京大学出版社，2010年，第130页。

了我们，文学研究不应断裂式将历史分割，而应从文体承传的视角来全方位考察。中国源远流长的传统文学资源即便没有明显呈示于报告文学的发展过程，也有着隐蔽的积极影响。找寻中国报告文学的民族血脉与历史源流，虽然为许多报告文学研究者所不齿，传统资源的潜移默化却是深远的、无条件的。中国报告文学的发展深受时代因素与外来影响毋庸置疑，但传统文化的深厚积淀才是现代报告文学生成的土壤根基。这其中，“史传”与“诗骚”的文学精神、经世致用的文化思想及传统的散文、小说的纪游笔法等的直接效用较为外显。

其一，“史传”与“诗骚”的文学精神对报告文学的品性导向。“凡小说家言，若无征实，则稗官不足以供史料；若一味征实，则自有正史可稽。”[①]这是晚清翻译小说家林纾信奉的小说创作观，它根源于古老文学传统。的确，对人、事、物、景等生活真实做客观反映与呈现，是中国文学由来已久的传统习性。而“崇真”也是中国古代文章美学最重要范畴之一，古人在作文品性上强调“事信而不诞”。于是，“真实”便也被用作衡量文章好坏的重要标尺。所以，写作《史记》的司马迁会因“其文直，其事核，不虚美，不隐恶”而被誉为“有良史之才”。从这个意义上，刻意将报告文学同传统文艺资源撇清距离是不明智的，中国报告文学的非虚构品格是现代文学对古代“史家笔法”“实录精神”的一种隔空呼应。正如林纾所言，假如报告文学作家一味只是凸显非虚构性，则会伤害到报告文学作为文学的本质属性。“报告”与“文学”应两相协调、互为衬托。

“史传”与“诗骚”向来被认定为是支配中国叙事文学发展

①林纾，《剑腥录》（第32章），北京都门印书局，1913年，第132页。

两种最主要的文学精神。但就其数千年来的表现形态而言，它们既是隐在文学精神，又是显在文学形式。强调“史传”与“诗骚”传统对报告文学发生发展的影响，更多是从文学精神层面着眼，但也不忽略其形式方面呈示出来的双向互动。“有社会担当、有历史使命感”①，诱使着报告文学作家热衷于以小视角去折射宏大时代。“史传”传统敦促着报告文学作家在叙说中抛弃视角人物转而以客观进行叙事，甚至是全知全能站出来评判。实录性的春秋笔法与纪实体的叙事技巧早在古代中国就十分流行，单从这方面看，坚持“古已有之”的报告文学缘起论也有其合理性。

而“诗骚”传统则推动着报告文学作家在文学本质属性上下更多功夫，它强化作者的主体性，尤其是主观态度。引“诗骚”入报告文学，突出思想喷薄、情感流动、结构奇巧与花样翻新等形式上的丰富和变化，这为中国报告文学作为一种非虚构文体的创作、传播与接受铺设了很好的传统前提。

必须指出，“史传”与“诗骚”对报告文学萌生及成长的重要影响不是处于割裂状态，并非一部分作家作品借鉴“史传”，另一部分借鉴“诗骚”，而是一种双管齐下的共同性介入。正是这两者的合力在某种程度上导向了中国报告文学的非虚构性与文学性，也确立起了报告文学文体规范的具体层面：“史传”影响并不意味着放弃艺术想象，而“诗骚”承继同样没有忘却报告文学的审美特质。

其二，经世致用思想在现代报告文学文体的激烈回响。文学与社会之间的关系，一直都是文学理论的基础问题。古典文艺中

①鲁大智，《李鸣生：报告文学是一种有历史使命感的文学》，载《中华读书报》，2017年7月26日，第11版。

的“文以载道”、“五四”新文学“为人生”等观念即是明证。这意味着文艺创作不应局限于个人风花雪月，更应对社会人情冷暖给予足够关注，展示报告文学的“责任担当与家国情怀”[①]。而知识分子的社会责任感与忧国忧民意识，正是受到“经世致用”思想激荡的结果。

“经世致用”，是指知识分子在日常言行中表现出对社会现实的关注，着眼于社会层出不穷的矛盾冲突，运用所学所思去面对并披露、展示、回应、解决相应社会问题，以求达到国治民安的实际效果。这一思想体现了中国传统知识分子讲求功利、求实、务实的思想特点及“以天下为己任”的博大情怀。之所以将经世致用思想追溯到儒家创始人孔子，究其根源，在于孔子所创立的儒家思想就是一种积极的“入世哲学”。孔子不遗余力宣传他的思想，旨在改变春秋末年社会动乱、礼崩乐坏的局面，恢复理想的社会秩序。而这正是“经世致用”思想对文学的功能需求。后起知识分子显然被这种经世精神所吸引，并将其作为自身重要责任，自觉担负起关心时政、关注国事、针砭时弊甚至救国于危难之中的使命。

明清之际，经学的倡导与学以经世的时代呼声相结合，从而形成了通经致用的新学风。徐光启主张为学“务求实用”，在这一精神指导下，陈子龙等编成《明经世文编》，而高攀龙则提出了“学者以天下为任”。明末以来的社会动荡，至明清更迭时达于历史极点。时代急剧变迁，以及伴随而来的战乱频繁、经济萧条等不堪局面，使整个社会陷入空前危机。自明万历末叶兴起的经世思潮，至清初空前高涨，知识界由是发出了“天下兴亡，匹

① 李朝全，《纪红建长篇报告文学〈乡村国是〉：中国向贫困总决战的文学证词》，载《文艺报》，2017年10月20日，第2版。

夫有责”的时代强音。明亡之初，南北诸经学家孙奇逢、傅山、顾炎武、黄宗羲、王夫之等从事反清活动。当他们投笔从戎反清失败后，严酷现实驱使知识界转而走向用著述救世，立足于“神州荡覆，宗社丘墟”的现实，他们进行了沉痛的历史反思，以期“明学术，正人心”。或认为，“孔子之删述六经，即伊尹、太公救民于水火之心”，经书乃“天下后世用以治人之书，将欲谓之空言而不可也”[①]；或对明末以来社会积弊进行不遗余力的针砭，以“匡扶社稷”为“天下之公”。通经致用，学以经世，已成为知识分子共识，从而构成明末清初经学的主干。同时，在具体做法上，“经世致用”者多比较实事求是，重调查研究。这样的态度，恰恰也是中国报告文学作家应有的主观姿态，这就难怪有学者直接点出，“报告文学是经世致用之学。”[②]

近代知识分子与其他时期的“士”所承担的历史责任实际上已大相径庭，知识结构与社会历史语境的急剧变迁导向了他们不一样的文学选择。因此，表面看来，经世致用的文学观念在强调文学所具有的社会功用上与传统“文以载道”和“文以教化”等观念相差无几，但比较而言，经世致用所提倡的有用于世更多带有批判精神。顾炎武说：“君子之为学也，非利己而已也，有明道淑人之心，有拨乱反正之事，知天下之势之何以流极而至于此，则思起而有以救之。”[③]可以说，正是这种社会政治批判精神与对传统文化的质疑、反思精神，才使“经世致用”的文学观念同“文以载道”等划清了分野。而梁启超的《戊戌政变记》、黄远生的《外交部之厨子》等中国报告文学发端阶段的作品明显

① 顾炎武，《顾亭林诗文集·与人书三》，中华书局，1983年，第17页。
② 李朝全，《对时代的文学“侦查”——读报告文学〈“莱西经验”诞生记〉》，载《光明日报》，2020年1月1日，第6版。
③ 顾炎武，《顾亭林诗文集·与潘次耕札》，中华书局，1983年，第56页。

带有的批判性特征，则很好彰显了“努力‘经世致用’”[①]思想对包括其在内的中国近代文学的深刻影响。换言之，“只要社会的脉搏还在跳动，报告文学就不会消失；只要生活还有温度，它就会有旺盛的生命力；只要时代还有表情，它就会愈来愈有魅力”。[②]

其三，传统散文、小说的纪游笔法对萌生期报告文学形式上的示范作用。游记在中国传统文学中源远流长，硕果累累。东汉时期马第伯的《封禅仪记》被学界认定为中国最早的游记作品，由此开始，游记文体便成了时代文人难以割舍的文学选择。唐宋时期柳宗元、王安石、苏轼等的作品，生动展示了文人墨客在游山玩水同时所饱含的对人间百态的纵深思考。而明清时期，徐霞客三十余年间走南闯北，徒步大半个中国所留下的“古今游记之最”的《徐霞客游记》更是获得了后世的不绝赞誉。虽然该书更多是一部地理学作品，但是由于作者在展示外在景观与描写旅程的同时也将个性思想呈现于字里行间，“已具有一定的‘报告’成分”[③]，所以其史料价值与文学价值不容忽视。“游记对作家自己内心世界的揭示，胜于对所描写的地区的揭示”[④]，当代美国游记作家保罗·索罗将游记视为一种“自传”不无道理。

中国古代游记，或是其他以旅行方式架构的散文、小说，和西方“在路上”的小说模式异曲同工。“在路上”成了改变人物命运和生存方式的重要契机，而反过来，漫长旅途则成了人物心

① 李炳银，《回顾2018：文学创作的蓬勃生机与活力之报告文学》，载《文艺报》，2019年1月2日，第2版。
② 张明慧、杨帆，《铁流：用报告文学书写使命担当》，载《联合日报》，2019年7月2日，第3版。
③ 张春宁，《中国报告文学史稿》，群言出版社，1993年，第5页。
④ 转引自王晓伦，《试论游记创作与近代西方全球地理观形成和发展的关系》，载《华东师范大学学报》，2000年第1期。

灵历程、作者情感抒发的凭借。旅行者置身陌生世界里，得以观察、思考、分析那些前所未见的新鲜事物，进而获得新的人生感悟。许多本地人见惯不怪、熟视无睹的事物与问题，对于旅行者来说，却是新鲜的外在刺激，促使他从一个新的角度来思考社会、历史、人生。因此，纪游绝非简单的走马观花，更是一种创作心态，一种观察眼光，一种独特的思维方式。

当然，通过纪游笔法结构起来的文本，在风云变幻的激变年代里能够担负的责任要明显重于和平盛世的稳定时期。重大历史演变的目击者或社会变迁的见证人，强化了中国文人由来已久的“补史之阙”的神圣职责。“在路上”的纪游方式使旁观叙述者在扩大视野的同时，增强了文本更加实在的“史”的价值与意义。传统全知全能的聚焦方式方便于对广阔生活场景的直接展示，却也不自觉对文本真实性造成很大伤害。而纪游笔法的限制视角无疑能够使“感觉真实”与“历史真实”之间获得相对平衡。具体写作过程中，第三人称的限制叙事没有被简单化处理——一方面以见闻录的形式获得视角的统一，另一方面叙述者又不时地突破单一化的视角，能动地站出来品头论足，明确表现的主题与主观的立场。

“纪游散文笔法”[①]的流变与纳入，对中国文学近代转型影响巨大。“以旅行者为小说的主要角色，并非始于晚清；但只有在清末民初的‘新小说’中，才成为一种值得重视的文学现象，并对中国小说叙事模式的转变起重要作用。”[②]而日本学者川口浩曾说：“从Feuilleton到Reportage的推移，还是因为这些新型的

① 王晖，《百年中国报告文学的体裁变迁——百年中国报告文学文体流变论》，载《社会科学辑刊》，2002年第3期。
② 陈平原，《中国现代小说的起点：清末民初小说研究》，北京大学出版社，2005年，第236页。

旅行记而实现的。”[①]的确，作为缘起于近代社会急剧变迁的新型文体，报告文学没有理由对这一重大文学笔法视而不见。梁启超的《新大陆游记》、李奎的《环游地球新录》、康有为的《欧洲十一国游记二种》等报告文学的早期作品，单从题目便可知纪游笔法的采纳与渗入。而且，纪游笔法大量存在于报告文学，使得各类有意无意的“旅行者”应运而生，这对报告文学结构的整体感、叙事角度的转变，以及新的价值判断方式的确立，起到了决定性作用。

从这个意义上，尽管大多数研究者都注意到了中国报告文学产生的外来影响，但其内在的精神实质却是从民族文化中继承、延续、衍生而来的。历史文化的厚重积淀，深刻导引了中国报告文学的近代发生。

第二节　时代选择与报告文学的文体发生

> 每一时代产生了它的特性的文学。“报告”是我们这匆忙而多变化的时代所产生的特性的文学式样。读者大众急不可耐地要求知道生活在昨天所起的变化，作家迫切地要将社会上最新发生的现象（而这是差不多天天有的）解剖给读者大众看，刊物要有敏锐的时代感——这都是“报告”所由产生而且风靡的根因。[②]

以上这段话是茅盾在《关于“报告文学”》一文中从创作客

①［日］川口浩，沈端先译，《报告文学论》，载《北斗》第2卷第1期，1932年1月20日。
②茅盾，《关于“报告文学”》，载《中流》，第1卷第11期，1937年2月20日。

体、主体和受体三个角度对报告文学本体“特性”进行揭示的经典表述。考察得细致、全面，既彰显了茅盾对报告文学文体足够的关注，更提示了报告文学文体研究所不可忽视的几个侧面。正如L. A. 怀特在《文化的科学》中强调的：“我们从未听说过，在文化系统或在其他任何一种系统之中，有什么东西是从空无中产生出来的。一种事物总是导源于另一种事物。”①除却中国传统文学源远流长的缓慢孕育外，转型时代的文化选择、报纸等现代传媒的兴盛以及启蒙新民的政治需要等，共同催生了报告文学在近代中国的破土而出，而且，这一文体也是“在回应时代需要中实现文体成熟”②。

雷纳·韦勒克在《文学理论》中区分了文学研究的两种基本方法——外部研究和内部研究。中国现代文学很长一段时间力主的社会历史批评显然属于前者。20世纪80年代之后，这种批评方式日益受到贬斥，形式研究获得了极大施展空间。当然，文本的创作同作者的人生经历、时代背景等外在因素的复杂缠绕，没有必要由于纯形式的文艺研究的兴盛而被完全剔除。“文体不是孤立的存在，而是一个开放的系统。”“文体的背后永远存在着深隐的原因。”③报告文学作为一个密切关注现实世界的文体类型，对它进行研究时自然不能对其外部环境置若罔闻。如果单纯从客观角度予以考察，近代中国之于报告文学源起的重要性就愈发明显。毕竟，中国近代就是茅盾所提及的那样一个“匆忙而多变化的时代”。

第一，转型、激荡时代的“文化选择”是造就报告文学文体

①[美]L. A. 怀特，《文化的科学》，山东人民出版社，1988年，第199页。
②李炳银，《同频时代 共振人心——中国报告文学70年经验与启示》，载《人民日报》，2019年8月9日，第20版。
③童庆炳，《文体与文体的创造》，云南人民出版社，1994年，第182页。

发生的时代基因。封建中国，王朝更迭甚为频繁，但经济、政治、文化等范畴一直都在世界上占据无可替代的重要位置。火药、造纸术、印刷术、指南针这四大发明在彰显古代中国人民的智慧与创造性的同时，也给世界带来了诸多便利。当历史的车轮磕磕绊绊滚到19世纪，原本相对的安静祥和慢慢滋生了动乱的因子。闭关锁国政策笼罩之下的封建中国在夜郎自大中消磨着风烛残年。而世界资本主义国家在累积了足够资本后，终于露出荼毒贪婪的本性，一方面对内残酷压迫劳动人民，榨取其血汗劳作；另一方面对外恣意扩张侵略，抢夺资源与市场。不同制度、不同种族、不同国度之间的纷争明示了19世纪的世界发展趋势——整个世界充满着尖锐复杂的矛盾，越来越骚动不安。

很快，西方坚船利炮在利益驱使下开始把目标瞄向了古老却又地大物博的封建中国。鸦片战争的炮火既造成了中国人民水深火热的生活困境，也警示了知识分子新的思考。内忧外患的时代语境迫使知识分子不得不重新审视所处的现实社会与人生。困窘的生活情状在诱发知识分子承担意识的同时，却也提供了足够丰富的素材来源。战争形势的日新月异需要及时呈现，外来的进步观念、新生事物同样充斥于各种文体的日常表达之中。日益繁复的生活境况同文学叙述相对迟缓之间的矛盾愈演愈烈。如何采取更加稳妥的方式去应对，一时间成了知识分子共同的时代焦虑。报告文学短小精悍且反应迅速的文体特点，在此时的中国恰恰解了他们的燃眉之急。

“特性的文学蕴育于特性的时代。”[①]激荡的时代亟待新质的文体来适应其更新换代的速度，这便是报告文学应运而生的时

---

① 丁晓原，《近代文化转型与中国报告文学的发生》，载《中国文化研究》，2001年春之卷。

代基因。从某种意义上，近代社会历史语境的特殊性与报告文学文体特性上的暗合，是导致其萌生的最重要原因。失却了这样的时代文化选择与外在规约，失去了这样的土壤培育，报告文学不可能在当时当地萌生，或许也就不会是今天习见的模样。当然，这并不是说报告文学在其草创阶段就具备“文体自觉与文体独立意识”[①]，恰恰是不够完备的文体形态确证了报告文学发生的时代性造就。时代在选择了一个略微粗糙的文体方式后，又是时代不断雕琢着它的成长与壮大。

第二，报纸等现代传媒的繁荣是报告文学文体承载与传播的必要凭借。“这种文学样式，当然不是从前就有的。这始终是近代工业社会的产物。印刷技术发达之后，一切文书都用活版印刷的形态传播，在此才产生了近代散文——即一般叫做Feuilleton的形式，Reportage就是这种形式的兄弟。”[②]川口浩论及国际报告文学文体的发生条件时，明确了报告文学存在的重要前提——近代传播媒介。事实上，茅盾提到的“刊物要有敏锐的时代感”也是着眼报告文学的传播与接受。毕竟，如马克思所言，“物质生活的生产方式制约着整个社会生活、政治生活和精神生活。”[③]

客观地说，读者阅读需要在近代以前的中国相对难以满足。这很大程度上归咎于传播媒介的匮乏。虽然造纸术与印刷术荣幸跻身古代四大发明，但国人并没有运用好它们。纵然中国拥有世界上最早的报纸邸报，“新闻”一词也早在唐代就出现，但“实际上都是官方文件，并非新闻事业”[④]，中国近代新闻业发展严

①张瑷，《报告文学的文体范式与流变》，载《南京师范大学文学院学报》，2005年第3期。
②[日]川口浩，沈端先译，《报告文学论》，载《北斗》第2卷第1期，1932年1月20日。
③马克思，《政治经济学批判序言·马克思恩格斯选集》(第2卷)，人民出版社，1972年，第7页。
④张春宁，《中国报告文学史稿》，群言出版社，1993年，第16页。

重滞后。封建王朝为维护统治秩序，大兴文字狱、焚书坑儒等愚民政策的有效实施，很好实现了对普通民众的精神控制，却也导致了原本能强国利民的一系列先进技术最终做成了生命绝响的掘墓人。特别是火药在近代的反戈一击，原本不可一世的封建统治者终于被迫放下目中无人的高傲姿态。

“报告文学的诞生，得力于近代新闻事业的兴起与繁荣。”①资本主义的军事与经济侵略固然令人痛心，但伴随而来的传教与文化殖民在愚弄、麻痹国民思想的同时并非一无是处。当年由中国传出去的印刷技术经由西人探索已日臻完美，而西人在中国办报的行径也刺激了国人的新闻梦想。封建王朝被迫开放，反而造就了文化上一次新的开化与求新浪潮。“他是中国历史上以报纸为讲坛，宣传变法图强的第一人，也是中国新闻史上的第一个报刊政论家”②，王韬之于中国近代新闻业发生发展的重要性完全可以由其创办的《循环日报》的影响力来传达。印刷业的快速发展确保了新闻的时效性，而报纸内容时代性的增强则使得新闻文体产生了更加广泛的社会效应，二者之间相得益彰。“时务报起，一时风靡海内，数月之间，销行至万余份，为中国有报以来所未有。举国趋之，如饮狂泉”③，梁启超对在当时自己一手创办却闻名遐迩的《时务报》不无得意。“新闻社会角色的确立，无疑也是历史进入近代的显性标志。”④报纸媒介在那个年代的重要性十分显在。

如茅盾所言，“读者大众急不可耐”正是近代中国国民心态

---

① 刘雪梅，《报告文学与报刊关系溯源》，载《江苏社会科学》，2001年第2期。
② 王凤超，《中国的报刊》，人民出版社，1988年，第39页。
③ 梁启超，《中国报馆之沿革及其价值·饮冰室合集》（文集之六），中华书局，1989年，第157页。
④ 丁晓原，《文化生态视镜中的中国报告文学》，复旦大学出版社，2008年，第38页。

的真实写照。近现代转换时期的中国正由封闭落后的封建格局被迫走向开放，而生活在这一时期的读者大众对于社会信息的期望日益强烈。这当然有很大一部分仅仅局限于自我安身立命的狭小诉求，但不乏由此去透视国家与世界局势、忧国忧民的有识之士。“在一个非正常的生活时期，人们时时都在为自己的生活环境操着心，为自己的安全操着心。所以，关心时局，关心有关的矛盾冲突和战争的一切消息，就是人们的一种实在的欲望了。”①简单平面化的消息、通讯等当然可以直接满足普通读者对即时信息的迫切需要，但阅读过程中干瘪粗糙的感受，则胁迫着各种报刊在同西人与国人其他刊物的市场竞争中不断修缮自我、提升品位。而报告文学作为一种比较优化形态的新闻文体，无疑获得了更大市场竞争力与阅读受众群体。梁启超《戊戌政变记》、李奎《环游地球新录》等，复杂而重要的新闻事件的及时报道与人物描写、事件过程的翔实细致等，初步体现了报告文学特有的新闻与文学的双重属性。

曹聚仁在《晚清报章文学的兴起和它的背景》写道：“就新闻记事来说，《上海新报》记载太平洋战争，《申报》记载台湾生番杀琉球人事件，记载法国攻安南侵密渡的战争，《时报》记载周有生案，记载大闹会审公堂案，备具报告文学的条件，大得读者爱好。”②可以说，正是由于“读者大众急不可耐”的心态与报纸等现代传媒的兴盛，共同促成了中国报告文学的近代发生。

第三，知识分子的责任担当与启蒙新民的社会政治需要，塑

---

① 李炳银，《中国报告文学的世纪景观》，长江文艺出版社，2003年，第15页。
② 转引自张海珊，《报告文学“最新输入”说质疑》，载《上海师范学院学报》，1981年第2期。

造了早期报告文学明显的“政论性”[①]特征。意识形态对文化、文学的制约与引导，在任何国家、任何时代都不足为奇。中国近代文化的复杂特质，正是根源于特定历史时期的政治变革与救亡图存的社会思潮。作为一种注重社会传播的“公共写作模式”[②]，报告文学有其独特文体功能。二者的内在暗合首先必须立足于知识分子主体意识觉醒的前提之下。毕竟，思潮的引导总是无法将主体努力搁置一旁、弃之不顾。

从创作主体角度考察，报告文学作者的自我认定并非只是激荡多变时代毫无情绪的“旁观者”[③]，而是有强烈社会责任感和历史使命感的参与者与担当者。在茅盾看来，报告文学写作者的创作目的就是——“迫切地要将社会上最新发生的现象解剖给读者大众看”[④]，以达到唤醒大众的深刻诉求。因此，现实政治上、社会上的具有新闻价值的人与事一时间成为萌生期报告文学取材的偏爱。“吾辈之为文，岂其欲藏之名山，俟诸百世之后也，应于时势，发胸中所欲言。”[⑤]以梁启超为首的知识分子界日渐明确的报告文学传播意识，则成为中国早期报告文学作者“立言为公”博大胸怀的最好佐证。

内忧外患、水深火热的激荡时代，充溢于文学作品中的毫无疑问都是强烈的危机意识和启蒙暗流。严酷的社会生存现状，唤醒了先觉知识分子必要的审视与沉思。时代风云变幻、国内暗无天日以及外来文化激荡，都要求着一种迅疾反应的文体类型来承

① 丁晓原，《论近代报章政论体之始——“王韬体”》，载《广东社会科学》，2000年第6期。
② 丁晓原，《论“全媒体”时代的中国报告文学转型》，载《文学评论》，2020年第1期。
③ 佟鑫，《报告文学的个性化表达——读徐春林长篇报告文学〈平语札记〉》，载《中国艺术报》，2018年8月22日，第8版。
④ 茅盾，《关于“报告文学”》，载《中流》第1卷第11期，1937年2月20日。
⑤ 梁启超，《三十自述·饮冰室合集》（文集之二），中华书局，1989年，第19页。

担文学的生活实录及社会批判功能。王纲解钮时代，相对宽松的政治环境，则提供了更加自由的言说空间。不管是梁启超《戊戌政变记》《新大陆游记》，还是康有为《欧洲十一国游记二种》，其中渗透的公共言说的批判意识即便现在看来，都是入木三分、力透纸背的。启蒙新民的政治需要与知识分子批判性的历史担当之间的共谋，使报告文学在并不安分的近代应运而生并日渐成长。

第三节　域外资源与报告文学的文体成长

近代文化转型固然是中国报告文学文体发生的重要内因，但复合视角考辨下同样不能够忽略外来文化营养的作用。中国报告文学的文体发生和“西学东渐”不无联系，早期报告文学的文本也大多以纪游方式展示西方世界的文明进步，此后其现代化进程更是离不开欧风美雨在理论及创作层面上的借鉴作用。“探析现代知识者如何选择、借鉴和转化国外报告文学理论资源，成为人们掌握中国现代报告文学理论走向、审美倾向、艺术风格的关键之处。”①

“西学东渐”一词最早见于容闳1909年的自传性作品《我在中国和美国的生活》（*My life in China and America*）的中文译名《西学东渐记》。两个版本的书名表面看风马牛不相及，却是传主容闳对其所生活时代的文化背景最确切的概括。近代中国的文化转型中，西方文化参与的重要性不言而喻。这就不难解释为何

① 黄科安，《域外资源与中国现代报告文学理论之建构》，载《中国现代文学研究丛刊》，2011年第7期。

即便到了现在，“西学东渐”仍频繁出现在人们描绘近代中国思想文化变迁的叙述中。中华民族有悠久的写实传统，但现代报告文学的文体发生与长成，“西学东渐”必定是不可绕过的重要话语场。

历史学意义上的“西学东渐”包含两个阶段：一是明末清初耶稣会传教士到来引起的西学浪潮；二是鸦片战争到五四运动期间东西文化的激荡。1605年，西方传教士利玛窦辑著的《乾坤体义》，被《四库全书》的编纂者称为“西学传入中国之始”①。第一阶段的西学传入，主要以传教士和一些中国人对西方科学著作的翻译为主。时代的规训使当时西学对中国的影响局限于天文学、数学和地图学等自然科学。封建统治者基于统治稳定长久的考虑，限制了这些西学作品的传播，只在少数士大夫阶层中流传，且大部分深藏宫禁，未能深入民间，自然谈不上普及了。从19世纪中叶前后开始，西方人再度开始登临中国，这一回，他们的态度急转直下。殖民掠夺的野心催促下，他们以资本主义的残暴长驱直入，当然，随之而来的还有以各种新式的传播媒介带来的西方新知识、新技术、新思想。

鸦片战争的节节败退及英法联军炮火猛烈的外在刺激，促使清朝政府在1860年推行洋务运动，西方科学技术大规模涌向中国。当时的洋务人士主要采取“中学为体，西学为用”的态度来面对西学涌动，而主要关注的是西方的先进武器及相关的器械运输等，尚未试图对西方的学术思想加以学习。因此，在这期间学术思想方面的传入更多借由西方传教士创办的新媒体以及少部分洋务机构中为军事目的顺道译介的相关书籍。不过，新兴传媒强

① 转引自刘大椿，《明末清初的西学东渐与中国近现代科技转型》，载《中国人民大学学报》，2018年第6期。

大的辐射面已经警醒了国内知识分子思考与努力的自觉。“伴随着19世纪中后期政治集团提倡‘洋务’这一显性学习，域外文化的隐性传播在民间如一股暗流在涌动，这就是现代传播系统的中国化、现代传播媒介——报纸、出版、学校的扎根和萌芽。”[①]

在1894年甲午战争中败给日本后，清政府几十年苦心经营的洋务运动功亏一篑。为补救财政困难，封建王朝被迫给民族工业让出了一条发展道路。而在帝国主义为争夺利益而大量投资的刺激下，中国的民族资本主义在夹缝中获得了初步发展。经济上的一抹亮色犹如指明灯一样照亮了晦暗的中国，面对国破家亡的时代忧虑，许多有识之士开始更积极全面地向西方学习，出现了梁启超、康有为、谭嗣同等一批思想家式的新型知识分子。他们一方面积极创办报刊，向西方学习自然科学和社会科学知识，《强学报》《时务报》《国闻报》等先后出现；另一方面在政治上号召改革，力图推动中国的“变法维新”。这一时期大量的西方知识传入中国，影响非常广泛，不局限于经济、科技、军事等层面，也涉及思想文化层面上的新探索。中国文化的近代转型同西学东渐间的关系甚为密切。

文化层面的转变自然而然地体现在了文学上。晚清以来，近代中国的新闻通讯中，除单纯纪事外，还有大量新式的纪游体作品。如王韬的《漫游随录》、黄小配在广州《南越报》上分57天连载的《五日风声》、梁启超1903年刊发的《新大陆游记》等即当时旅行通讯的典型。比照国际报告文学的发生历史，萌生期报告文学大多就是这种纪游体散文，如德国盖奥尔格·弗尔斯特尔的《环游世界的旅行记》、德国诗人海涅的《旅行杂记》、美国作

①马永强，《文化传播与现代中国文学》，安徽大学出版社，2003年，第6页。

家马克·吐温的《密西西比河上》等。可见，发生期中国报告文学的纪游体式既是对传统文艺的一种承传，也是对发生期国际报告文学的一种积极回应。包括《新大陆游记》在内的近代报告文学作品中蕴含的实录笔法、叙事角度的多变与从容以及富有思想性、批判性的真知灼见，毋宁即报告文学的典型文体形态。

西学东渐让原本万马齐喑的知识分子阶层有人先行觉醒，他们在思想文化层面上的全面反思与付诸笔端，再加上报告文学所依托的报纸等新兴媒介强大的社会辐射面，一方面使“打破铁屋子”的启蒙新民思想获得了扩散，另一方面则使报告文学在中国近代积攒了充足的发展条件。它们的存在形成了参与社会、文化变革的“公共舆论”和“公共领域”①。所以，即便西学东渐的氤氲并没有使近代中国很快走向世界，但其历史价值却是不容忽视的。中国报告文学的现代化进程，更是离不开这一文化现象的积极影响与正面推动。

由此可见，清末民初报刊等现代传媒的日益博兴、人的解放与现代知识分子的形成，都离不开域外文化强行登陆并与传统文化形成的激烈碰撞、对话。这也彻底打破了旧有的文学生态。文学生产从创作、传播、消费、接受等各个阶段都发生了翻天覆地的巨大变化——“创作者身份的普泛化、生产复制的机器化、传播机制的市场化、接受者的大众化”②表现得尤其明显。这些具体而微的变化同样深刻反映于报告文学领域，导向了现代报告文学的基本创作范式。

报告文学发生的时代，正是中国国门开启、走向世界的时

---

①刘叶郁，《报告文学的意义生成研究》，载《东吴学术》，2018年第2期。

②靳新来，《鲁迅：在现代传媒中开辟言说空间》，载《天津师范大学学报》，2013年第4期。

代。战争溃败的反思中，包括封建统治者在内的国人逐渐意识到同西方先进国家之间发展的巨大落差。寻找救国方略的有识之士，既批判性揭露国内的生存现状、政治体制，又将视域拓展到域外国邦，甚而有人亲赴异国他乡，实地考察西方近世文明的繁盛及后起的社会主义苏俄。他们几乎无一例外选择了新兴的报告文学进行话语叙述，其中的佼佼者首推梁启超。他的《戊戌政变记》《新大陆游记》等在新闻性、文学性、政论性等方面都明显具有了报告文学的形态和功能。题材的社会性、形象的生动性、叙述角度的多样性、传播的及时性与广泛性等，确证了梁启超之于中国报告文学发生发展的重要性。虽然直至五四之前，中国的报告文学一直使用的都是文言文，但其通俗性与生动性却在梁启超"新文体"主张的强调下日益深化。

1919年五四运动震惊中外，《一周中北京公民的大活动》《二十一日听审的感想》等报告通讯予以了迅疾的记述和报道。而在它的刺激与推动下，一场更加声势浩大的思想文化变革迅速在全国范围内展开。内外交困的时代夹缝中，知识分子力图依托文学有所突围，现实性极强的报告文学责无旁贷担起了历史的重任。民族危机的深重与国内惨烈的生存境况在《唐山煤矿葬送工人大惨剧》《执政府大屠杀记》《五月三十日的下午》等报告文学中得到了及时而强烈的展示与宣泄。

"五四"新文学具有划时代意义，其最直观的现代性体现在语言文字的更换。晦涩难懂的文言文，终于被通俗浅显的现代白话文取代。白话文运动开展与文字改革实践，都将斗争矛头指向了难学难记的文言繁体汉字。1920年，北洋政府教育部将新的白话文作为国语予以了官方认定，这对于市场化的文学生产无疑是有利的。启蒙救亡的呼号在五四运动的催促下愈演愈烈，而部分有识之士选择了旅欧的方式来向西方寻找真理。采域外之花以酿己蜜，成了包括梁启超、周恩来、瞿秋白等报告文学作家们共同努力的方向。

清王朝覆灭之后，梁启超离日归国。但他虚幻的立宪政治理想一再碰壁，并最终和老师康有为分道扬镳。1918年末，执意要为中国找寻社会问题新出路的梁启超启程踏上了欧游旅程，于1920年初写成十万余言的《欧游心影录》陆续在上海《时事新报》上发表。白话文的使用让人眼前一亮，但其更大的报告文学文体价值还在于第一次全面、翔实而生动地报道了欧战结束时的欧洲。《欧游心影录》的创作，增添了梁启超之于中国报告文学文体发生重要性的筹码。

"我自问那篇通信中所叙的事实，和我所加的评论，很少的出于我个人的偏见，或者是从他人得来的暗示。"[①]1920至1924年，赴法国、德国勤工俭学的周恩来为天津《益世报》撰写了30多万字计50多篇的《旅欧通信》。忠于事实、注重为革命服务的社会效果以及鲜明的无产阶级立场，使周恩来的报告文学创作在真实性、革命性和艺术性上高度统一。这些报告文学作品不仅报告了中国勤工俭学学生在异国的斗争壮举，还反映了第一次世界大战以后欧洲各个资本主义国家政治、经济、文化等方面的变迁，如此丰富的内容涵盖面对于国人开阔眼界、认清资本主义世界的本质，毫无疑问是有很大帮助的。朴实的风格叙述中蕴含深沉的无产阶级感情，也彰显了早期报告文学文本的战斗性品格。

"欲了解异国的社会生活，决不能单凭几条法律几部法令，

---

①周恩来，《旅欧通信——勤工俭学学生在法最后之运命》，见《中国报告文学丛书》（第一辑第二分册），长江文艺出版社，1981年，第179页。

而要看得见那一社会的心灵。”[①]1920年10月16日，瞿秋白应北京《晨报》和上海《时事新报》的聘请，与俞颂华、李宗武同行前往莫斯科考察十月革命后社会主义苏联的实况。旅俄两年间，瞿秋白进行了广泛细致的实地考察，及时向国内民众报告他的所见所闻。这些报告文学作品后来辑录为《饿乡纪程》和《赤都心史》由上海商务印书馆出版。作为中国最早的对社会主义苏联进行科考的两部报告文学作品集，“瞿秋白贡献了最初的力作”[②]。鲜明的时代性和阶级性、严格的真实性、多姿多彩的文学性以及作品类型的多样化，为现代中国报告文学创作很好地“探路”“领路”，其筚路蓝缕以启山林之功不会被文体史遗漏。

域外新风借取的历史价值在《欧游心影录》《旅欧通信》《饿乡纪程》和《赤都心史》等文本中发挥到了极致。只是，文本创作者身份普泛化所带来的报告文学发生期的混乱也达到了迫切需要解决的临界点。缺乏相应理论的指引与照亮，报告文学文体确证始终无法在散乱的文本表达中找到抽象化剥离。从文学革命到革命文学，现实性、革命性的文学政治功利性诉求愈来愈被强调，但何以照亮20世纪30年代报告文学的成长道路却又成了摆在新文学作家面前的艰深问题。左联的成立似乎为文学找到了一个可依靠的组织凭借，但这并未能真正指引报告文学的文体成长。所幸，欧风美雨在理论及创作层面上起到的镜鉴作用，经由左联的努力获得了淋漓尽致的发挥。

1930年8月4日，首届左联执委会通过的《无产阶级文学运动新的情势及我们的任务》中明确提出：“创造我们的报告文学

① 瞿秋白，《赤都心史》，见《中国报告文学丛书》（第一辑第二分册），长江文艺出版社，1981年，第93页。
② 赵遐秋，《中国现代报告文学史》，中国人民大学出版社，1987年，第55页。

（Reportage）吧！”而第二年11月通过的《中国无产阶级革命文学的新任务》同样对“西欧的报告文学”的采用予以了“执委会决议”式的强调。这种略带压迫性的推崇，彰显了报告文学独特的文学价值和社会功能，催生了引进译介国外报告文学理论与创作的热潮。

川口浩的《报告文学论》（沈端先译）、T. 巴克的《基希及其报告文学》（张元松译）、基希的《危险的文学样式》（胡风译）、皮埃尔·梅林的《报告文学论》（徐懋庸译）等报告文学理论的译介文章，就报告文学的“历史渊源、创作对象、创作内容、文体特征”[①]等都做出富有创造性的论述。除了关于“真实”“艺术手段”等近似表达外，川口浩所分析的报告文学“社会批判性”的文体特质、基希的关于报告文学作家必须掌握“辩证唯物论”的思想、皮埃尔·梅林所力主的科学缜密的田野调查等，都对随后中国现代报告文学理论建构及其创作实践意义重大。中国现代知识分子困扰已久的理论匮乏之难题，在这些译介文章的指引下得到了改善。伴随着《报告文学论》《关于速写及其他》《谈谈报告》《关于“报告文学”》等理论文章相继问世，域外资源很快实现了中国化、本土化。

与此同时，外国报告文学作品纷纷登陆中国，外国作家以中国为题材的作品（如基希的《秘密的中国》、埃德加·斯诺的《西行漫记》等）及域外题材的作品（如约翰·里德的《震撼世界的十天》、高尔基的《一月九日》《列宁》等）是当时翻译的重点。尤其是基希冷静揭露的报告文学创作引领了国内报告文学创作的热情，并促成了中国报告文学的第一个高峰期。柔石（署

---

① 黄科安，《域外资源与中国现代报告文学理论之建构》，载《中国现代文学研究丛刊》，2011年第7期。

名刘志清）的《一个伟大的印象》、阿英选编的《从上海事变到报告文学》、夏衍堪称典范的《包身工》、萧乾的《流民图》、宋之的的《一九三六年春在太原》、范长江的《中国的西北角》、茅盾等编选的《中国的一日》等都昭示了20世纪30年代中国报告文学在域外资源滋养下的日趋壮大与成熟。时至今日，中国报告文学理论与创作有了许多新的突破，但30年代的“拿来”[①]与创造所形成的文体规范至今无法绕过。

第四节　媒介视域与报告文学的文体转型

2001年，《文学评论》刊发了美国文学批评家希利斯·米勒的《全球化时代文学研究会继续存在吗》，摘要部分这么写道：

> 本文从德里达的名作《明信片》谈起，依次论述了印刷技术以及电影、电视、电话和国际互联网这些电信技术对文学、哲学、精神分析学甚至情书写作的影响。自以为“究了一辈子文学”的米勒教授坚持认为，“文学研究从来就没有正当时的时候，无论是在过去、现在，还是将来。”[②]

简短的文字叙述于报告文学文体而言至少有着两点启发：报告文学文体研究的必要性和从传媒视域审视中国报告文学的必要性。“从发送者到最终接收者之间，被淘汰的内容可能是数量巨

---

①李玮，《论20世纪30年代文学语言“大众化”与“报告文学”文体的发生》，载《文学评论》，2011年第6期。
②[美]希利斯·米勒，国荣译，《全球化时代文学研究会继续存在吗》，载《文学评论》，2001年第1期。

大的。我们看不到世界本身，看到的是被传播媒介选择和解释过的世界。”[①]媒介之于文学发展意义非凡——“其一是新媒介通过改变文学所赖以存在的外部条件而间接地改变文学；其二是新媒介直接地就重新组织了文学的诸种审美要素”[②]，文学审美构成的变化很大程度上受制于媒介的重塑。因此，考察中国报告文学成长的内外因素，必然要将媒介研究作为重要切入口，以传媒视域去观照整个中国报告文学的历史演进。

尹均生将国际报告文学的源起归功于新闻记者和作家的合力：“为了使他们的报道更具吸引力，更深刻地揭开现实帷幕和震动社会，他们努力吸取小说、电影、戏剧等艺术手法，进一步创造和完善Reportage（报告文学）的形式。”[③]虽然这段话没有直接表达媒介对于报告文学的重要意义，但创作者的身份认定还是传达出了报告文学产生与发展过程中媒介的外在影响。“读者知晓生活的信息渴望，作家社会职志的旅行和刊物的价值实现等，这些要素之间相互关联所形成的特有的文化生态，不仅使报告文学的产生成为可能，而且显得十分必要。”[④]可以说，如果脱离了报纸这一承载媒介，国际报告文学、中国报告文学都没有发生发展的前提条件。“报告文学的物质基础就是报纸。它的存在是为了要给读者以新闻（News），读者在他进早餐的时候需要有一个世界动态记录的日志，他要知道发生了些什么事，为何发生和如何发生等。”[⑤]

中国报告文学的近代萌生源于通讯文体的逐步完备化。包括

---

①李青，《对传播媒介权力的思考》，载《国际新闻界》，1999年第7期。
②金惠敏，《媒介的后果——文学终结点上的批判理论》，人民出版社，2005年，第32页。
③尹均生，《国际报告文学的源起与发展》，华中师范大学出版社，2009年，第18页。
④丁晓原，《文化生态视镜中的中国报告文学》，复旦大学出版社，2008年，第9页。
⑤[塞]巴克，张元松译，《基希及其报告文学》，载《国际文学》第4号，1935年。

《黑旗军战捷纪事》《五日风声》《东方兵事纪略》等公共报纸的新闻性纪事，虽粗糙芜蔓，但已注意到了新闻性、文学性、议论性的结合，将其视为报告文学萌芽的先声无可厚非。随后在梁启超笔下诞生了《戊戌政变记》《新大陆游记》等早期报告文学代表作品，先后发表于《清议报》《新民丛报》上。"不但十分重视新闻的作用，也十分重视文学的作用"[①]的梁启超在己办报刊上以更加从容的笔调来叙写事实、寄寓理想。虽都是报纸，但写作者同报刊媒介之间不同的关系造成了写作上的差异，媒介的外力作用不容小觑。

"五四"新文学革命带来的语言体式革新，既推动了中国文学的现代化进程，也对报告文学的发展产生了重要影响。报纸、杂志等刊物对白话文的偏爱，导向了作家创作的语言选择。梁启超在其域外纪游体报告文学《欧游心影录》中就使用了与时代主流背离的纯白话。不过，文学革命的激烈只不过体现在报刊较之前代更加繁荣，并没有多少新兴媒介出现，更谈不上媒介的更新换代。因此，本阶段并未出现太多报告文学写作上的革新创造，年轻的报告文学延续着旧有的言说方式。包括《饿乡纪程》《赤都心史》《执政府大屠杀记》等，依旧在原有单调的结构与表达方式中不断打磨着这种作为基础的文学体式。

报告文学文体突破性的转型出现在20世纪三四十年代。这直接得益于域外资源的滋养。伴随着出版印刷业的繁荣，本时期国内出现了大量杂志，虽然各个刊物存活时长不一，但它们的存在对于整个文艺界都有重要意义。一方面，它们作为创作的现实载体，另一方面，它们承担起了对外国报告文学理论及作品

① 张春宁，《中国报告文学史稿》，群言出版社，1993年，第21页。

的译介。“三十年代，外国报告文学作品陆续传到我国。作为一种文学营养，它相当有益于我国报告文学创作的发展。”①包括约翰·里德的《震撼世界的十天》、基希的《秘密的中国》、埃德加·斯诺的《西行漫记》等国际报告文学先后被翻译，为国内的报告文学创作提供了借鉴范本。除此之外，大量的域外报告文学理论研究文章也被译介到中国，由此促发了国内报告文学理论研究的发生与繁荣。新兴媒介的出现与竞争消长，扭转了原本单一的报纸承载，首先在理论层面上波及报告文学发展。袁殊、胡风、周立波、茅盾等最先开启了国内报告文学理论研究的大幕：

> 它不写虚构的故事和综合的典型。它的主人公是现实的人物，它的事件是实在的事件。②
>
> 我们要设法走到这历史动荡的中心去，走到“贫穷和贫穷者的反抗”的正中去，用那由精密的科学的社会调查所获取的活生生的事实跟正确的世界观，以及抒情诗人的幻想，结合起来，造成这种艺术文学的新的结晶。③

这些紧扣国内文学发展语境与实情的理论研究，无疑是对当时报告文学创作界最直接的指导。中国报告文学对小说线型结构简单模仿的独调局面，也是在这个时期被打破。《包身工》《流民图》《中国的西北角》等明显注意到了叙述与描写的同时作者主观性议论引入的必要性，将客观报告与主观立场、判断予以糅合。而宋之的《一九三六年春在太原》中采纳的环环相扣的结构

---

① 赵遐秋，《中国现代报告文学史》，中国人民大学出版社，1987年，第127页。
② 胡风，《关于速写及其他》，载《文学》第4卷第2号，1935年2月。
③ 周立波，《谈谈报告文学》，载《读书生活》第3卷第12期，1936年4月25日。

方式更是新颖独到。只可惜，这种特立独行的结构创新只是昙花一现，未能生根发芽。相比于这类知识分子的报告文学创作，《上海事变与报告文学》《中国的一日》《上海的一日》等群众性报告文学创作依然深陷于单纯纪事的模式化创作泥淖中。

十七年乃至“文革”期间的报告文学，基本走着20世纪三四十年代以来的叙事套路。新中国百废待兴的历史语境使文化关怀明显匮乏，文学生产与传播所需要的媒介支撑依然停留在原有水平，领受着政治意识形态的引导与规约。报纸、杂志依旧是报告文学最主要的载体。政治文化制导之下的文学发展基本上呈现为歌颂的独调。不过，在这一钳制的缝隙中，报告文学文体转型创新方面的努力正在蓄积，徐迟的《祁连山下》就是从单调书写到复调叙事的标本，多条线索的交错发展增强了文本的叙事魅力与艺术感染力。

新时期的到来对于中国文学有着类似“五四”新文化运动的革新意义。关于真理标准问题的讨论和西方现代思想文化的大规模涌入，使得文艺界重新找回了失落许久的创作主体性。体现在报告文学中，则是媒介新变对文体转型的直接催化。一方面，关于真理标准问题的讨论以及西方现代文化的涌入都必须依托于媒介方能顺利展开；另一方面，媒介推动促成了各种报告文学征文比赛、评奖活动风起云涌，刺激了报告文学作家的写作热情，也激发了他们潜藏的文体创新能力。

1981年5月，中国作协在组织全国文学创作评奖时，破天荒地将“报告文学”与“中篇小说”“新诗”并列，评选出了1977—1980年间发表的优秀报告文学30篇。1983年3月，中国作协的第二届文学创作评选又有25篇报告文学入围获奖。到了1985年，则有27篇优秀报告文学获得嘉奖。

《人民文学》《十月》《人民日报》《光明日报》等纷纷开辟报告文学专栏，而《解放军文艺》《当代》《报告文学》《时代的报告》等专门性报告文学刊物的出现，则为报告文学创作者提供了更加宽阔的施展空间。上海文艺出版社、福建人民出版社、四川人民出版社、人民文学出版社、北京十月文艺出版社等出版机构，以单行本或是结集出版的形式对报告文学创作的支持也很好地推动了横向全景式、纵向集合式等类型报告文学的出现与蔚为风潮。

此间，许多重要报刊如《人民文学》《文艺报》《文学自由谈》等都举办过专题报告文学研讨。《文学评论》至少三次单独或与《报告文学》合作，就报告文学的理论批评、创作实绩等进行座谈研究。而这些座谈会纪要如《报告文学七人谈》《太行夜话——报告文学五人谈》《1988·关于报告文学的对话》都及时刊发在相关刊物。媒介推动在这个阶段发挥了强大的引导效用。不能忽略的是，正因为媒介推动，包括横向全景式、纵向集合式的结构类型在本时期很快堕入公式化、模式化，僵化的结构体式也在一定程度上制约了报告文学文体个性的张扬。

“从绝对数量考察，90年代的报告文学或许可以被认为是繁荣的，一大批作家在制作着各式各样的报告文学，许多刊物仍一如既往地热心于刊发报告文学，如《中国作家》《当代》《十月》《昆仑》等。”[①]的确，刊物的存留保证了在文学边缘时代里报告文学的茁壮成长。全国优秀报告文学奖、“505杯”中国报告文学奖、“改革潮”报告文学奖、鲁迅文学奖、徐迟报告文学奖等评奖机制的存在，也对报告文学作家进行着持续激励。“进入90

①丁晓原，《文化生态视镜中的中国报告文学》，复旦大学出版社，2008年，第164页。

年代以来，人们对报告文学也投以较深情的关注。在所列的9种文学体裁中喜爱报告文学的人数占总数的37.4%。”①这一系列媒介上的利好因素本该促成报告文学进一步繁荣，但更加明显的是社会转型期文学不可避免的阵痛。边缘化的文化语境严重挤压到了报告文学的生存空间。本时期的报告文学文体缺乏新的创造，基本上沉溺于20世纪80年代形成的结构模式当中。在介入现实的深度上，过于追求实效性的报告文学不可避免地呈现出资料简单堆叠的粗糙。消费语境之下，读者对报告文学情节性相对匮乏的不满，也使不少作者转向对曲折情节与历史深处的探秘。这些错误的转型应对方式伤害了报告文学的文体品性，也影响了文体功能的发挥。

伴随新世纪的媒介转型，尤其是广播、电视、网络等传播载体的更新换代，报告文学并没有避而不谈，而是“树立多屏整体传播观念”②，积极应对媒介对文学转型的需要。一方面，报告文学的文学性进一步增强，艺术感染力较小说等都更强。另一方面，报告文学作家主动出击，同新媒介联姻，“利用声、光、电等立体化再现场景和人物”③，电视报告文学、广播报告文学、网络报告文学的推陈出新就是明证。正如黄传会所言，“在网络高速发展的今天，微信、博客、视频的利用，使人们获取信息的渠道变得空前的畅通，这对报告文学创作是一种严峻的挑战。面对时代带给报告文学的难题，作家应该积极面对。”④

① 张素敏、关长荣，《社会各阶层读者对文学作品需求状况的分析与研究》，载《图书馆学研究》，2002年第1期。
② 许林、邱新有，《移动互联网语境下报告文学的平台创新与内容策略》，载《江西师范大学学报》，2018年第3期。
③ 董中锋，《数字化时代报告文学文体的演进》，载《广播电视大学学报》（哲学社会科学版），2007年第3期。
④ 丛子钰，《生活在何处，文学就在何处——访作家黄传会》，中国作家网，2019年10月8日。

归结而言，媒介的力量在报告文学发展流变的过程中虽是潜在的，但其对报告文学文体创新与演变的影响却是不容忽视的。传媒的日益多元化促成了报告文学文体由单一而步入多元化。这就意味着，不论是怎样的时代语境，都应当注意到报告文学文体创新的选择很大程度上是为了适应报纸、杂志、书刊甚至广播、影视、网络等不同的媒介载体的传播需要。报告文学的文体发展，很生动地演绎着“文体与媒体之间依存与被依存、推动与被推动、塑造与被塑造、影响与被影响的错综复杂的关系”①。

①王晖，《百年中国报告文学的文体传播与媒体制约——百年中国报告文学文体流变论之五》，载《文艺评论》，2002年第5期。

第二章
报告文学的文体特征

作为近代萌生的特殊时代文体，报告文学虽取得了堪称辉煌的创作实绩，但其文体独立性却被文学研究者与读者漠视。究其原因，在于对文体特征的探讨，虽一再被理论研究者提及并阐发，也取得一定收获，但至今没能达成共识。换句话说，究竟何种形态的文学作品能被纳入报告文学文体范畴，没有约定俗成的框架规范，也就谈不上文体身份的确证了。

事实上，自1931年袁殊的《报告文学论》开启现代报告文学理论研究的大幕，几代学人对报告文学的文体特征都进行了富有探索性的探讨、总结与提升，在这里做一个粗略梳理：

胡风1935年发表的《关于速写及其他》，认为报告文学与现代杂文是“姊妹”，是产生于“剧烈变化的社会生活”中的“战斗的文艺体裁”，“是一种文艺性的纪事”①。胡风的论述，凸显了报告的“批判性”和“文学性”。概括起来，胡风理解的报告文学应有三方面特性：批判性、新闻性和文学性。

1937年，茅盾在《关于“报告文学”》中提出，报告文学

---

① 胡风，《关于速写及其他》，载《文学》第4卷第2号，1935年2月。

是和小说同属于文学部类的。报告文学是一种文体：具有新闻性——立即报道生活中真实的关乎“社会的、政治的问题”的事件，不容虚构；具有文学性——“须要具备小说所有的艺术上的条件”；秉持“尖锐的批评”性——把对“社会上最新发生的现象”进行“解剖”、“有正确尖锐的批评和反映”看作“作家的主要任务”①。

黄钢则认为：“报告文学是一种极富战斗性的，兼有时代的报告的特色的，以特定的新闻性的内容为题材、以文字的形象为手段的、独特的、独立的文学样式”——它是现代文学中新发展起来的一种“独立的文学部类”②。

在川滇黔湘桂九院校中文系写作教研室编写的《写作知识》中，也对报告文学进行了梳理：“新闻性、文学性和政论性的统一，是报告文学最主要的特点。报告文学的这‘三性’互相依存，相得益彰。”③

王晖则从文体学语域对报告文学的规范进行了创造性再阐释，把旧有的“三性”转换成新三性：非虚构性、文化批判性和跨文体性。④

章罗生指出，“文学性”问题是报告文学理论建构中的关键，它长期影响着报告文学创作与理论的发展。报告文学传统“三性”——新闻性、文学性、政论性随着时代发展已进化成现代新“五性”⑤——主体创作的庄严性、题材选择的开拓性、文

---

①茅盾，《关于“报告文学”》，载《中流》第1卷第11期，1937年2月20日。
②黄钢，《报告文学的时代特征及其必须严守真实的党性原则》，载《文艺研究》，1980年第1期。
③川滇黔湘桂九院校中文系写作教研室，《写作知识》，四川人民出版社，1979年，第134页。
④王晖，《百年中国报告文学文体流变论》，博士学位论文，苏州大学，2002年。
⑤章罗生，《“新五性”与报告文学之“文学”观念变革》，载《江苏社会科学》，2011年第1期。

体本质的非虚构性、文本内涵的学理性、文史兼容的复合性。

何建明则认为，真正优秀的报告文学作品，必定具备“报告性”“新闻性”和“文学性”这三个“关键点”[①]。

而在李春雷看来，报告文学“天生就应该有这种反思的精神，是有力量有筋骨的东西”[②]，“真实性、思想性、艺术性缺一不可”。[③]

简单列举几代学者作家对报告文学文体特征的理论概括，每个论述都有其合理之处，不同提法存在交叉重叠，都试图用几个理论关键词涵盖报告文学的文体特征，又似乎都做不到说服其他研究者而形成学术的一致性。通过对相关论述的整合，尤其是对报告文学历史发展的梳理及经典文本的细读，真实性、新闻性、思想性、文学性这四个关键词在报告文学文体特征的描述中凸显了出来。

第一节　真实性——报告文学的文体之基

在九十余年的报告文学理论研究中，最受瞩目的莫过于报告文学的真实性。即便是在非虚构写作兴起并走向繁荣的今天，报告文学的真实性话题仍然是文体理论研究领域的热点之一。

事实上，在报告文学理论研究一开始的几十年里，现代研究者对真实性之于报告文学的认识还是比较统一的。不论是袁殊对

---

①何建明，《什么是真正的报告文学？》，载《福建日报》，2019年7月21日，第3版。
②李春雷，《作为时代“证词”的报告文学》，中国作家网，2015年11月25日。
③高宏梅，《李春雷：报告文学需要一种筋骨》，载《兰州日报》，2016年7月26日，第24版。

报告文学“是把心灵安置在事实的报告上”[①]的判断，还是阿英做出的“报告文学的最大的力点，是在事实的报告”[②]的认定，都认可报告文学必须是真实的。这种集体认同局面到1963年才被打破。源于人民日报编辑部与中国作协共同举办的一次三十多人参加的小型座谈会，有论者在会上抛出了含虚构成分的作品仍可列为报告文学的观点，甚至由此推导出报告文学不必写真人真事的错误论调。而徐迟等典型报告文学作家的现身说法，则使这样的观点似乎拥有了现实创作的具体支撑。与会的包括夏衍、黄钢、陈荒煤等大多数人对这种观点予以了反驳。他们提出，报告文学之所以叫报告文学，首先就在于它具有真实性，不是令人信以为真，而是确有其事，真实性既是作者对读者的一种道德承诺，更是报告文学文体的生命所在。在他们看来，真实性对报告文学文体带来的限制性正是作者发挥创作能动性的艺术选择，可以艺术想象，但绝不容许虚构。论争持续到20世纪80年代中期，研究者们对报告文学真实性的认识又重新回到了一致的轨道上。“真实和虚构”[③]之间的论争，一方面推动了报告文学理论研究不断进步，另一方面则促发了研究者们针对报告文学真实性问题进行更加深入的阐释与探讨。归结而言，不同时代的研究者已逐步将报告文学的真实性阐发为三个层次：

第一层次是生活真实。这是从报告文学反映的客观对象来观照的，其报告的对象必须是生活中现实存在的，不能是子虚乌有的虚构之物，也就是“事实的真实，具体的事实”[④]，只有这样

---

①袁殊，《袁殊文集》，南京出版社，1992年，第65页。
②阿英，《从上海事变说到报告文学（代序一）》，见《中国报告文学丛书》第一辑第三分册，长江文艺出版社，1981年，第7页。
③王悠，《报告文学的真实性》，载《长江大学学报》，2011年第5期。
④朱留范，《真实准确 新鲜及时——浅谈报告文学的新闻性》，载《徐州师范学院学报》，1982年第2期。

才能经得起读者的考核和生活的检验。这也是报告文学区别于小说等虚构文体的最重要特征。

第二层次是艺术真实。源于报告文学具有的新闻与文学的双重属性，李准、杨子坚等将其命名为“新闻真实”。他们认为，“报告文学的真实性与新闻的真实性是一致的。”[①]从文学角度看，报告文学的真实性既要求客体实存性，又对创作主体的语言表达提出更高要求，避免因书写导致客体失实，从而确保客体真实不丧失。但作为一种艺术文体，报告文学除客观报告外，还需对原型进行“艺术的再现或表现、艺术的加工”[②]，既包含素材取舍、艺术剪裁，也包含必要的说明、解释等，前提是“不容有一丝的虚构”[③]。

第三层次是本质真实。包括赵遐秋、邹贤敏等都对这一问题进行了阐释。在他们看来，报告文学的真实性绝非自然主义式的实录，而应从本质上反映现实生活的状态与进程。这种真实性要求报告文学选材具有社会性、人物富有典型性、写作意义追求时代性等。

不仅如此，研究者们还对这三个层次的真实性进行了探究总结，将其视为一个相互勾连的话语系统，生活真实是前提，艺术真实是表现，本质真实是归宿，这也是报告文学作为新闻性与文学性融合文体的具体外在表征。而报告文学的理想状态，是三者相辅相成、浑然一体。

当然，单纯从这三个抽象表述中想建构起报告文学真实性品

①李庆宇，《“真则精金美玉，伪则瓦砾粪土”——论报告文学的真实性》，载《文学评论》，1984年第3期。
②李朝全，《“大报告文学”：报告文学文体探析》，载《文艺报》，2012年5月4日，第2版。
③徐剑，《关于报告文学和非虚构几个关键词的断想——我写报告文学的心路历程之二》，载《广播电视大学学报》，2018年第1期。

格的文体范式，显然不够。毕竟，“报告文学文本的真实与文学的真实、想象的真实、艺术的真实是完全不同的两个概念”。[1]通过对现代报告文学经典作品抽丝剥茧的文本分析，我们可以将理论的空洞探讨化为具体的内涵指向，报告文学的真实性拥有“自己的独立的品格”[2]，包含了以下三方面具体含义：整体性、主体性与深层性。

其一，报告文学的真实性应强调整体性。这一特点是指作家在创作报告文学时，着眼点不应仅落在局部真实，而是系统意义上的整体真实。不可否认，报告文学所体现的生活真实由一个个具体而微的局部真实构成，但这并不意味着报告文学作家应在文学书写中力求反映现实生活的方方面面。须知，局部真实作为文学素材切要而必须，但局部真实是为整体真实服务，因为，局部真实的选择与重构，并不意味着就能组合出整体真实。这就是当年王福湘引用鲁迅批评那些专门赞赏陶渊明“飘逸”而不见其他侧面的论客所论证的“局部真实不等同于整体真实”[3]的逻辑命题。在鲁迅看来，陶渊明身上兼具“猛志固常在”与“悠然见南山”的品性，如果过分强调某一维度，就偏离了陶渊明作为人的真实。这个逻辑命题的背后蕴含更为深刻的内涵——“某个局部的不真实，要在具体分析这个局部与整体的关系之后，才能判定它是否（和在多大程度上）影响整体的真实性”。[4]回到报告文学文体范畴中，文艺批评界对报告文学作品引发的论争，很多就在于局部真实与整体真实的辩证。从文体规范与要求看，报告文

①徐剑，《报告文学的文学性与真实性》，载《文艺报》，2017年1月9日，第7版。
②李秋林，《论报告文学真实性的独立品格》，载《学术论坛》，1999年第6期。
③王福湘，《假如都是真的——对〈马家军调查〉的质疑》，载《文论报》，1998年7月16日，第2版。
④陈冲，《再谈“重构的真实”》，载《文论报》，1998年8月13日，第2版。

学能完整实录生活当然最好，但作品篇幅再大，也无法容纳全部生活，因此，局部真实的选择就显得特别重要。这一点在揭露问题的报告文学文本中尤为突出。贾鲁生的《丐帮漂流记》作为关注底层报告文学之经典，已深入人心。作家通过深入乞丐，与他们同吃同住，深交朋友，再经过叙事的选择、提炼、熔铸而成的作品，较为完整呈现了这一群体的整体性特征。必须指出，强调报告文学真实性的整体性并不意味着忽视局部真实，因为只有局部真实才能搭建起整体真实的大厦，局部真实是基础，整体真实是归宿。这就是基希所说的“那种使真实模糊不清的幻想应该摒弃，那种服务于真实的幻想应该容许……报告文学要建立在事实可信、生动活泼的写真实的基础上，同时又不排斥‘但丁式的好奇心’，但这种好奇心必须有事实为依据，并服务于真实”。①

其二，报告文学的真实性具有强烈的主体性。主体性是指对报告文学真实性的主观判断，既受创作主体在作品中表现出的政治倾向、社会价值判断和感情倾向等的影响，也受到接受主体判断能力与判断倾向的影响。作为一个生产活动，文学须充分考量创作、传播、接受等复杂的外在因素，彰显社会性的报告文学文体更是如此。一方面，不同人对同一事物会产生不同甚至相反的真实观；另一方面，报告文学文体本身充满了浓烈的政论性色彩与战斗性品格。如前所述，报告文学整体真实的实现是报告文学作家对一系列局部真实的有效重构。这种重构本身就是作家主体性的鲜明体现。试想，现实生活中存在如此之众的典型人物、社会问题、重大事件等，若只是照相式、新闻式的照搬实录，肯定无法实现塑造鲜活人物形象、体现时代精神、引领社会风尚等

① 孙坤荣、赵登荣，《基希——报告文学的大师》，载《外国文学研究》，1981年第3期。

强大的叙事功能。报告文学之所以能"发出时代的先声，引领读者在社会中前行"[①]，就在于它立足点滴生活真实，又将作家的自我感受、价值判断、希冀追求等主观因素融入具体写作中，使文本在真实可信的基础上同时具有非虚构文学特殊的叙事魅力与超然的艺术感染力。因此，报告文学的真实性是带有强烈主体性的整体真实。赵瑜的《马家军调查》出版后不久，另一部二十几万字的报告文学作品作为对《马家军调查》的回应很快问世，为读者们重塑了不一样的"老马"形象。这就意味着报告文学作家在写作时，除了按照主观理解对所获得素材进行组合裁剪之外，更重要的是叙述过程中融入主体性，从而引导读者朝着写作动机迈进。历数《包身工》《哥德巴赫猜想》《西部在倾诉》《天使在作战》等报告文学经典，主体性都必不可少。主体性丧失的报告文学，最多只是材料简单堆叠，生硬无趣的文字表达无法引起读者的阅读兴趣，更谈不上特殊文学功能的发挥。因此，具有"真实而又文学"[②]特质的报告文学，其真实性绝非理论意义上的客观真实，而是个性化、主体性的主观真实。正如何建明曾经谈到的，"报告文学不是简单的复制现实，真实的反映，要独立地发现，艺术地表现。"

其三，报告文学的真实性具有深层性的特点。不论局部真实，还是艺术真实，都停留在认识的相对表层，而报告文学作为一个社会性的时代文体，其真实性的归宿是深层性的本质真实。"真实性是报告文学的根脉"[③]，报告文学作家绝对不是罗列事

① 张宏图、张立国，《既要"执着现在"，又要写好"实话"——对当下报告文学创作的几点期待》，载《光明日报》，2018年07月17日，第16版。
② 舒晋瑜，《黄传会：报告文学作家应争当时代歌者》，载《中华读书报》，2019年11月13日，第11版。
③ 李春雷，《作为时代"证词"的报告文学》，中国作家网，2015年11月25日。

实那样简单的材料搬运工，而必须从主观高度，对作品中涉及的民族、社会、文化、心理等诸多层面进行多角度、立体化的全景式分析，以迫近生活的本质真实。这也是报告文学同它脱胎的新闻文体之区别所在。单就这一点，任何号称全面、透彻的新闻都无法与报告文学相媲美。黄宗英创作《大雁情》，便遭遇了深层性真实的严峻挑战。在采访、调查秦官属期间，她获取更多的并非后来呈现的主人公的正面积极，相反否定意见居多，包括“个人主义”“脾气极坏”“骄傲自大”等标签已被有意无意贴在他的身上。黄宗英并没有被表层真实迷惑，而是独具慧眼从琐碎生活中挖掘出了主人公秦官属的个性特点与人性闪光，从而实现挖掘生活本质的文体诉求，并由此发出了呼吁人才保护的时代强音。真正好的报告文学作品，这种深层性真实不可或缺。而具有这种“深层真实”的报告文学作品最后都成了文体史上的经典，如《包身工》《哥德巴赫猜想》《天使在作战》等，都将深层真实作为报告文学文体特质的深层次反映。“报告文学者，必须在个别的事实中发现其本质，也就是在现象中发现本质，再以诸种现象——具体的事例，来表达这一本质”[①]，说的就是实现报告文学真实性的辩证关系，也对报告文学作家的思维能力提出了更高要求。

“报告文学的最高艺术效果、审美效果，寓于‘真实’之中。真实是报告文学的生命，没有真实就没有报告文学。”[②]但是，报告文学的真实性“是一个复杂的命题”[③]，并非只是对人物、事件、问题等进行原样复原——事实上，这只在理论上行得

①丁晓原，《报告文学真实性六十年研究概述》，载《高校社科信息》，1995年第1期。
②郭文君，《“报告”在报告文学的位置》，载《山西大学学报》，1989年第4期。
③丁晓原，《论“全媒体”时代的中国报告文学转型》，载《文学评论》，2020年第1期。

通。报告文学真实性的实现，允许也必须进行艺术再现或表现，合理适当的艺术想象同样是报告文学写作的应有之义。只不过，报告文学的想象同虚构的小说文体虽表现相似，实则不同。报告文学的想象有尺度、有边界，要遵循“艺术真实、判断真实和历史真实相统一的原则”[①]。艺术真实是心理感受上的真实，属于情；判断真实是理性真实，属于理；历史真实则是深层真实，属于势。只有切实做到了情、理、势的三个必然，实现了艺术真实、判断真实、历史真实的有机统一，报告文学的真实性才能真正意义上得以实现。

第二节　新闻性——报告文学的本质特征

“报告文学的物质基础就是报纸。它的存在是为了给读者以新闻（News），读者在他进早餐的时候需要有一个世界动态记录的日志，他要知道发生了些什么事，为何发生和如何发生等。”[②]作为国际报告文学的先驱者也是佼佼者的基希，在《布拉格军团的士兵》《怒吼的新闻记者》《秘密的中国》等报告文学作品中肩负起了“艺术地揭发罪恶”的责任。但他并不是新闻式的刻板与模糊，而是带着鲜明的目的与倾向进行报道。新闻性作为报告文学的重要属性，在全世界报告文学界都不容置喙。

中国现代报告文学在其萌生阶段并不具备明确的文体意识，也较少写作者的主观评论，但能较清晰对其进行辨认，依托的

---

①李朝全，《“大报告文学”：报告文学文体探析》，载《文艺报》，2012年5月4日，第2版。

②[塞]巴克，张元松译，《基希及其报告文学》，载《国际文学》第4号，1935年。

正是新闻性这一区别于古代史传文学的重要特征。我国的近代新闻业开始于动荡不安的19世纪中叶，繁荣于世纪更替的激荡时期，与此对应的则是报告文学从传统散文文体中的分离衍生。由此可见，在中国报告文学发生的最开初，其与新闻文体之间就有明显交叉性，“新闻性当然是它与生俱来的一个特征”[①]，具体表现在：

一、取材的时效性。顾名思义，新闻要“新”。这种“新”既体现在时效性要求，也体现在新闻中必要的信息量涵盖。纯新闻就是迎合着时代与读者的需要，这才出现并迅速发展起来的，它力求对相关事件做到及时有效的“快速反应”。梁启超在这点上认识明确，“报之所以惠人者不一端，而知今为最要。故各国之报馆，不徒重主笔也，而更重时事，或访问或通信或电报，费重赀以求一新事，不惜焉。”[②]他在写作《戊戌政变记》《新大陆游记》《欧游心影录》等报告文学时就遵循了时效性的诉求。但这并不意味着报告文学的文体叙事必须与新闻、消息、通讯等争先出头。“报告文学的时效性比一般新闻弹性较大，幅度较宽。眼前有意义的事情可以迅速报道；当代社会生活的重大人物和事件也可以进入报告文学的视野。（历时）不久的历史性人物和事件，只要对今日生活还有联系性和发现性，都可以写成报告文学。”[③]虽都有时间要求，但“报告文学不必跟新闻抢时间”[④]，其时效性显然要宽松许多。须知，追逐时间的新闻传播的只是很表层的信息，稍加沉淀的通讯则可以传播一定的里层信息，只有

---

①张春宁，《中国报告文学史稿》，群言出版社，1993年，第9页。
②梁启超，《清议报第一百册祝辞并论报馆之责任及本馆之经历》，见《饮冰室合集》文集第一册，中华书局，1989年，第1页。
③尹均生，《国际报告文学的源起与发展》，华中师范大学出版社，2009年，第350页。
④丛子钰，《生活在何处，文学就在何处——访作家黄传会》，中国作家网，2019年10月8日。

深入事件、经过沉淀的报告文学才能传播更为全面的深层信息。换言之，只有以“现在进行时”“现在完成时”进行文体叙述的报告文学，才能使读者获取最真切的“在场感”。

新闻取材的时效性要求还包含另一个层面——时代性，即所传达信息应是具有社会意义的人、事或问题。这一要求也适用于报告文学。身边琐事、个人心境、风花雪月等从来不是报告文学文体之所长，报告文学作家关注的都是具有社会意义的事件、人物和问题，“及时反映现实和对现实生活的强烈渗透力”[①]是报告文学的生命力所在。“信息，是报告文学负载的主体。这种信息是一种包含新质而且具有某种旨归的社会性音讯。”[②]这也是近代以前的很多游记不能被纳入纪游体报告文学范畴的根本原因。

二、创作的非虚构性。在任何创作者、研究者看来，新闻对非虚构性的执着要求是安身立命之本，也是这一文体在现实社会中发挥其公共职能的重要原因。在这点上，报告文学殊途同归。新闻当中要求何人、何时、何事、何地、何故、何果六者的真实展现，但报告文学创作却有相对灵活的处理方式，有时候可以隐去其中一二，有时候在不违背本质真实前提下可采用适度的艺术想象来填补聚焦上的缺憾。但是，这并不意味着报告文学创作能真假混杂、张冠李戴、无中生有。在“表现”与“再现”这对文学理论概念中，报告文学永远侧重“再现”。“是否真实地、全面地反映了当时社会条件、提出了当时重要社会问题，是检验某一时期报告文学成就的基本尺度。”[③]脱胎于散文与新闻，报告文学成了一种似乎边缘的交叉文体，但它也因此具有了双重品性，

---

① 何建明，《关注现实是报告文学的鲜活生命》，载《广播电视大学学报》，2001年第1期。
② 丁晓原，《文化生态视镜中的中国报告文学》，复旦大学出版社，2008年，第53页。
③ 张春宁，《中国报告文学史稿》，群言出版社，1993年，第9页。

"非虚构"就是报告文学与新闻"脐带"[①]式相连的最好证据。这大概也是在中国乃至国际报告文学界早期报告文学作家大都具有记者身份的重要原因。"事实的报告"对于新闻与报告文学来说具有同等重大意义。

三、相同的传播媒介——报纸。广义的新闻概念包含报告文学。这其实不奇怪。因为，萌生阶段的报告文学，是连同新闻一起发表在报纸上的。近代的许多报告文学作家都身兼报人身份，例如王韬1874年创办了《循环日报》、康有为1895年改组《中外纪闻》、梁启超主笔《时务报》及1898年在日本横滨主持创办《清议报》等。也只有在王韬、康有为、梁启超等近代知识分子之后，现代传媒——报纸才逐渐本土化，演化成为知识分子启蒙新民的重要武器。早期报纸刊登以消息、时评为主，也包含为数不多的报告文学，包括李奎的《东行日记》、梁启超的《戊戌政变记》《新大陆游记》、周恩来的《旅欧通信》、茅盾的《五月三十日的下午》、朱自清的《执政府大屠杀记》等。不过，由于专属于报告文学的叙议结构尚未建构，所以，本阶段的"报告文学实际上是通讯的一种优化形态，两者关联密切，并没有截然见异的差别"。[②]依托于报纸，这种文学性的社会信息报告得到了很好传播，同时也在另一侧面促进了报刊与新闻文体的发展。随着时代变迁，新闻的传播方式有了诸多形式的变化，而报告文学同样延续了在传播媒介上同新闻的类似性，电视、广播、网络等也成为其重要的媒介平台。

通过对比可以看到，报告文学文体脱胎于新闻报道，二者有

① 李朝全，《新闻记者参与报告文学创作的空间》，载《光明日报》，2013年10月15日，第14版。
② 丁晓原，《文化生态视镜中的中国报告文学》，复旦大学出版社，2008年，第38页。

着密不可分的复杂联系。但这并不意味着报告文学就是简单的“报告+文学”或是“新闻+文学”[①]。报告文学的新闻性与新闻报道有相像之处，但不同文体的差别更应被重视。毕竟，新闻与新闻性是两个不同概念。新闻强调的是社会上新近发生的事情、现象等，而新闻性则彰显的是鲜为人知的信息性，包括新近发生的，也可涵盖距离当下较长时间发生的，区分标准在于是否包含读者所不了解的富有时代性、社会性、主题性的信息内容。报告文学的新闻性同新闻相比是一个更加宽泛、更具包容性的理论概念。“报告文学文体的真正独立，需要这一文体有新闻性而无新闻化，成为一种具有自足文学性的报告。新闻化是影响报告文学文学性生成的重要制约因素。”[②]区别于新闻的理论话语，报告文学的新闻性内涵包括真实性、及时性、新鲜性。

真实性是报告文学的生命，也是报告文学新闻性的重要体现。如前所述，报告文学文体要求的真实是生活真实、事实真实、具体真实，所写的人物、事件，都须实有其人、切有其事，包括时间、地点、细节等都经得起读者推敲和生活检验。以真服人、以真感人、以真取胜，是报告文学文体的独特魅力所在。这也难怪基希会将报告文学视为“基于事实材料所写的速写”，一水之隔的日本则将报告文学称为“经过调查研究的文学”。不论表述如何，都说明了报告文学的取材必须真实准确。在某种意义上讲，报告文学的新闻真实性是它区别于其他文学样式的重要特质。如果取消了文体特性，报告文学概念本身就经不起推敲，文体也就丧失了合法性。这一点在《包身工》体现得淋漓尽致。夏

① 李朝全，《“大报告文学”：报告文学文体探析》，载《文艺报》，2012年5月4日，第2版。
② 丁晓原，《叙事的纯化、物化和新闻化》，载《光明日报》，2013年3月19日，第14版。

衍说："报告文学不但不能虚构，我认为，甚至连夸张也是不允许的。在外国，有的报刊在文章后面特别标明'报告文学'字样，意思是说，文内的事实是经得起考核的。"[①]写《包身工》前，他对包身工们的劳动强度、劳动条件、工资制度等进行了实事求是的田野调查，这才有了"七尺阔、十二尺深的工房"、"横七竖八地躺满了十六七个'猪猡'"、工头粗野的喝骂声等十分富有在场感的细节呈现。正因为新闻真实的生动性，才使这一报告文学作品至今读来仍如在眼前、意味深长。包括《哥德巴赫猜想》《天使在作战》《乡村国是》等报告文学作品，无一不是在真实可信、真切感人方面用力颇多的。报告文学作家以其敏锐眼光，准确捕捉到了生活中具有鲜明特点的人和事，用真实准确的表达塑造出了优秀的报告文学作品，形成与读者的互动效应，是其他文体无法超越的，这是报告文学新闻真实性"特有的艺术功能"[②]。

及时性是报告文学的文体优势，也是报告文学新闻性的重要表现。报告文学的及时性主要表现在精准把握时代脉搏，把现实生活中新近出现与发生的具有典型意义的人物、事件等，迅速及时报告给读者。"大河奔流的时代是报告文学写作的源头活水，也从根本上规定了特定时期报告文学写作的风向和质地。"[③]只有做到及时把握时代动向，报告文学作家才能写出与时代同频共振的作品。这一看法与郭小川的观点异曲同工："报告文学也和新闻差不多，发表的时机是相当重要的。……迅速及时地反映真

① 夏衍，《从〈包身工〉所引起的回忆》，载《人民日报》，1959年4月3日，第9版。
② 朱留范，《真实准确 新鲜及时——浅谈报告文学的新闻性》，载《徐州师范学院学报》，1982年第2期。
③ 丁晓原，《报告文学：在报告文学中，我们遇见新时代》，载《文艺报》，2018年9月19日，第6版。

人真事，这是报告文学的一个特点。”[1]20世纪80年代报告文学高峰写作的产生，很大程度上得益于报告文学的这一品性。包括《哥德巴赫猜想》《中国姑娘》《中国农民大趋势》《走出神农架》《在这片国土上》等作品在内，无一不是与时代发展同呼吸共命运，并在群众中产生积极反响的。所以，报告文学虽有田野调查、深入了解、厚积薄发的复杂过程，但其及时性不可忽视。在某种意义上，报告文学的及时性类同于新闻的时效性，可以视为新闻的时效性在报告文学文体中的变异，并且它在报告文学文体中形成了更有效力的指向——爆炸性与穿透力。往往报告文学都是承接着大人物、大事件匆忙的新闻报道之后，在余热未消的时间节点以更密集的信息轰炸、更强烈的现场实感、更丰富的来龙去脉，让读者感受不一样的阅读震撼。而面对现象、问题等写出的新发现、新认识，则给读者更加深透的心灵洗礼。因而，报告文学的选题不仅讲究新闻的时效性，而且应该是大众普遍关注，同人民群众的生活、思想等相关联的社会事象，在题材处理上多着眼于事物内部的发掘和揭示，表现出富有时代特征的主题。细数现代报告文学的发展历史，特别是在文体发展的两个高峰时期，其“文学轻骑兵”的特征表现得尤为明显。及时性的洋溢，使得报告文学成为反映时代的一面镜子。报告文学作为“匆忙而多变化的时代所产生的特性的文学样式”“要求着斗争意识强烈的作家采取很快的手法和最直接的方式”及时迅速地反映“刻刻在变化的现实”[2]，这是客观现实为它确定的任务，也决定了它既“新”又“快”的基本特性，“不管社会怎么发展，报告文学的题材怎么开拓，都不应该改变它的及时性，否则报告文

---

①郭小川，《有关报告文学的几个问题》，载《新闻业务》，1956年第7期。
②茅盾，《关于“报告文学”》，载《中流》第1卷第11期，1937年2月20日。

学就不能称其为报告文学”。[①]

新鲜性是报告文学新闻性区别于新闻的最大特征。新闻的时代性对其时效性要求很高，如报道不及时，新闻变旧闻，就丧失了新闻价值和社会效用。与之相比，报告文学的时间要求没那么高。正如何建明所说，“好的‘历史题材’只要会处理同样具有文学意义上的‘新闻性’。”[②]特别是一些报告文学写作的对象距离当下已有较长历史时空，但只要它包含的信息是新鲜的，仍然具有新闻性。约翰·里德《震撼世界的十天》是十月革命两年后写成的，读来令人热血沸腾；《李宗仁归来》发表于距李宗仁归国的1965年十五年之后的1980年，却因涉及两岸关系备受瞩目；《人妖之间》与《王守信贪污集团破获始末》材料相同，但关注问题的角度迥异使得它们一问世便被抢购一空……还有包括《温故戊戌年》《英吉利海峡的狂飙》《大清王朝的最后变革》《日落东方》等历史题材报告文学，通过大量新信息的容纳，既满足了读者的猎奇心理，也起到了很好的社会效应。因而，评判历史题材是否能引入报告文学写作，从而拓宽报告文学的表现领域时，不能一概而论。严格说来，所有报告文学作品其实都是历史叙事，都是对已经成为过去和历史的事件、人物的描述和叙写。报告文学书写的，无论是新近发生的人和事，还是比较遥远的人和事，都是在记录历史，书写过去。这种“历史书写”[③]也就是一些报告文学写作者与研究者提出的报告文学的“史志性”[④]特征。

① 任文贵，《报告文学的新闻性刍议》，载《中国青年政治学院学报》，1998年第4期。
② 何建明，《关注现实是报告文学的鲜活生命》，载《广播电视大学学报》，2001年第1期。
③ 李朝全，《“大报告文学”：报告文学文体探析》，载《文艺报》，2012年5月4日，第2版。
④ 丁晓原，《国家志·文体史：新中国70年报告文学论》，载《福建论坛》，2019年第9期。

"报告文学本身的使命是面向现实的，即便我们书写历史"[①]，从这个意义上，历史题材的报告文学写作只要遵从真实性的基本前提，仍可以报告文学名之，依然有其文体价值与社会价值。毕竟，这种史志价值也是报告文学明显的文体优势之一。

归结而言，"新闻性无疑是报告文学重要的本体性特征之一。"[②]以真实性、及时性、新鲜性为基本内涵的新闻性，犹如报告文学文体的脊柱一般。虽然随着时代发展进步，报告文学的可塑性、包容性不断增强，但坚持新闻性的基准地位却始终不可撼动，毕竟这才是报告文学的根与源。

第三节　思想性——报告文学的文体高度

李鸣生曾说："一个作家的思想非常重要，无论你是写什么的。思想决定作品的高度，决定作品的品质，甚至说思想决定一切。"[③]回望百余年现代报告文学的发展历程，思想文化启蒙对文体发生发展的重要性不言而喻。作为近代启蒙文化的精神衍生物，报告文学从萌生时起，便因集纳着时代、社会的"理性精神"而广受欢迎、备受瞩目。也正因如此，发展时间并不长的现代报告文学才会多次成为中国文学主潮之一，成为众声喧哗时代的文学宠儿。"报告文学主要不是作为文学，而是作为社会良知

① 赵瑜、柴然，《公众理想与民本深情——报告文学作家的职业选择和职业精神》，载《广播电视大学学报》，2018年第1期。
② 丁晓原，《论"全媒体"时代的中国报告文学转型》，载《文学评论》，2020年第1期。
③ 杨鸥，《李鸣生：中国航天史诗的书写者》，载《人民日报·海外版》，2010年8月6日，第7版。

的表现才备受推崇的。”[1]“好的报告文学作品，从来都不是只对生活现象作平直观照，只是机械地传递生活现象，而是渗透深沉的思辨因素，闪烁着理性的光芒的。”[2]知识分子“用报告文学的形式，把社会生活的认识、观察、思考这种理性的成果，用文学形象的方式拓展出来，交代给社会，在社会上起启蒙作用”。[3]从报告文学对现实性要求角度看，思想性是报告文学文体因素组成的必然。只有有效且积极地思想参与，才能通过“真实”的事件和人，来呈现出具有“现实”意义的作品。

思想文化启蒙不仅孕育了报告文学这一独特的文学体式和独立的文体品格，而且聚衍形成了其具有强烈思想情结的文体特征。思想性之于报告文学文体存在与价值生成的意义十分显在。包括张胜友、李春雷、李鸣生等在内的报告文学作家及李炳银、王晖、李朝全等学者批评家都对报告文学文体的思想性推崇有加。在他们看来，“报告文学的一大特色是要有思想性，具有理性思辨的光芒”[4]，“思想性是灵魂”[5]，思想性代表着报告文学的文体高度，而好的报告文学绝对是在思想性方面展现出过人特质。具体而言，报告文学的思想性包含现实性、问题性与思辨性三个维度。

报告文学思想性之现实性是指报告文学的写作必须以强烈的时代精神观照现实社会的风云变幻。思想的产生绝非空穴来风，而必须紧紧扎根于现实的沃土。作为时代文体，真实、及时、文学地报告鲜明的时代主题生活，展现普通人民的伟大创造，迅速

①冯立三，《太行夜话——报告文学五人谈》，载《光明日报》，1988年9月23日。
②麦天枢，《1988·关于报告文学的对话》，载《花城》，1988年第6期。
③李炳银，《生活与文学凝聚的大山》，载《文学评论》，1992年第2期。
④李朝全，《报告文学和国运紧密相连——何建明文学创作四十年的启示》，载《广播电视大学学报》，2018年第3期。
⑤李春雷，《作为时代“证词”的报告文学》，中国作家网，2015年11月25日。

反映激扬的时代精神等，是报告文学独特而优长的文体功能。这也是为什么有的作家会将报告文学视为“一种有社会担当、有历史使命感”[①]的文体，持续强化其文体的使命意识与担当精神。从《包身工》到《谁是最可爱的人》，从《哥德巴赫猜想》到《西部在移民》，再到随后的《木棉花开》《浦东史诗》，时代不断风云变幻，但报告文学作家正是在对现实的关注与观照中实现了文体的不断发展进步。这一点可以从第七届鲁迅文学奖之报告文学中窥见一斑。一方面，党的十八大以来，建设小康社会、实现中国梦的中国特色社会主义新时代，为报告文学创作提供了无限丰富且有重大价值的题材和质料，对广大报告文学作家关注新时代、抒写新时代、致敬新时代形成了强大的召唤结构。参评数量较之上一届有了较大幅度提升，即是明证。另一方面，几代作家积极回应时代呼唤与读者诉求，从各自不同站位、视角与立场出发，以别具一格的差异化笔墨，全景式展现行进中的伟大新时代，使得“报告文学这一文体已由过去的文学轻骑兵俨然成为今天大写中国梦百年潮的文学重器”[②]。最终获奖的五部报告文学作品，不论是以长篇格局叙写“中国‘蛟龙’号挑战深海”这一重大科技创新的《第四级——中国“蛟龙”号挑战深海》，还是反映十八大以来我国生态文明建设辉煌成就的徐刚的《大森林》，抑或纪红建以我国十多个省、市、区二百多个村庄为蓝本，全景式描绘行进中的中国扶贫脱困以及精准扶贫战略的《乡村国是》，直面伟大时代的现实品格恰恰是它们内在统一的文体特质与文本价值。新时代的大河奔流向前，既为报告文学提供了

①鲁大智，《李鸣生：报告文学是一种有历史使命感的文学》，载《中华读书报》，2017年7月26日，第11版。
②丁晓原，《报告文学：在报告文学中，我们遇见新时代》，载《文艺报》，2018年9月19日，第6版。

丰富的写作素材，更对报告文学抒写进行了外在的思想导引与规训。只有把握时代脉搏，紧跟时代步伐，直面时代的新主题、新问题，才能创作出与时代“同频共振”[①]的报告文学典范之作。李春雷的《朋友：习近平与贾大山交往纪事》与丰收的《西长城》虽不是严格意义上的现实题材，但其蕴含的人性美与奋斗主题都与这个时代高度吻合。因而，现实性并非狭义地仅指向时间，更多泛化为母题的历史意义与时代价值。即便是历史题材的报告文学，只要保有对时代的启示与借鉴，思想性依然富足，仍可视为好的报告文学作品。

报告文学思想性之问题性是指报告文学写作必须直面现实，瞩目社会中的热点、难点、焦点问题，“对现实中的问题作出独到的评析”[②]。一直以来，报告文学都被誉为“文学轻骑兵”，其根源正是报告文学强大的干预现实、参与生活的文体力量。有学者甚至因此将报告文学的“问题意识”[③]定性为文体的战斗品格。虽表述略有差异，但其内在指向是统一的。且不说《包身工》在战火纷飞的时代里实现了对资产阶级剥削压榨劳动人民血汗的问题聚焦，单就新中国七十余年来报告文学的发展而言，其问题意识尤为明显。百废待兴的1950年代中期，白危的《被围困的农庄主席》、李国文的《改选》等“干预写作”为报告文学创作的问题意识开了一个好头，即便它的出现更多受到了苏联影响。到了改革开放时期，报告文学文体呈现出了愈来愈好的发展势头，其创作者对社会问题的重视程度越来越高。改革开放四十年来，中国特色社会主义事业取得的丰硕成果有目共睹，张锲反

①张江，《文艺要与时代同频共振》，载《人民日报》，2015年4月17日，第15版。
②宋恩泉，《中国报告文学主体思想情结探源》，载《广播电视大学学报》，2004年第1期。
③文涛，《纪红建：报告文学作家必须行走与思辨》，载《检察风云》，2019年第18期。

映河南改革热潮的《热流》、袁厚春描写军队改革的《百万大裁军》、何建明抒写浦东改革开放的《浦东史诗》等密切关注中国正在发生的时代巨变，聚焦到了变革图存求发展的时代母题。与此同时，“公众所纠结、所思考的中国发展变革问题”①，包括民工潮问题、独生子女教育问题、出国潮问题、生态开发环境保护问题等系列问题，也获得了报告文学作家们的侧目与青睐。如涵逸聚焦独生子女社会问题的《中国的“小皇帝”》，徐刚表现生态危机的《伐木者，醒来！》，赵瑜揭露体育界种种弊端的《强国梦——当代中国体育的误区》，贾鲁生揭示城市乞讨流浪者生活内幕的《丐帮漂流记》，何建明揭示贫困地区、贫困人群教育等艰难处境的《落泪是金》，杨晓升揭示独生子女意外死亡社会难题的《只有一个孩子》等。而且，这些报告文学绝非揭露问题本身，而是“以担当精神来坚守文学品质”②，通过理性思考，针对问题提出可行性的对策与建议。可以说，从《包身工》开始，中国报告文学一直有着强劲的直面现实、揭露问题、批判假恶丑的问题意识与战斗品格，督促着不同时代的报告文学作家努力寻找和挖掘现实中的焦点、热点、难点、疑点问题，揭示危机和忧患，借助理性的思辨传达给读者和社会，希望引起疗救或改进。也可以说，问题性是报告文学区别于其他文体的又一可贵品格和专属特性。

报告文学思想性之思辨性是指报告文学写作必须以独立的理性精神勇立时代之潮头，发时代之强音，领时代之风尚。在许多读者看来，报告文学作家的主体性或许是诸多文体中最薄弱的，

---

①赵瑜、柴然，《公众理想与民本深情——报告文学作家的职业选择和职业精神》，载《广播电视大学学报》，2018年第1期。
②常晓军，《报告文学：文体使命的坚守》，载《文艺报》，2017年2月27日，第6版。

这很大程度上源于文体越来越多的组织写作或“邀约写作”[①]。事实上，历数报告文学百年来的典范之作，从《包身工》《哥德巴赫猜想》到《淮河的警告》《强国梦——当代中国体育的误区》，再到《天使在作战》《浦东史诗》，经典文本的背后都能读出一个独立思考的思想主体，“每时每刻都在进行着独特的观察、独特的体验和独立的思考”[②]。正如纪红建所说的，“报告文学最重要的力量，或者说文学的张力来自思辨。思辨就是要有反思，有忧患意识，有问题意识，给人启迪，发人深思。”[③]每个有志于报告文学的作者，都必须对所要描写的那个时代的政治、经济、社会、文化等有独立观察和理性判断，执着于做一个冷静的观察者、理性的思考者、客观的表达者。简单记录历史绝不是报告文学作家的创作初衷，而是要立足于对时代现象、事件、问题等条分缕析中进一步思索、追问，以敢为天下先的勇气与魄力，努力超越对事实表面的白描陈述，由表及里地展示更为深层次的本质真实，从而实现批判现实主义的价值取向与文体诉求。作为一个独立创作主体的报告文学作家，应努力在对现实生活的剖析与探究中亮出立场、观点与看法，才能使作品真正与时代同行、与社会同步。举凡报告文学历史上的响亮之作，都是其作者敢于站在时代的风口浪尖，以振聋发聩、引领时代为己任。譬如《哥德巴赫猜想》正是在对之前时代的反思中呼唤知识分子时代的到来；《天使在作战》在实现对先进人物的歌颂中完成的实际上是对相关反面问题的鞭挞与拷问；《永远的红树林》以报告文

① 何瑞涓，《报告文学“邀约写作”一定是被动的吗？》，载《中国艺术报》，2017年9月6日，第3版。
② 赵瑜、柴然，《公众理想与民本深情——报告文学作家的职业选择和职业精神》，载《广播电视大学学报》，2018年第1期。
③ 文涛，《纪红建：报告文学作家必须行走与思辨》，载《检察风云》，2019年第18期。

学的形式完成了对科学发展观的印证与讴歌；而《东方的觉醒》则是以电视报告文学的全新形式实现了对改革开放的盛赞。当然，对于历史题材报告文学来说，其思辨性同样不可或缺。历史反思是报告文学思辨性的又一重要维度。报告文学作家在审视历史题材时，是一个置身事外的理性主体，以一种富有时代感的眼光来重新梳理、反刍过去的人和事，从而作出新的分析与判断。这种历史反思的思辨性，其对象是历史的，但着眼点是现在和将来，因此历史题材报告文学的思辨性具有很强的现实针对性和长远战略性。李存葆与王光明合作的《沂蒙九章》、王树增三卷本180万字的《抗日战争》、张雅文的《百年钟声——香港沉思录》等，既为我们呈现出了血肉丰满的历史事件，也警醒着时代和未来的选择。

在“思想为美是报告文学写作美学中的一条重要原则”[①]的前提下，要达成报告文学的思想性诉求，对于报告文学作家而言，首先必须热情拥抱现实。缺乏扎根现实的经历，跳过田野调查的步骤，感人至深的报告文学作品无从谈起。写作《告诉你一个真实的雷锋》的陶克历用了十五年搜集整理材料；李春雷为了呈现一个有血有肉的郭明义，带着《幸福是什么》的追问走进了主人公的生活和心灵视界；缺乏二十年的梁庄生活经验的梁鸿肯定写不出读来具体而微的《中国在梁庄》。所有这些，都警醒着报告文学作家们积极投身现实生活，在自我体味中状写一个真实的场景与感受。其次要充分省思生活。思想活跃、别具匠心对于好的报告文学作品而言至关重要。缺乏思想锋芒的报告文学，很难将其列入优秀报告文学的队伍中。这就需要报告文学作家有足

①丁晓原，《有思想的非虚构：李鸣生报告文学论》，载《广播电视大学学报》，2019年第1期。

够强的政治敏感性和社会洞察力，在省思社会的过程中提炼出符合主题、契合时代的畅快表达。徐迟当年的《哥德巴赫猜想》不正是这方面的绝佳例证吗？第三要妙笔剪裁生活。“删繁就简三秋树，领异标新二月花”，从平淡的生活中找寻亮点，从平凡的日子中发现色彩，这是恰到好处的剪裁能够达到的不可思议的结果。在《木棉花开》中，李春雷聚焦的主人公是改革开放之初担任广东省委书记的任仲夷同志，以及当年他身后由梁湘、袁庚、郑炎潮等改革弄潮儿组成的优秀团队。本该素材丰富、洋洋洒洒的创作，李春雷却在《木棉花开》中做到了惜墨如金，只是选取了几个经典的横断面来书写，把当时复杂的社会环境和改革家们的精神气质、思想风貌“和盘托出”，令人读后意犹未尽。可见，对于报告文学文体来说，话不在多，在于精辟；文不在长，在于深邃。报告文学作家们只有切实增强报告文学的文体意识，才能够有更自觉更自信的艺术追求和更勇敢更真诚的社会担当，才能够传递社会正能量，激浊扬清，扬善抑恶。

第四节　文学性——报告文学的文体属性

“真正的报告文学，在坚持真实性的同时，首先是文学。”[①]对于“什么是文学？”[②]，一直以来都是中外文学理论家们思考的问题。特别是20世纪20年代，形式主义学者雅克布森提出了“文学性”（literariness）的概念，尝试回答什么是文学的本质。这一概念很快获得了卡勒等的支持，寻找和描述文学性——

① 李春雷，《报告文学的春天正在到来》，载《广播电视大学学报》，2019年第1期。
② 蓝建青，《叙事中的文学性生成》，载《湖南科技学院学报》，2014年第1期。

即文学不同于其他艺术的区别性特征，成为文学研究的重要任务。毫无疑问，文学性存在于文学作品中，存在于文学作品的语言文字层面。从这个意义上，文学性的发掘对文学本体的建构有着不可回避的重要意义。

实际上，在较长历史时期，报告文学与新闻报道、通讯作品之间的区别就被归结为报告文学的“文学性”，即“结构的奇巧、描写的生动、文字的优美、表达的流畅以及可能的感染力等”[①]阅读上的直接感受。时过境迁，新闻不断蓬勃发展的今天，报纸杂志上充斥着大量的新闻报道、通讯作品，它们在真实性前提下同样描写生动、文字优美、表达流畅。这样一来，原本用来区分的“文学性”形同虚设，报告文学同新闻之间的界限似乎被抹平了。很大程度上，20世纪90年代以来报告文学文体所遭遇的时代尴尬正源于此。

“整个美学史几乎可以概括为一个辩证法，其中正题和反题就是贺拉斯（Horace）所说的‘甜美’（dulce）和‘有用’（utile），即诗是甜美而有用的。”[②]对于报告文学文体“文学性”的探讨，还是必须回到关于“报告”与“文学”间复杂关系的深究。“甜美”与“有用”，在报告文学中其实就对应着“文学”与“报告”这两个属性。作为文学一种，报告文学具有“文学性”毋庸置疑，这是它作为一个文体的价值所在。“要使这种诱惑不致失败，作家必须要像不使作品失去艺术性那样地审慎地选取绘画器具，在正确地展视中，组织自己的记述，而必须

---

①周政保，《非虚构叙述形态——九十年代报告文学批评》，解放军文艺出版社，1999年，第38页。

②[美]勒内·韦勒克、奥斯汀·沃伦著，刘向愚等译，《文学理论》，文化艺术出版社，2010年，第20页。

把它作为是艺术的文告——艺术地揭发罪恶的文告。”[①]贺拉斯说的“甜美”功用，就可视为是报告文学“文学性”发挥效力的体现。

面对报告文学的“文学性”问题，几代研究者都予以了廓清：张春宁在其《中国报告文学史稿》中用“以生动的细节描绘、精确的现场感和必要的原始材料的无可置疑的纪实性和感人的形象性、激情的抒发与朴素的描绘所造成的艺术感染力与思想冲击力、由丰富的想象产生多姿多彩的结构和从其他文学体裁吸取而来的多种多样的表达手段、文学语言的运用”[②]四个方面予以解析；赵遐秋的论述相对简单，“报告文学的文学性，是由多种色彩点染出来的。一般说来，最主要的是人物刻画、艺术构思等文学表现手法的运用”[③]；尹均生将其细分为“鲜明的文学政论色彩、生动地写出现场实感、捕捉和撷取典型的细节、多种艺术手段的综合运用”[④]；李炳银则概括为“真实性的感染与诱惑力量、以典型形象表现真实社会生活、理性精神和感情力量、艺术地使用语言”[⑤]……综合各家之长，报告文学文体的“文学性”主要借由以下方面生成：

一、语言的创造性与诗化色彩。不论是客观描写、主观抒情，还是生动状物、典型写人，都要依靠富于创造性的精妙语言实现。这就要求报告文学写作者在明确非虚构所要求的语言准确性前提下，力求语言的鲜明生动、诗化色彩及创造性的陌生化。形式主义者简单将语言本身等同于文学性的看法当然有失偏颇，

---

①[捷]基希，《一种危险的文学样式》，见张德明编《中外作家论报告文学》，云南人民出版社，1985年，第276页。
②张春宁，《中国报告文学史稿》，群言出版社，1993年，第11页。
③赵遐秋，《中国现代报告文学史》，中国人民大学出版社，1987年，第20页。
④尹均生，《国际报告文学的源起与发展》，华中师范大学出版社，2009年，第351页。
⑤李炳银，《中国报告文学的世纪景观》，长江文艺出版社，2003年，第90页。

但其对语言重要性的推崇很是合理。毕竟，语言的新颖与艺术性的高低本就是评判文学作品的一个重要标准。《木棉花开》有这样几句话：

> 他的身体在一天天地衰老下去，像一株粗皴枯朽的木棉树，但他思维的枝叶依然滴青流翠，激情的火焰仍旧时时喷薄迸溅。而且愈到晚年，其情愈殷，其心愈烈，烈烈如火，殷殷似血。他用颤抖的双手高捧着自己滴血的心脏，向他的后人，向这个民族奉献着最后的真诚……①

李春雷以“诗化特征”②的语言描述任仲夷在生猛改革行为后的沧桑形象，语言本身不仅表现事实，而且注意到了行文的生动形象、具体可感。这样的前后反差又使作品融入强烈的悲壮之气，人物形象跃然纸上。同样的诗化表达在《哥德巴赫猜想》《大雁情》《胡杨泪》《那山，那水》等不同时代的报告文学作品中随处可见，有的三言两语，有的大段诗意抒情，甚至有些报告文学作品整体都很富有诗的美感。报告文学语言所具有的文学审美功效不言自明。

二、在场感的生动具体与题材内容的典型性。“文学的基本特征在于形象二字。而形象的产生与一定的细节描写分不开。”③这一表述同样适用于报告文学文体。零聚焦的全知全能方便于粗枝大叶地了解事件的来龙去脉，但还需要有代表性的场景与细节的生动还原，才能造成“在场感”，使读者有身历其境

① 李春雷，《木棉花开》，《中国优秀报告文学读本》（下卷），浙江文艺出版社，2010年，第607页。
② 李铮，《论李春雷报告文学语言的诗化特征》，载《邯郸学院学报》，2017年第4期。
③ 张春宁，《中国报告文学史稿》，群言出版社，1993年，第11页。

之感：

> 女知青胸脯剧烈起伏。她突然一把撕开自己的衣服，露出青筋暴露的脖子和瘦骨嶙峋的小小的胸脯。"先砍死我吧！"她毅然决然宣布："谁要再砍树，我就死在你们面前！"①

作为非虚构文体，报告文学不仅要求做到事实的真实记录，还要通过语言文字的生动传神写出现场实感，给人明晰的画面感。邓贤在《中国知青梦》中用具体可感的语言展现了历史真实。场景的还原将女知青为保护橡胶树做出的牺牲予以了展现。正是通过场景的再现，邓贤强化了其报告文学叙述的非虚构品格。

"文学艺术的特点是通过典型的形象表现社会生活。"②报告文学的典型性既体现在场景选择中，更明显体现于题材内容上。"好的'报告'须要具备小说所有的艺术上的条件，——人物的刻画，环境的描写，氛围的渲染等等。"③报告文学的典型化，需经过作家前期辛勤细致的采访，在对社会生活有了全面掌控与研究后，反复对题材对象进行选择才得以实现。社会生活林林总总，篇幅有限的报告文学不可能全面铺开展示，在选与不选的取舍中，"典型化"④努力就已开始。可以说，"报告文学作品所表现的题材内容是否具有典型性，是作品能否引人关注，产生

① 邓贤，《中国知青梦》，《中国优秀报告文学读本》（下卷），浙江文艺出版社，2010年，第18页。
② 李炳银，《中国报告文学的世纪景观》，长江文艺出版社，2003年，第95页。
③ 茅盾，《关于"报告文学"》，载《中流》第1卷第11期，1937年2月20日。
④ 刘雪梅，《论中国现当代报告文学观念的确立与嬗变》，载《江海学刊》，1998年第3期。

社会影响的重要因素。”[①]典型细节能突出人物性格，典型场景能彰显事件特征。因此，不管什么类型的报告文学，典型性都是必要的。尤其是人物形象塑造过程中，这种典型性诉求更加明显。《包身工》就是绝佳例证：

> “芦柴棒”着急地要将大锅里的稀饭烧滚，但是倒冒出来的青烟引起了她一阵猛烈的咳嗽。十五六岁，除了老板之外，大概很少有人知道她的姓名。手脚瘦得像芦棒梗一样，于是大家就拿“芦柴棒”当做了她的名字。[②]

《包身工》中塑造的人物形象，“芦柴棒”绝对是阅读者都最直接感知到的。上面这段话是“芦柴棒”在文本中的第一次露面。除却此次，“芦柴棒”还露脸两次：一次是生病，一次是抄身时刻。但正是夏衍所选择的具有典型意义的三次场景，集纳起来，就在读者面前勾勒出了一个鲜明生动的形象——一个被无情压榨、受尽摧残的底层包身工，没有自由、没有希望、没有出路，甚至连姓名都不被知晓的人物形象。在非人物型的报告文学中，人物出场服务于叙事，而叙事推进则将人物形象特征予以展示，二者的互动构建起了报告文学的典型性。

三、艺术想象与文学技巧的采纳。虽然报告文学与小说都强调典型化与形象生动性，但小说能通过虚构完成典型塑造，而报告文学作家的艺术活动范围就要小很多。在非虚构性前提下，报告文学叙述者会受到现实的诸多限制。而且，“报告文学中所写

---

①李炳银，《中国报告文学的世纪景观》，长江文艺出版社，2003年，第97页。
②夏衍，《包身工》，见《中国报告文学丛书》第一辑第一分册，长江文艺出版社，1981年，第266页。

的场景，并非都是作者亲历目见的，在许多情况下，现场早已消失，有的甚至要追溯到遥远的年月”。[①]通过详尽调查当然可以还原事件绝大部分历史真实，但总有一些琐屑会遗落在历史缝隙中，这就需要报告文学写作者运用形象思维，依照事实，艺术再现历史场景。符合逻辑的艺术想象能填补真实视域的缺失，也能起到丰富生活实感的作用。《哥德巴赫猜想》当中有这样的一个场景：

他默然收下了。他噙着泪送李书记到大楼门口。李书记扬手走了，赶上了周大姐他们的行列。陈景润望着李书记的背影，凝望着周大姐一行人的背影模糊地消失在中关村路林荫道旁的切面铺子后面了。突然间，他激动万分。他回上楼，见人就讲，并且没有人他也讲。[②]

乍暖还寒，这是一个多么令知识分子感动的场景啊！李书记的背影、陈景润的噙泪与激动万分，都昭示一个全新时代的到来。这样的场面不可能是叙述者亲眼所见。对于这种情况，符合事理逻辑的艺术想象显得十分必要，“合乎逻辑的想象”（基希语）是报告文学建构文本事实所不可或缺的。忠实复制现实，仅仅依靠博闻强识是不够的，还需要有想象做必要补充。当然，必须始终强调，想象归想象，报告文学作家不可以此为由而进行文体规范之外的虚构。

四、理性精神与艺术感染力。“当思想的深度构成读者对报

①尹均生，《国际报告文学的源起与发展》，华中师范大学出版社，2009年，第353页。
②徐迟，《哥德巴赫猜想》，见《中国报告文学丛书》第三辑第五分册，长江文艺出版社，1982年，第120页。

告文学的普遍要求的时候，思想性就表现为一种美；思想性通过文学手段来承载，思想性就变成了文学性。”[①]报告文学感性层面的“文学性”还体现在文体所显示出的思想性——即叙述者的理性精神。“在现实生活中的重大矛盾和纷纭的关系面前，报告文学无法也不应该回避。因此，报告文学需要很强的理性精神。”[②]如果说非虚构是报告文学的生命，理性精神则相当于报告文学的灵魂。感情的注入对文学性发挥有独特功效，但理性精神的缺失对报告文学来说，却会是致命的。上文提到的题材内容的典型性、场景的生动具体性、艺术的想象等都必须在理性精神支配下。不管是针对着社会当中的人物、事件，还是林林总总的问题，报告文学叙述者都应秉持理性。这也是读者一直以来对报告文学偏爱有加的重要原因。理性精神的参与，不会伤害报告文学的“甜美”，反而能在阅读上对读者进行有效诱惑。报告文学叙事中的平凡现实，正是由于有了理性光芒照耀才显得庄严、凝重。

“文学艺术总是以情动人的。报告文学不应该是纯客观的、机械地报导生活中的人或事，总是饱含着感情去揭露、去讴歌、去鞭挞、去同情，从而打动读者的心。”[③]这就不难理解基希为何会把“强烈的社会感情”视为报告文学作家不可缺失的重要条件了。深受外国报告文学影响的中国报告文学同样很注意用浓郁的感情来感染读者：

林鸣、林鸣，灵敏之人、灵敏之魂。有灵敏之魂的人，

①冯立三，《太行夜话——报告文学五人谈》，载《光明日报》，1988年9月23日。
②李炳银，《中国报告文学的世纪景观》，长江文艺出版社，2003年，第100页。
③张春宁，《中国报告文学史稿》，群言出版社，1993年，第12页。

才可以成为追求完美、创造完美、实现完美之人。①

面对着港珠澳大桥岛隧总工程师林鸣设计建造的美丽如画的人工岛，何建明选择用高度凝练却又感情深挚的话语表达他对林鸣的赞颂之情。这种涌动的感情之流能够有力地感染读者，从而加强其叙事的审美功用。

理性精神与艺术感染力看似矛盾，但其不同的功用本身决定了二者能够和谐地共存于报告文学文体叙事之中。理性精神导引之下的感情流脉，更加能够符合报告文学叙事的需要；而艺术感染力的注入，则能够使报告文学的理性精神的力量得到最淋漓尽致的发挥。二者的合力，助推了报告文学文体的不断成长。

“在艺术这一部门的表格里也有着一个空白！报导缺乏了应有的艺术成分。这乃是一种错误。这空白就是报告文学。”②从这个意义上说，正是这四个方面的涵盖使得报告文学能够在传播与接受的过程中彰显其“文学性”的文体品格。当然，作为一种叙事文体，包括视角、话语形式和节奏等叙事技巧对报告文学文学性的生成意义重大，这一点且按下不表，待后面章节详述。

① 何建明，《大桥》，漓江出版社，2019年，第391页。
② [塞]巴克，张元松译，《基希及其报告文学》，载《国际文学》第4号，1935年。

第三章

报告文学的文体功能

在各种文体理论的探讨中，文体功能是一个时常被论及的理论命题。如，有学者认为，"'散文诗'是一种外在形式散文化的不分行的现代诗，它以表达思想（或哲思）与呈现经验为主要功能，以抒情、言志为次要功能。"[①]也有学者指出，"非虚构创作强调作者要抵达现场，深入事件，倡导在场写作、真情写作，要求创作须遵循非虚构的纪实性手法及原则。这是一种历史性的记录、反映和书写，是求真求实的写作。"[②]很显然，不同文体的功能是不同的，而这种功能更多指向文体的现实作用，或者说独特价值。

报告文学作为文体的一种，也有其功能的特殊性。一直活跃在报告文学理论研究界的李炳银、李朝全、丁晓原等，都对这一论题有过精彩论述。李炳银在全国报告文学理论研究会第六届学术年会上阐述了现代报告文学显著的文体功能。在他看来，"报告文学的信息传递、价值判断和社会介入功能"[③]，使之超越了

---

① 谭五昌，《重新定义"散文诗"的文体特质与功能》，载《文艺争鸣》，2019年第11期。
② 李朝全，《报告文学创作小议》，载《文学报》，2012年11月7日，第7版。
③ 龚举善，《坚守文体功能 强化艺术品性 助推文学创作——全国报告文学理论研究会第六届学术年会综述》，载《广播电视大学学报》，2011年第1期。

母体新闻，且迥异于小说。而在李朝全看来，“脱胎于现代新闻业的报告文学最鲜明的特质在于实录现实、追求真实，基本的属性是新闻信息性和文学艺术性。脱离了新闻性，报告文学便失去了报告和报导之功能；丧失了艺术性，报告文学就无法被称为文学作品。”[①]丁晓原则认为，“真实及时文学地报告鲜明的时代主题生活，表现人民的伟大创造，反映激扬的时代精神等，是它独特而优长的文体功能。”[②]

简单梳理便可看出，报告文学鲜明的时代性、现实性、新闻性、纪实性、参与性、文献性、文学性、思辨性等可以很好记录历史、史实、档案，可以帮助读者认识时代、历史、现实和社会，可以用丰富的思想和真挚的情感教育人群、引导大众……报告文学的价值是多元化、全方位、深层次的，可以辐射并作用于政治、经济、社会等各方面。按照报告文学文体功能由浅到深，可将其划分为行走现实、干预生活、文化批判、价值导向等几个不同维度。

第一节　行走现实：报告文学的文体要务

“文学要努力反映时代”[③]，“报告文学是一种与时代关联很紧密的‘时代文体’，应时而化是它的重要品格”。[④]作为新闻与文学联姻的产儿，报告文学肩负着真实记录历史、抒写人民心声

① 李朝全，《烛照社会生活，突显时代叙事——2019年中国报告文学创作综述》，载《中国当代文学研究》，2020年第2期。
② 丁晓原，《在报告文学中，我们遇见新时代》，载《文艺报》，2018年9月19日，第6版。
③ 何建明，《文学要努力反映时代》，载《文艺报》，2018年4月23日，第6版。
④ 丁晓原，《国际性报告文学写作的三个话题》，载《福建论坛》，2016年第10期。

的文体职责。“好的报告文学是行走出来的”[①]，是对时代的一种记忆性书写，这是报告文学文体的初心与使命。换言之，作为一种“行走现实”的文体类型，“报告文学的行走，不仅是一种态度，更是一种价值，一种艺术，一种情怀，一种理想，是责任与担当的选择”。[②]

“报告文学是社会生活厚土上生长出的文学根苗，是将文学融合于现实生活和历史记载的一种非常务实的主观表达。”[③]在“报告文学”文体属性的诸多内涵中，“社会性”“新闻性”“现实性”等均是与“行走现实”的文体要务直接相关的维度。其中，“社会性”指所叙述故事的社会辐射面，不应囿于作家狭小生活空间，而应瞩目于社会中大的事件、人物和问题等。同时，报告文学题材选择与创作、传播必须具有新闻的及时性。文学源于生活，而又高于生活。报告文学作家在进行创作时，既要从现实中及时有效找寻素材，又必须经过斟酌、筛选、重组等文学性沉淀。

鸦片战争爆发直至1930年的九十年间，萌生期中国报告文学在近代文化转型中缓慢孕育着。这其中诞生了像王韬《漫游随录》、李奎《环游地球新录》、梁启超《新大陆游记》《欧游心影录》、周恩来《旅欧通信》、瞿秋白《饿乡纪程》《赤都心史》等纪游体报告文学作品。它们代表了中国报告文学早期的发生形态，也影响了本时期其他散见的报告文学创作。虽然这些作者有年代之隔，但并不妨碍他们承继性的文学选择。“录”“游记”“通信”“纪程”“心史”，从标题便可窥见文本叙述者在叙事

①徐剑，《报告文学的文学性与真实性》，载《文艺报》，2017年1月9日，第7版。
②文涛，《纪红建：报告文学作家必须行走与思辨》，载《检察风云》，2019年第18期。
③李炳银，《文学的目标和报告文学的力量》，载《名作欣赏》，2019年第7期。

题材选择上的时间考虑。梁启超在《新大陆游记》凡例中这样自述：

> 兹编本游历时随笔所记，但业稿盈尺，散漫无纪，令读者有恐卧之想。故返日本后，以两旬之力重理之。如今本一段中所记，或非在一时也。①

作为《新大陆游记》文章凡例的第一条，这段话紧接作者自序之后。三言两语，却足见梁启超写作过程中对时效性的重视程度。当然，此时他的头脑中远没有"报告文学"这一文体概念，更谈不上文体自觉。但梁启超的这段话，恰恰证明了中国报告文学萌生阶段，包括他在内的诸多写作者已充分关注时效性之于报告文学的重要价值。但是，这种时效性也绝非越快越好，"以两旬之力重理之"明确了梁启超的态度。面对着所叙述事件的"散漫无纪"，的确需要相当的时间沉淀来予以梳理，才能在深入思考中挖掘题材的现实意义。否则，简单平面的游历叙述就会沦为"走马观花"的日记流水账。身为当时包括《时务报》《清议报》《新民丛报》等重要报刊创办者的梁启超深谙此道。"……报之所以惠人者不一端，而知今为最要。故各国之报馆，不徒重主笔也，而更重时事，或访问或通信或电报，费重赀以求一新事，不惜焉。"②正是由于近代新闻传媒业的逐步繁荣，读者队伍的迅速成长，使得包括梁启超在内的身兼记者身份的报告文学叙述者，充分重视着题材选择的及时性与适当的文学性沉淀。更加能

---

①梁启超，《新大陆游记》，见《饮冰室合集》专集之二十二，中华书局，1989年，第1页。

②梁启超，《清议报第一百册祝辞并论报馆之责任及本馆之经历》，见《饮冰室合集》文集之一，中华书局，1989年，第1页。

够确证这一点的还在于随后周恩来、瞿秋白等带有鲜明无产阶级色彩的报告文学创作。

中国近现代转型标志性的历史事件是五四爱国运动，这是现代知识分子自发觉悟的第一次大规模爆发。报告文学及时承担起了记录时代的文体功能，《一周中北京的公民大活动》发表于运动后的第七天，《二十一日听审的感想》发表于听审后第四天，《唐山煤矿葬送工人大惨剧》的问世距离事件也不到一个月。同样“显示了中国革命知识分子自发的阶级觉悟”[①]的历史事件还有1921年2月28日旅法四百多名勤工俭学学生前往中国驻法使馆请愿示威和1921年9月20日百余人进占里昂中法大学的斗争。这些事件的爆发，标示着中国革命青年开始参与国际工人运动。对此，当时旅法的天津《益世报》记者周恩来予以了及时生动的记述与描绘。在《留法勤工俭学生之大波澜》《勤工俭学生在法最后之运命》等报告文学中，既有作者以现场目击者身份的真实还原，也有闪烁着真知灼见的评论。《旅欧通信》在赞扬勤工俭学学生的英勇斗争精神的同时，也对帝国主义、资本主义提出了尖锐批判。它们在国内迅疾的发表与广泛的传播促发了中国人民抗争的觉醒，也彰显了报告文学作为“时代精神的迅速、有力的传承者”[②]的文体特质。而以北京《晨报》记者身份出发到苏俄考察采访的瞿秋白，则在他的《饿乡纪程》和《赤都心史》中及时向国内民众介绍十月革命之后的俄国。举凡苏俄无产阶级创业的艰辛、社会主义建设的成就、列宁同工人群众共同庆祝十月革命的热烈而动人的情景等，都在他及时的文学性话语叙述中得到生动反映。《饿乡纪程》和《赤都心史》收录的报告文学“约略可

---

①尹均生、杨如鹏，《报告文学纵横谈》，四川人民出版社，1983年，第3页。
②何建明，《作家要做新时代的讴歌者》，载《党建》，2017年第12期。

以分作几种：杂记，散文诗，‘逸事’，读书录，参观游览记”。[1]在专于记事的报告文学萌生时代，瞿秋白为现代报告文学的叙事体式开辟了更为宽广的道路。

1930年到1949年的近二十年间，现代报告文学的发展阶段所呈示出来的作家行文的从容显然要薄弱很多。虽然有了外来报告文学创作理论与实践方面的借鉴，但战争语境的动荡不安成了作家进行报告文学叙述的最大障碍。左联对报告文学这一新兴文体的价值定位与广泛的倡导，在促进现代报告文学迅速走向繁荣的同时，也在某种程度上伤害了报告文学作为一种文体的文学韵味。

阿英在第一部以“报告文学”命名的作品集《上海事变与报告文学》序言中延引基希的话，对优秀报告文学者进行衡量标准上的设定，“毫不歪曲报告的意志，强烈的社会的感情，以及企图和被压迫者紧密的连结的努力”[2]。面对着战火纷飞的历史语境，用短小精悍的报告文学去反映战争的经过、后方民众的活动、救护慰劳的白描等的确应及时有效，但同时还要“真正担负起报告文学真正使命”。随后茅盾主编的《中国的一日》、敌占区“孤岛”的《上海的一日》以及威武雄壮的《渡江一日》等群众性报告文学作品也都存在缺乏思考、缺少沉淀的弊端。“没有经过多少艺术上的斟酌和推敲，都具有一种宣传鼓动的性质”[3]，周扬的分析虽非专注于报告文学，但其观点放在报告文学文体中却非常到位。

---

① 瞿秋白，《赤都心史》，见《中国报告文学丛书》第一辑第二分册，长江文艺出版社，1981年，第92页。
② 阿英，《从上海事变说到报告文学（代序一）》，见《中国报告文学丛书》第一辑第三分册，长江文艺出版社，1981年，第8页。
③ 周扬，《抗战时期的文学》，载《自由中国》创刊号，1938年4月1日。

本阶段现代报告文学不乏佳作。夏衍的《包身工》堪称典范，萧乾的《流民图》直烙人心，宋之的的《一九三六年春在太原》独具一格，邹韬奋的《萍踪寄语》《萍踪忆语》视野开阔，范长江的《中国的西北角》详尽生动。单纯从叙事时间距离来看，《包身工》的示范作用尤其明显。“但我真正动念要写包身工的生活，还是在1935年。那一年，上海党组织遭到一次很大的破坏，组织上要我暂时隐蔽，我就利用这个机会，开始了包身工材料的搜集。”[①]“从三月初到五月，足足做了两个多月的‘夜工’才比较详细地观察到了一些他们的日常生活。”[②]这些经验、材料经过沉淀、构思和艺术表达后，终于在1936年6月《光明》创刊号上以“包身工”为题公诸于世。生活场景的形象描绘与丰富的背景材料的有机结合，恰恰证明了夏衍在报告文学文体叙事的过程中及时与沉淀权衡得恰到好处。随后出现的一系列关注底层民众的报告文学，基本都效仿了这样的运作模式，广受欢迎。战争语境所带来的叙述仓促无可避免，但历史雄辩地证明，只有经过时间沉淀的洗练之作才能经得起岁月推敲。

新中国成立直至20世纪90年代以前的报告文学创作，政治意识形态制导是其重要语境。作为一种具有新闻特征的叙事文体，报告文学在文学承载更多政治使命的年代里显然成了宠儿。不管是十七年，还是随后的新时期，本阶段报告文学作家的叙事选择很大程度上受制于政治意识形态的有效制约与引导。十七年报告文学创作体现出强烈的颂歌化倾向，如《谁是最可爱的人》《为了六十一个阶级兄弟》《县委书记的榜样——焦裕禄》等。即便偶有《被围困的农庄主席》等“出格”之作，但本时期报告文学

---

①夏衍，《我与报告文学》，载《文汇报》，1992年6月3日。
②夏衍，《关于报告文学的一封信》，载《时代的报告》，1983年第1期。

的政治化印记仍异常鲜明。巴金作为志愿军随军记者在1952年的3月22日正午见到了彭德怀，4月11日的《志愿军报》就看到了他的报告文学《我们会见了彭德怀司令员》。不管是写抗美援朝、经济建设，还是反映阶级斗争、反映“大跃进”的异化，报告文学的时效性均毋庸置疑。不过，缺乏沉淀或无法进行深层意义的找寻，还是导致了本时期报告文学写作集体性的“无名”。报告文学叙述主体在题材选择、距离设定以及自我态度抒发上均遭遇了时代尴尬，甚而在十年浩劫中完全沦为阶级斗争的工具。

1976年动乱结束之后，相对宽松的社会环境给广大报告文学作家提供了较为自由的言说空间。时代承诺所带来的人的解放，使得知识分子萎缩的精神机能重新恢复了活力。之前失却的自我主体意识，终于在选择与言说的自由中慢慢找回。徐迟的《哥德巴赫猜想》“以陈景润为典型对象，勇敢和诗情地对当时社会现实进行了有力针砭和纠正”[①]，首先冲决了政治性对报告文学的束缚，“在这乍暖还寒的季节，写这样的知识分子，确实是需要一些胆识的”[②]，充分证明了写作的及时性与作家的勇气可嘉。随之而来的是一股包括知识分子形象在内的人物题材写作潮流，黄宗英的《大雁情》《小木屋》，陈祖芬的《祖国高于一切》，理由的《扬眉剑出鞘》，柯岩的《奇异的书简》等广受追捧。

一九七八年春天，祖国大地万木百草茵茵萌发的春天。科学的春风把我这个“科盲”也卷进去了。我作为一名特约

① 李炳银，《让文学与现实共振——谈徐迟对报告文学文体的贡献》，载《光明日报》，2014年10月20日，第13版。
② 张春宁，《中国报告文学史稿》，群言出版社，1993年，第379页。

记者，列席北京全国科学大会。①

本来，这篇报告文学对我来说，当大雁从北方飞来的时候就可以写了。可是，踟蹰再三，难以动笔。②

这两段话分别来自黄宗英报告文学力作《大雁情》的开头和结尾。该文发表于1979年第1期的《十月》。时间上的紧凑充分确证了其报告的及时性，而作家的“踟蹰再三，难以动笔”则在另一个层面上表明了作家对时代的敏感与文学性沉淀的执着。通过这样一个鲜为人知的边缘科学家的故事，黄宗英完成了对现实生活当中问题含蓄、温和的呼吁。

“报告文学的新闻性特征决定了这一文体应以现实报告为要务”③，新时期的新人物、改革开放的热火朝天、社会主义建设中出现的问题等，都在报告文学作家笔下有着准确及时的反映。程树榛的《励精图治》、李延国的《中国农民大趋势》、麦天枢的《西部在移民》、霍达的《国殇》等应和着现实步伐，并有着作者较长时间的思考与沉淀。当然，一系列时间跨度很大的报告文学也被推向读者，如胡平、张胜友的《历史沉思录》、钱钢的《海葬》、李辉的《文坛悲歌》等。

相比于20世纪80年代的“标高性”④存在，90年代以来的报告文学发展渐趋平稳。针对着某一个区域、某一个问题、某一个人物，报告文学作家继续其精神坚守，黄传会的《“希望工程”纪实》、杨黎光的《没有家园的灵魂》、何建明的《国家行动》、

① 黄宗英，《大雁情》，见《中国报告文学丛书》第三辑第五分册，长江文艺出版社，1982年，第300页。
② 黄宗英，《大雁情》，见《中国报告文学丛书》第三辑第五分册，长江文艺出版社，1982年，第327页。
③ 丁晓原，《文化生态视镜中的中国报告文学》，复旦大学出版社，2008年，第136页。
④ 丁晓原，《论90年代报告文学的坚守与退化》，载《文艺评论》，2000年第6期。

朱晓军的《天使在作战》、张雅文的《生命的呐喊》等报告文学文本在题材、结构、文体、形式等诸多叙事层面都有长足进步。而另外一部分人则躲避现实前沿，转向80年代后期渐起的对历史题材的热衷。鸿篇巨制的历史演义在本时期呈现出异样热潮，《温故戊戌年》《英吉利海峡的狂飙》《李宗仁归来》《大清王朝的最后变革》《日落东方》等作品的出现，引发了报告文学是否能够容纳历史题材的争论。

进入新世纪，特别是中国特色社会主义进入新时代，新人新故事，新成就新气象，新的生活方式、生存境遇，包括人们的梦想追求、奋斗牺牲、情感心路、愿望诉求、命运变迁等，都可以纳入报告文学的表现范围。而社会文明进步、发展进程中的矛盾嬗变，各种焦点难点问题，亦时常成为关注历史前行的报告文学作家着力的重点。"关注现实是报告文学创作的鲜活生命"[①]，何建明的《那山，那水》、纪红建的《乡村国是》、李春雷的《初心——"新时期党员、干部的楷模"廖俊波纪事》等，都是本阶段报告文学的典范之作。

1998年，傅溪鹏在《报告文学是"文学轻骑兵"》中指出，"……到历史堆里去'觅食'，可能会伤害报告文学的'真谛'。如果还是这样走下去，是不是会清朝写完了，该去写明朝了，明朝写完了，就得写元朝、宋朝、唐朝了呢？这还能算做报告文学吗？"[②]虽然他对报告文学是"文学轻骑兵"的认定在现在看来已然陈旧，但其担忧却发人深省。事实上，"历史题材"报告文学在整个中国报告文学的发展历程，尤其是新时期以来的创作

①何建明，《关注现实是报告文学创作的鲜活生命》，载《广播电视大学学报》，2001年第1期。
②傅溪鹏，《报告文学是"文学的轻骑兵"》，载《中国艺术报》，1998年4月17日。

中占到相当比重，且有蓬勃发展之势。“历史题材”的引入扩大了报告文学题材选择的空间和表现领域，“在享受创作自由的同时，充分发现历史生活中的启示或现实意义，这自然是很好的创作路数”。[①]但有部分所谓的历史题材报告文学，通过无度想象、虚构、杜撰等建构起自身的历史图景，一定程度上殃及了报告文学文体自身行走现实的使命担当。正如黄传会坦言的，“报告文学是走出来的，必须扎扎实实深入生活。”[②]报告文学“它与历史和时代之间的紧密联系是由其文体本性决定的，相对于其他文学样式而言，报告文学以现实和历史的‘在场’者身份显示着‘诗史互证’的文体价值”。[③]不管是现实题材，还是历史题材，只有做到“坚定地行走在中国大地，真实地记录现实生活，再现历史图景，关照现实，才能完成报告文学作家的责任与使命”。[④]

第二节　干预生活：报告文学的文体力量

周政保在谈及报告文学“文学性”时说到，“我们说一部报告文学具有‘文学性’，是因为我们在阅读的过程中感受到了作品的思情魅力：被它的描写所启示所激动，由局部而整体，由此岸而彼岸，甚至可以倾听到作品所要传递的言外之意、弦外之

① 周政保，《非虚构叙述形态——九十年代报告文学批评》，解放军文艺出版社，1999年，第21页。

② 丛子钰，《生活在何处，文学就在何处——访作家黄传会》，中国作家网，2019年10月8日。

③ 黄菲茜，《纪红建报告文学：现实书写与历史回望》，载《文艺报》，2019年4月8日，第6版。

④ 文涛，《纪红建：报告文学作家必须行走与思辨》，载《检察风云》，2019年第18期。

音，并在其中感悟到某些更深刻而博大的命题，如人生、命运、人的处境、人类前途等。”[①]这一要求不免苛刻，但却是许多报告文学作品已经带给读者的阅读感受，更是报告文学应该努力追求的目标。简单地说，通过阅读报告文学，读者如果仅仅看到人物、事件、问题等的来龙去脉这么平面的话，似乎报告文学文体就毫无特殊性可言。新闻事业产生并蓬勃发展以来，获取真实性信息的时间被缩短、途径被拓宽。脱胎于新闻的报告文学如果只是混有时效性的文学，其文体功能也就微不足道了。作为“一种有着强烈现实社会性参与的写作”[②]，报告文学不仅仅承担着行走现实的文体任务，其更强大的文体功能还在于其对题材对象乃至整个现实社会的直接作用。

在非虚构性的报告文学与其他虚构性的文体之间，报告文学的叙述者具有自身的特殊性，可与作者进行等同。这种相对而言的单纯，并不意味着报告文学叙述者的研究就可以被忽略，相反，正是这种看似简单的等同恰恰确证了报告文学的非虚构文体本质。而报告文学干预生活的文体功能，很大程度上源于其叙述者的特殊性。因此，有必要对报告文学的叙述者角色进行一个整体而系统的观照。

很长一段时间，人们区别叙述者类型的主要标准仅在人称上，第一人称、第三人称（也有部分第二人称）的种类划分显出其区别性，而且容易在数目众多的文本中予以明了廓清。但这一划分未能详尽说明叙述者之间实质性的差别。因此，包括多莱泽尔、斯坦泽尔、热奈特、布斯、里蒙·凯南等结构主义与叙事

---

①周政保，《非虚构叙述形态——九十年代报告文学批评》，解放军文艺出版社，1999年，第39页。
②李炳银，《文学的目标和报告文学的力量》，载《名作欣赏》，2019年第7期。

学理论家都进行了有益探索。虽然不同研究者所提出的类别划分有交叉或不全面的缺点，但“他们对叙述者的理解和分类无疑丰富了人们对叙述者形象的认识”。[①]胡亚敏参考整理了前人诸多研究成果，从四方面对叙事文中的叙述者类型加以界定与阐发，基本囊括了叙述者可能出现的一系列对举性分歧，虽然也不够完善。在这里，借以对报告文学叙述者进行一个性质归属上的界定：

首先是异叙述者与同叙述者。“同”与“异”差别在于叙述者是否文本中的人物——异叙述者不参与故事，叙述灵活自由，彰显其权威与客观；而同叙述者必须讲自己的所见所闻，个人性、主观性获得足够重视。现代报告文学历史发展进程中，最开始的文本如梁启超的《新大陆游记》、瞿秋白的《饿乡纪程》《赤都心史》等基本围绕游历而进行故事讲述，或类似于《戊戌政变记》《旅欧通信》等作为旁观者的同叙述者对所见所闻进行实录，但随后的发展倾向于独立于故事之外而讲述别人的故事的异叙述者叙述。当然，口述体、日记体形式的同叙述者依旧存在。而且，20世纪80年代以来的集合式、全景式报告文学更是将同叙述者与异叙述者同时安排在一个文本内部。聚焦转换带来叙述转换，这对于丰富叙述的空间、维度有着独特价值。这就意味着，异与同的简单区分无法展现报告文学叙述者的独特性。

其次是外叙述者与内叙述者。这是针对叙述层次而划分的叙述者类型。外叙述者为第一层次故事的讲述者，起到支配与结构作用；而内叙述者则是故事中的人物充当叙述者。现代报告文学的叙述者基本是外叙述者统筹文本，内叙述者再现场景。外叙述

①胡亚敏，《叙事学》，华中师范大学出版社，2004年，第41页。

者的重要性虽然超过内叙述者，但共存体的定性也意味着“内”与“外”的区分等于丧失了本质意义。因此，同样不能选用这对概念对报告文学叙述者进行角色定位。

再次在于“自然而然”的叙述者与“自我意识”的叙述者。这是一组以叙述行为为标准进行区分的叙述者类型。“自然而然”的叙述者往往在文本中隐退，形成客观真实感；“自我意识”的叙述者则不时站出来表明叙述的情境。不加干涉的描写与叙述是报告文学很重要的叙述表达方式，但“自我意识”叙述者在作品中出现所造成的离间效果，对报告文学的艺术性与文本属性是更重要的表征。在报告文学文体叙事的内部，这两种叙述者也以缠绕的方式并行出现。

最后是客观叙述者与干预叙述者。这种划分的标准在于叙述者对故事的态度。作为现实主义最为推崇的叙述范式，客观叙述者在实录外部世界与复制主观世界的过程中绝少自我的情感倾向，客观是其最大诉求。而干预叙述者则具有很强的主体意识，相对自由进行陈述、解释与主观自我的抒发。故事的描写、叙述与自我的展现都显得比较从容。干预叙事有的是以打断叙事进程凸显其介入的程度，也有的糅合在叙事过程中，包含多种形态。

通过对以上四组对举概念的简要辨析，不难发现，对报告文学叙述者最妥当的定位莫过于干预叙述者。“当我们对20世纪中国报告文学文本叙述者类型进行考察时，就不难发现，如果从叙述者对所述故事的态度上作一个划分的话，其类型主要表现为干预叙述者，而非客观叙述者——一个较少或极少在文本中表达自我主观判断的叙述者。”[①]这就意味着，报告文学叙述者的存

①王晖，《二十世纪中国报告文学的叙述模式》，载《中国社会科学》，2003年第2期。

在不像很多现实主义小说那样内隐于文本，而是充分显示主体意识。“干预叙述者可以直接地对故事中的事件、人物或社会现象发表长篇的评论。”[①]李春雷的《木棉花开》以任仲夷为中心，对其主政之路进行了深入报告，也对政治家在那样一个年代的遭际作了生动诠释。叙述过程中，作者不时地通过打断的方式渗入主观评论，将叙述干预表现得淋漓尽致：

> 其实，真正的政治家，并不仅仅是那些手握国柄经略风云的领袖人物，而是每一个公务员，是不是在各自所处的位置上尽到了应尽的历史责任。从这个意义上说，绝大多数的人都有所欠缺，而任仲夷则是一位伟大的政治家。他在广东省委第一书记的任职上，竭尽全力，敢踩逆流，不避斧钺，为天地立心，为生民立命，为岭南开太平，尽到了当时所能尽到的最大责任。[②]

这段话无疑是叙述者对主人公的一个外化主观评价，以及由此生发的对那个特定时代在政治层面上的反思。这种主观化的表达，对于人物形象的塑造乃至故事的演进都具有重要意义。这种主观性的干预叙事，恰恰体现出了报告文学叙述者的独异性，彰显其特殊的叙述功能。

虽然报告文学的叙述者是一种“干预”的叙述者，但“干预”只是其定语，中心语依旧是“叙述者”。而“在叙述本文中，叙述者的功能是多方面的”。[③]报告文学的干预叙述者功能

---

①胡亚敏，《叙事学》，华中师范大学出版社，2004年，第49页。
②李春雷，《木棉花开》，见《中国优秀报告文学读本》（下卷），浙江文艺出版社，2010年，第606页。
③谭君强，《叙事理论与审美文化》，中国社会科学出版社，2002年，第73页。

主要体现在以下方面：

一是叙述功能。叙述者在叙事文本中是承担话语的“陈述行为主体”[①]。对报告文学而言，叙述者的首要功能在于叙述。叙述与叙述者之间相互依存，没有叙述就无所谓叙述者，而叙述者的叙述才可能支撑起一个完整的报告文学。朱晓军的《天使在作战》中对特殊时代的医患关系进行了客观而生动的描写与叙述。“在一间低矮的农舍，门开一道缝。昏黄的灯光似乎为逃避瘆人的哭声，从缝里挤了出来。她走进去，见狭窄的地上摆放一口新做的薄皮棺材，里面躺着一个小男孩儿。一位农妇趴在棺材上边哭着。”[②]缺少了必要的完备叙述，文本也就不可能存在。叙述是报告文学叙述者最基本的功能。当然，叙述功能也包含了对文本进行结构安排、组织串联、材料取舍等。

二是交流功能。“每一种叙事都涉及交流。”[③]报告文学叙述者的存在并非单向度的，有叙述者的地方就有受述者。任何一个报告文学文本都有着至少一位的受述者。只不过，在报告文学文本中，受述者的存在并非都是显性的“你”“你们”，而更多是隐性的。叙述者的交流功能并不仅限于同受述者之间，还包含了同文本中人物之间的互动关系。在包括黄宗英的《大雁情》等诸多报告文学文本中，就有很多报告文学叙述者同文本中主要人物、次要人物等进行对话交流的场景。“我走过去，轻轻拍着她的肩膀，问道：‘默不言声的姑娘，你在想什么？’话音刚落，我觉察出了自己的错误。她一回头，我看见她的两鬓已经斑白，微黑的

①[法]兹维坦·托多罗夫，《文学作品分析》，见张寅德编选《叙述学研究》，中国社会科学出版社，1989年，第71页。
②朱晓军，《天使在作战》，见《中国优秀报告文学读本》（下卷），浙江文艺出版社，2010年，第538页。
③申丹、王丽亚，《西方叙事学：经典与后经典》，北京大学出版社，2010年，第68页。

面颊上，已刻下细密的智慧的年轮。透过近视眼镜，她安详地看着我，淡淡地一笑：'我看见大雁，就想起了大雁塔下的植物园。'" [1]这就表明，在报告文学文体叙事中，叙述者成为交流的中心。

三是证实功能。任何一个叙事作品的叙述者，都希望自己面对的隐含读者能相信文本中的叙说。这在报告文学文体中尤为明显。报告文学的叙述者总是通过各种方式来完成文本非虚构属性的确证。包括书信引入、数据呈现、场景还原、日记摘抄等，"叙述者可以采用各种让人信服的方式证实故事的来源，或发出某种触景生情的感慨，以此来说明其叙述的准确和感觉的真切"。[2]报告文学长久以来的叙议结构，就是针对文体特殊的要求而逐步完善的。《新大陆游记》当中美国总统的演讲实录、《包身工》文本内的真实数据、《谁是最可爱的人》中生动感人的故事场景、《哥德巴赫猜想》对陈景润论文的摘录、《大雁情》中字迹娟秀的字条、《木棉花开》对《中国统计年鉴》相关查阅数据的实录、《大桥》中对港珠澳大桥建造过程中相关数据的大量引用等，虽是不同的非虚构属性的路径选择，却涵盖了整个现代报告文学的发展历史。

四是干预功能。毫无疑问，这是报告文学叙述者区别于其他虚构性文体最显要的特征，也是叙述者身份在话语层面上最明显的体现。叙述者的干预一般通过叙述者对人物、事件、文本话语等进行评论的方式来达到。"对话语的干预可以采取种种形式来进行，有些形式甚至看起来与叙事作品的常规大相径庭，这些

---

①黄宗英，《大雁情》，见《中国报告文学丛书》第三辑第五分册，长江文艺出版社，1982年，第300页。
②胡亚敏，《叙事学》，华中师范大学出版社，2004年，第52页。

形式在文字上甚至倾向于破坏、而不仅仅只是要弄叙述形式而已。”①归结而言，报告文学叙述者的干预体现为叙事概括、解释说明、主观评论、叙事打断、说服读者等。何建明的《大桥》就存在各种表现形式的叙事干预。如“大桥长55公里，用去的钢铁达42万吨，几乎相当于60座埃菲尔铁塔的用钢量”②，这是对文本叙事进程中现象的形象性解释；而“人员安全风险（出现严重事故的可能）在两种不同隧道的工法中是一样的”③，这里采用的则是括号加注的形式，目的在于以解释性的干预告诉读者他们自身不容易搞清楚的事实。“这样的钢筋笼排列在你的面前，就是一朵朵艳丽的花朵，就是一幅幅如诗的彩画，它不再让人感觉沉重与笨拙，相反它变得优美、华丽和动感。”④这是叙述者动情的主观性评价，提升了文本的叙事感染力。不管是什么形态的叙事干预，在报告文学文本当中都意味着叙述者主观姿态的外显。

虽然在特定时期，“以‘干预生活’为特征的报告文学作品遭受政治批判”⑤，但“增强对现实社会的能动把控解释力，表现出发现、理解和解释处理生活矛盾事件的能力，是报告文学力量的重要价值所在”。⑥注重“公共效应”⑦的报告文学文体叙述的过程，除了完成对现实人物、事件、问题的还原之外，更重要的在于叙述者主观姿态对于现实生活的干预。“批判与矫治的生

① 谭君强，《叙事理论与审美文化》，中国社会科学出版社，2002年，第77页。
② 何建明，《大桥》，漓江出版社，2019年，第103页。
③ 何建明，《大桥》，漓江出版社，2019年，第103页。
④ 何建明，《大桥》，漓江出版社，2019年，第146页。
⑤ 李炳银，《为天地立心，为生民立命——陈启文报告文学纵论》，载《广播电视大学学报》，2019年第3期。
⑥ 李炳银，《文学的目标和报告文学的力量》，载《名作欣赏》，2019年第7期。
⑦ 徐刚，《报告文学的现实关切与文体革新——第六届“鲁奖”报告文学获奖作品述评》，载《中国现代文学研究丛刊》，2015年第8期。

活干预力是报告文学的价值根系。”[①]这是报告文学作家创作的目的所在，也彰显了报告文学文体的特殊力量。

第三节　文化批判：作为知识分子的写作

谈及报告文学文体的基本特征，不同时代的研究者有着不同的表述与定位，但在具体论说过程中都必然提到报告文学的社会性与写作者创作的主体性。作为脱胎于新闻的年轻文体，报告文学很好传承了新闻所具有的强大社会指涉功能，面对社会生活的方方面面进行展示、干预，从而散发着其强大的审美功用。李炳银认为：“报告文学是有社会责任担当的知识分子，在积极参与现实社会发展建设的现场观察感受，并以理性评判和生动艺术地图文表达的文学创作活动。”李鸣生所说，“报告文学是一种非常特殊的文体，其特殊性在于它是一种有社会担当、有历史使命感的文学。”[②]就报告文学文体特征而言，“社会性”与“主体性”无法绕过。而“社会性”与“主体性”与“知识分子”概念有着千丝万缕的紧密联系。从这个意义上，将报告文学视为知识分子的写作、知识分子的叙事显得十分合理。

想要解释清楚缘何给出这样的文体定位，首先要厘清“知识分子”这个概念。同“报告文学”一样，“知识分子”也是一个舶来词。这并不意味着中国古代就没有知识分子，只不过称谓有别，古代民间通称的“读书人”其实就是知识分子，而“士”

① 龚举善，《文化消费时代报告文学的文体力量》，载《探索与争鸣》，2006年第11期。
② 鲁大智，《李鸣生：报告文学是一种有历史使命感的文学》，载《文艺报》，2017年7月26日，第11版。

则是古代对知识分子的一种雅称，孔子便有“士志于道”之说。“读书人”这个概念在现代社会依然频繁使用，但它显然并不等同于这里说到的“知识分子”概念。作为一个全人类共同关心的思想史课题，中外学者都对“知识分子”进行了深入探究。这其中，萨义德的观点最具代表性：

> 知识分子是具有能力“向（to）”公众以及“为（for）”公众来代表、具现、表明讯息、观点、态度、哲学或意见的个人。
>
> 纯粹个人的知识分子（a private intellectual）是不存在的，因为一旦形诸文字并发表，就已经进入了公共世界。
>
> 重要的是知识分子作为代表性的人物：在公开场合代表某种立场，不畏各种艰难险阻向他的公众作清楚有力的表述。①

三段话中，萨义德对知识分子的社会职能、存在方式与精神品格等进行了总体性的揭示。概括起来就是两个方面：其一，存在的公共性。如果仅仅是关注个人狭小生活构筑的个体存在，是永远都够不上知识分子的美誉的。知识分子应将自己视为社会公众的代表，面向公众与诉求对象提出自身关切。事实上，在中国历史上的文化繁荣时期，都是由于拥有着类似哈贝马斯所提出的“公共领域”。这大概也就是许多知识分子会被誉为“社会的良心”的最重要原因。作为知识分子，理所应当承担起公平、正义、人性等人类普遍价值的传播与维护的重担。其二，主体的独

①[美]爱德华·W. 萨义德著，单德兴译，《知识分子论》，三联书店，2002年，第16、17页。

立性。“仅仅是公共的知识分子（a public intellectual）——个人只是作为某个理念、运动或立场的傀儡、发言人或象征——也是不存在的。总是存在着个人的变化和一己的感性，而这些使得知识分子所说或所写的具有意义。”①作为人类普遍精神的代言人，知识分子必须具有独立的品格，而在维护人类普遍价值过程中，他必然要去批判那些反人性、反理性的负面现象。存在的公共性并非要求知识分子去迎合、讨好大众，相反，知识分子应作为具有独立品格的社会批判者。毫无保留地对社会现实进行拥抱的演说，显然不是“典型的知识分子”②的表达方式。

存在的公共性与主体的独立性，在很大程度上对“知识分子”这个概念作了限定。这两者恰好对应了中国报告文学文体叙述的社会性及其社会批判的文体功能。在更深层次上，作为非虚构文体的报告文学至少在以下方面暗合了“知识分子”的基本特征：

一、主体身份的公共性。在西方，现代意义上的知识分子大致出现在中世纪，而在中国，现代知识分子的出现则滞后许多。封建制度的闭塞阻碍了文化交流，也限制了知识理性在读书人中的累积。虽然在龚自珍、魏源、林则徐等身上已看到知识分子闪光的一面，但其对封建传统的反叛极为有限。鸦片战争的节节败退使中国被迫开放，西方传教士力图文化殖民而带来的先进印刷技术及报刊创办刺激了国内学人的觉醒。1874年创办《循环日报》开始，王韬以政论性的报告文学干预时政、鼓噪变革，成为一个真正意义上的早期现代知识分子。在他影响下，梁启超、康有为等维新志士也加入办报撰文、传播新思想的行列。可以说，

①[美]爱德华·W. 萨义德著，单德兴译，《知识分子论》，三联书店，2002年，第17页。
②丁晓原，《李鸣生报告文学论》，载《中国现代文学研究丛刊》，2016年第6期。

萌生期中国报告文学作家都具有公共知识分子的身份。《外交部之厨子》《戊戌政变记》《新大陆游记》等便是他们表达自身政治理想、意图启蒙新民的重要凭借。而到了五四一代的周恩来、冰心、瞿秋白、沈雁冰、朱自清等，他们对于民族危亡与社会事务的关切程度更加突出，文化人、记者、党员等身份则助推了其报告文学作品的现实影响力。在整个现代报告文学文体发展进程中涌现出来的杰出作家，包括夏衍、萧乾、宋之的、邹韬奋、刘白羽、黄钢、魏巍、李若冰、魏钢焰、徐迟、黄宗英、理由、柯岩、李延国、钱钢、赵瑜、徐刚、麦天枢、胡平、贾鲁生、张胜友、孟晓云、陈桂棣、李鸣生、王宏甲、江永红、邓贤、黄传会、邢军纪、何建明、白描、张雅文、梅洁、徐剑、朱晓军、杨守松、陈启文、李春雷、党益民、李青松、长江、任林举等，他们除了具备基希所说的好的Reporter所必须具备的“毫不歪曲报告的意志，强烈的社会的感情，以及企图和被压迫者，紧密地连结的努力”[①]之外，都具有明确的公共意识，其身份的公共性对于报告文学文体的影响力与辐射面而言，无疑能起到很好的扩大作用。

二、题材选择的社会性。权且不论报告文学的“题材决定论”[②]正确与否，梳理中国报告文学的题材类型，主要集中于旅行纪事、重大事件实录、时政报告、社会焦点问题、时代楷模讴歌等几个方面，其素材的社会性十分显在。这种社会性不仅限制了报告文学的取材范围，同时提醒了创作中的现代意识。“我们的作家，不仅要有面对现实社会生活的积极性，还应该有用以认

①[日]川口浩，沈端先译，《报告文学论》，载《北斗》第2卷第1期，1932年1月20日。
②杨晓升，《题材选择对报告文学作家的意义》，载《文艺报》，2011年11月14日，第3版。

识和判断社会生活的现代意识及现代观念。”①中国近代开放的社会背景中，读者对于报告文学的信息承载要求很高。时效性是一个方面，于是有了反映中法战争的《黑旗军战捷纪事》、报道百日维新的《戊戌政变记》、记载辛亥革命的《五日风声》、反映五四运动的《一周中北京的公民大活动》等；信息性是另一个方面，特别是读者自身无法看到的自然与社会风情，这也就是《新大陆游记》《欧游心影录》《旅欧通信》《饿乡纪程》《赤都心史》等域外题材创作深受欢迎的重要原因。随后报告文学的发展也延续了这样的社会性诉求，夏衍的《包身工》关注底层工人的命运，萧乾的《流民图》将目光放在了灾难面前的人民苦难，魏巍的《谁是最可爱的人》则放眼抗美援朝战争，徐迟的《哥德巴赫猜想》将普通知识分子推向了公众领域……20世纪80年代中后期的集合式、全景式报告文学则将这种题材选择的社会性演绎到了极致，《中国的“小皇帝”》《在这片国土上》《中国农民大趋势》等作品，单单从题目就能看出作家创作时社会性影响的预设。而这种社会性恰好吻合了萨义德所说的知识分子言说的“公共性”。知识分子通过报告文学文体实现了自我的抒发，也实现了在公众场合中自己声音的被听到。当然，近些年间，社会上对某些所谓“公知”表达出各种现实看法，是因为这个松散的群体人物对社会环境生活言行复杂表现所造成的，另当别论。

三、主体姿态的独立性、批判性。“知识分子既不是调解者，也不是建立共识者，而是这样一个人：他或她全身投注于批评意识，不愿接受简单的处方、现成的陈腔滥调，或迎合讨好、与人方便地肯定权势者或传统者的说法或做法。不只是被动地

① 李炳银，《中国报告文学的世纪景观》，长江文艺出版社，2003年，第90页。

不愿意，而是主动地愿意在公众场合这么说。”[①]正如萨义德所言，报告文学写作者也正是这样，全心投注于文体的叙事，不愿意接受已有的对于该事件、人物、问题等的看法，而是亲身调查采访，从而通过主观取舍与结构安排将文本予以建构，并最终通过报纸、杂志、广播、电视、网络等传播媒介扩散到公众领域。在李鸣生看来，“知识分子最大的特点就是他的人格的独立，这点，作为一名优秀的报告文学作家必须具备。”[②]报告文学的主体有着完全的独立性与主体意识。在写作过程中，报告文学的作家还凭借着自己的知识分子精神对社会性的事件、问题进行批判。梁启超写作《戊戌政变记》对保守派与传统伦理纲常进行了抨击与否定，周恩来写作《旅欧通信》对欧洲大陆轰轰烈烈的无产阶级运动进行表现，并批判了资产阶级的残暴以及资本主义制度的缺陷，夏衍的《包身工》通过对包身工一天工作状况的白描对帝国主义黑暗势力进行了有力的抨击，陶斯亮的《一封终于发出的信》深刻地反思了“文化大革命”给中国造成的空前劫难，赵瑜的《强国梦——当代中国体育的误区》则揭露了体育机制的种种弊端，朱晓军的《天使在作战》则对医疗腐败进行了赤裸裸的批判……可见，这种富于主体性的批判在现代报告文学发展流脉中是一以贯之的。正是知识分子所必需的“向权力说真话”的批判品格，使得中国报告文学在骨子里流淌着文化批判的血脉。

四、报告文学文体非虚构的本质特征。萨义德在谈到知识分子的基本问题时提到了四个问题，“人如何诉说真理？什么是真理？为了何人？在何地？”[③]可见，“真理”同“知识分子”这个

①[美]爱德华·W. 萨义德著，单德兴译，《知识分子论》，三联书店，2002年，第25页。
②李鸣生，《报告文学作家要人格独立》，中国作家网，2013年7月2日。
③[美]爱德华·W. 萨义德著，单德兴译，《知识分子论》，三联书店，2002年，第76页。

概念之间有着紧密的联系。要知道，“真理”同样是报告文学重要的创作素材，国际报告文学始祖基希就将真理视为“艺术最上乘的原料”[①]。在某种意义上，报告文学文体即是作家进行真理诉说的一种方式。知识分子通过强调在世俗世界当中建构真理去找寻人类普遍的价值与意义，而报告文学则通过非虚构性的叙述去揭示深层次的蕴含，从而对人性、人生起到重要的导向作用。不管是社会批判，还是中立歌颂，报告文学都应该秉持着非虚构的基本原则，以知识分子的精神去处理自己的题材与对象。于是，我们看到了《包身工》中的人道主义精神、《哥德巴赫猜想》对人才的珍视、《伐木者，醒来！》对生态危机的警醒、《没有家园的灵魂》对人的存在价值的呈现、《那山，那水》的底层关怀……报告文学直面现实却又力主提升的审美张力确证了“报告文学——作为一种知识分子的写作”这一论断。

基于报告文学文体与知识分子角色之间的相关性，可仿照萨义德对知识分子使命的论述对报告文学的文体角色进行重新的定位——报告文学的角色是直面现实，对任何社会的中心权威不虚伪地讲真话，并选择最适合这种目的的方法、风格和结构体式。之所以如此，是因为报告文学自身所具有的强大而持续的叙事功能，其主要目的不是单纯新闻式的纪事，而是表达真正的文体功能和价值。

①[捷]基希，《一种危险的文学样式》，见张德明编《中外作家论报告文学》，云南人民出版社，1985年，第276页。

第四节 张力平衡：报告文学的价值导向

在小说里，人生是反映在人物的意识上。

在报告文学里，人生却反映在报告者的意识上。

小说有它自己的主要线索，它的主角们的生活。

而报告文学的主要线索就是主题本身。[①]

以上几句话选自巴克的《基希及其报告文学》。短短的三言两语，却将报告文学同小说文体之间的差异直白、精练地予以了呈现。这其中，突出强调的无疑就是作为叙述者的报告文学作家的主体性。文末，巴克对“报告文学者”提出了两个条件，“他的创作必须是真实而且具体的。他必须在论理上和情感上说服读者”。[②]这和基希曾经说过的“在为了作品的艺术性而从事各种努力之际，必须显示出真实性”[③]是异曲同工的。基于这样的认定与追求，奔走全球的基希先后写作了《布拉格军团的士兵》《怒吼的新闻记者》《天堂美国》《秘密的中国》等视角广阔、风格鲜明的报告文学，并被认定为国际报告文学的始祖。其实，概括而言，巴克与基希在这里谈到的关于“报告文学者”的条件要求，无非指的就是身为文体叙述者的报告文学作家在叙述的过程中应当注意权衡好“报告”与“文学”二者之间的距离。

“真正的Reportage，即使从立场的这一点讲，也是应该以我们现在住着的社会，环境，为材料，而叙述与我们自身有关

①[塞]巴克，张元松译，《基希及其报告文学》，载《国际文学》第4号，1935年。
②[塞]巴克，张元松译，《基希及其报告文学》，载《国际文学》第4号，1935年。
③[捷]基希，《一种危险的文学样式》，见张德明编《中外作家论报告文学》，云南人民出版社，1985年，第276页。

系的生活和社会机构的。”[①]在充分熟悉了包括贾克·伦敦、亚波顿·辛克莱、亚尔志尔·霍利偕等报告文学作家作品特征基础上，川口浩得出了基本论断。的确，对于报告文学而言，“报告”性质的凸显是它区别于其他文体类型最明显的文体属性，也是报告文学在萌生最初阶段呈现出新的文学形式的最大特色。“报告文学的物质基础就是报纸。它的存在是为了要给读者以新闻。”[②]“‘报告’的主要性质是将生活中发生的某一事件立即报告给读者大众，所以‘报告’有浓厚的新闻性。”“‘报告’作家的主要任务是将刻刻在变化、刻刻在发生的社会的和政治的问题立即有正确尖锐的批评和反映。”[③]按照此前我们以叙述者为中心对报告文学叙述距离流变的考察，“真实性”的实现依靠于题材选择的及时性、叙事参与的内隐性以及对政治意识形态的有效介入。包括《包身工》《哥德巴赫猜想》《天使在作战》《大桥》等经典报告文学文本在内，所有好的报告文学作家无疑是在这几方面的处理上有着足够明确的文体坚守的。

的确，“和他名称一样，报告文学的最大的力点，是在事实的报告。但是，这绝不是和照相机摄取物像一样地，机械地将现实用文字来表现。这，必然的具有一定的目的性，和一定的倾向。”[④]川口浩在这里的认定虽然还没有刻意地往“文学性”的维度上靠拢，但他的理论观点却激发了中国现代报告文学研究者的理论智慧。茅盾在其《关于“报告文学”》中以自己的努力对报告文学的“文学性”提倡做出了足够的渲染，“但它跟报章新闻不同，因为它必须充分的形象化”，“好的‘报告’须要具备小

①[日]川口浩，沈端先译，《报告文学论》，载《北斗》第2卷第1期，1932年1月20日。
②[塞]巴克，张元松译，《基希及其报告文学》，载《国际文学》第4号，1935年。
③茅盾，《关于“报告文学”》，载《中流》第1卷第11期，1937年2月20日。
④[日]川口浩，沈端先译，《报告文学论》，载《北斗》第2卷第1期，1932年1月20日。

说所有的艺术上的条件。”[①]在这里，“形象化”的强调对于中国报告文学文体叙述过程中“文学性”的强化起到了很好的引导作用，但因为“还没有专门研究过‘报告文学’”，所以茅盾错误地将报告文学同小说联姻的观点却妨碍了报告文学文体精神的保持。取其精华，去其糟粕。就叙述者层面而言，报告文学中“文学性”的一面可以依靠着叙事题材的文学性沉淀、叙述姿态的介入性外显以及意识形态性的游移与弱化来获得。简单地以新闻的方式处理既得题材，毫无疑问地会伤害报告文学文本的文学性蕴含，而毫无叙事干预的报告文学也会因为缺失了对读者的有效引导而使读者丧失阅读的驱动力。过分意识形态化的报告文学文本或许能够在短时间内因为意识形态的有意推广而风靡一时，但终究逃不脱文本经典选择的淘洗而沦为简单粗暴的政治工具。

“我们必须把我们的文学为人的存在和意识服务。”[②]所以，基希选择了报告文学文体来承担“为人的存在和意识服务”的叙事功能。经过自己长期的实践经验积累，他同样为报告文学的叙述主体作了有效的规定（或者称为指引）。在《地方通信员的实践》中，基希提出“好的生活现实的报告者”必须具备以下三个条件——“毫不歪曲报告的意志，强烈的社会的感情，以及企图和被压迫者紧密地连结的努力”。[③]如果将其与报告文学的叙事距离问题进行一个简单的对照，“毫不歪曲报告的意志”对应的是叙事题材选择的及时性与叙述者姿态的总体内隐；“强烈的社会的感情”则与叙事进程中对时代意识形态的介入相关；“企图和被压迫者紧密地连结的努力”则可以对等于叙述者身份

①茅盾，《关于“报告文学”》，载《中流》第1卷第11期，1937年2月20日。
②[捷]基希，《一种危险的文学样式》，见张德明编《中外作家论报告文学》，云南人民出版社，1985年，第276页。
③[日]川口浩，沈端先译，《报告文学论》，载《北斗》第2卷第1期，1932年1月20日。

的外显以及足够的文学性沉淀。总而言之，报告文学的叙述者在进行文体叙述的过程中，必须充分地平衡好题材选择及时与沉淀、叙事姿态的外显与内隐、与意识形态之间关系的介入与游移，才能够平衡好“报告”与“文学”之间的叙事距离，进而发挥报告文学文体的叙事张力与文体功能。

一、客观展示与主观干预。“客观”对应的是报告文学的非虚构性，而“干预”则指报告文学的文体叙事所能达成的针对着文本叙述事件、人物、问题等的直接社会效应。展示单纯的事实是报告文学非虚构特征的基本要求，也是报告文学最浅层的叙事功能。作为故事的传达者将故事予以陈述，不标明任何自己的主观态度或是价值判断，理应是客观展示的最真切情态。这种客观展示的功能，方便了我们去全面掌握故事的来龙去脉，也能够捕捉人物内心世界的喜怒哀乐。这种彰显客观展示功能的场景在任意的报告文学文本当中信手拈来、俯拾皆是。“只有两条板凳，——其实，即使有更多的板凳，这屋子里面也没有同时容纳三十个人吃粥的地方。她们一窝蜂地抢一般地盛了一碗，歪着头用舌舔着淋漓在碗边外的粥汁，就四散地蹲伏或者站立在路上和门口。添粥的机会除了特殊的日子，——譬如老板、老板娘的生日，或者发工钱的日子之外，通常是很难有的。”[①]正是通过毫无主观色彩的话语呈现，我们能够轻易地获取包身工生存处境不堪的直接画面。

如果仅止于客观展示的功能形态，报告文学与新闻不会有太大的区别。主观干预功能将二者进行了有效的区别。虽然在新闻当中，由于不同的写作者在材料取舍、角度切入等主观选择方面

① 夏衍，《包身工》，见《中国报告文学丛书》第一辑第一分册，长江文艺出版社，1981年，第268页。

的差异也必定带来叙述上的差别，但是这种差异性基本可以忽略。对于同一个题材的新闻而言，任何一个写作者的作品都将是大同小异的。而报告文学则不一样。客观展示的同时，叙述者不时地站出来进行主观的干预，能够及时地表明自己的叙述姿态，也能够对读者的阅读起到引导作用。还是以《包身工》为例，叙述者在介绍完包身工不堪的一天之后，结尾部分用一段话进行了主观的干预与抒发——“看着这种饲料小姑娘谋利的制度，我不禁想起孩子时候看到过的船户养墨鸭捕鱼的事了。和乌鸦很相像的那种怪样子的墨鸭，整排地停在船上，它们的脚是用绳子吊住了的，下水捕鱼，起水的时候船户就在它的颈子上轻轻地一挤，吐了再捕，捕了再吐。墨鸭整天地捕鱼，卖鱼得钱的却是养墨鸭的船户。但是，从我们孩子的眼里看来，船户对墨鸭并没有怎样虐待，而现在，将这种关系转移到人和人的中间，便连这一点施与的温情也已经不存在了！”[①]通篇贯穿着白描手法的客观叙事，能够让我们深入了解包身工困难的生活处境，却体现不出作者的叙述姿态，也看不到作者的主体意识。主观干预的出现即叙述者外显的标志，更是报告文学文体功能区别于新闻等其他非虚构文体的重要方面。

二、社会批判与中立歌颂。基希将报告文学视为“艺术地揭发罪恶的文告”[②]，这在他所处的那个时代是必然的。生于动乱时期的欧洲，居无定所，颠沛流离的他运用报告文学同罪恶的资本主义制度进行抗争。“他是作为一个社会的批判者而出现的”，“基希的社会批评开始于那社会的躯体上的溢出不幸的地方，

---

①夏衍，《包身工》，见《中国报告文学丛书》第一辑第一分册，长江文艺出版社，1981年，第277页。

②[捷]基希，《一种危险的文学样式》，见张德明编《中外作家论报告文学》，云南人民出版社，1985年，第276页。

那个衰老了的，生着恶瘤，毒坏了空气的躯体。”[①]深受基希、巴克等外国报告文学理论影响的中国报告文学，同样继承了这种社会批判的叙事功能。暴露揭发错误、剖析针砭时弊，一时间成为中国报告文学最明显的社会职能。《包身工》《流民图》《在桥梁工地上》《一封终于发出的信》《没有家园的灵魂》《天使在作战》等报告文学文本持续发挥着其强烈社会批判的叙事功能。“在这千万被压榨的包身工中间，没有光，没有热，没有温情，没有希望……没有人道。这儿有的是二十世纪的技术、机械、体制和对这种体制忠实服役的十六世纪封建制度下的奴隶！”[②]相比于客观的展示，这种主观呼号所具有的感染力与煽动力无疑是更加强大的。采用报告文学的方式去艺术地揭发罪恶并进行社会批判，毫无疑问是报告文学这一文体必须承担起的重要叙事功能。

如果因为基希的报告文学文体定位而将其视为一个纯粹的社会批判者，并将报告文学看成只能进行批判的文体，这是片面的。“报告文学者并不是顽固的、没有证据和没有观点的人。他必须是一个公正的证人而且负起公平证明的责任来。”[③]换句话说，“歌颂”这一主题在报告文学当中仍然是可以存在的，只不过，应该力求中立，而非主观偏向式地进行毫无节制的热情歌颂。中华民族在近现代的辉煌抗争史、新中国的抗美援朝战争与社会主义建设当中涌现的集体与个人、新时期以来的杰出知识分子、先进人物与伟大工程等进入报告文学的创作视野就是

①[塞]巴克，张元松译，《基希及其报告文学》，载《国际文学》第4号，1935年。
②夏衍，《包身工》，见《中国报告文学丛书》第一辑第一分册，长江文艺出版社，1981年，第277页。
③[捷]基希，《发狂的报告文学家》，转引自尹均生《国际报告文学的源起与发展》，华中师范大学出版社，2009年，第59页。

歌颂题材闪光的最好明证。柔石的《一个伟大的印象》、丁玲的《彭德怀速写》、魏巍的《谁是最可爱的人》、徐迟的《哥德巴赫猜想》、黄宗英的《大雁情》、理由的《扬眉剑出鞘》、张雅文的《生命的呐喊》、朱晓军的《天使在作战》等都是歌颂主题报告文学的代表之作。因此，在我看来，那些将中立歌颂撇除在报告文学之外的观点是不符合实际的。而且，在某种意义上，歌颂某一部分现象、某一些先进的人物，实际上也在另一个侧面完成了对其他相对应现象与人物的批判。我们可以将报告文学当中的歌颂视为另一种形式的批判。与时俱进的文体自然应该在不同的时代承担起不同的叙事功能，只有这样才能够延续报告文学的生命力。

三、深刻揭示与人性导向。不管是客观展示与主观干预，还是社会批判与中立的歌颂，这些功能都还只是“就事论事”，没有脱离题材本身。作为工业社会与阶级对立尖锐化的产物，国际报告文学一直都与世界无产阶级有着天然的紧密联系。随着国外报告文学理论的传入，中国现代报告文学也开始关注底层工人乃至整个无产阶级的命运。“黑夜，静寂得像死一般的黑夜！但是，黎明的到来，毕竟是无法抗拒的。索洛警告美国人当心枕木下的尸首，我也想警告某一些人，当心呻吟着的那些锭子上的冤魂！”[①]夏衍的《包身工》虽然叙写的只是上海某地区包身工暗无天日的生存与工作现状，但却透过这一局部观照了全世界无产者的苦难生活，号召他们起来进行抗争，以扫除剥削压榨。这种是非感与正义感以及为底层小人物呐喊的社会良知是《包身工》文本的深刻揭示，也是其潜藏的叙事功能。

---

①夏衍，《包身工》，见《中国报告文学丛书》第一辑第一分册，长江文艺出版社，1981年，第277页。

人性导向同样是报告文学叙事功能的一个重要方面。“一个人的优点和缺点，往往是一面镜子的两个方面。今天，促成一个人做出成绩的优点，以后又往往成为他犯错的前因。一个人是好是坏，并不决定于他做出成绩的大小、犯过错误的多少。要紧的是他的基本素质。”在写作《大雁情》时，黄宗英不无深情地说了这样的一段话。这是她在对秦官属进行定位时困惑的抒发，也在很大程度上对阅读者的人生、人性进行了有效的导向，报告文学所具有的强大的叙事功能由此可见一斑。包括《谁是最可爱的人》《没有家园的灵魂》《天使在作战》等报告文学文本，都在其叙事的过程当中掺入了相应的人性导向的非叙事话语。有着时代敏锐感与社会责任心的报告文学作家，理应在这方面做出更多更大的努力。

脱胎于近代社会的新闻文体并且与其分享着传播媒介的中国现代报告文学，并没有完全地摒弃新闻的一些基本属性。只不过，随着文体的成长与自身结构体系的逐步完善，报告文学还是在客观展示与主观干预、社会批判与中立歌颂、深刻揭示与人性导向三个方面体现出了比新闻更加强大的文体叙事功能，古语“青出于蓝而胜于蓝”说的就是这个道理。

第四章
报告文学的聚焦方式

伴随时代不断进阶，报告文学原有的“内容”与“形式”两分法的研究理路受到了形式主义、结构主义、接受美学等西方现代文学研究方式越来越强烈的挑战。陈旧的研究路数遭遇的尴尬自不待言，也亟待改变。在报告文学文体学理性探究仍然缺乏有效方法指引的前提下，适当的“拿来主义”毫无疑问是必须且可行的。现有的叙述学研究已提供了足够丰富的理论模式，比如热奈特在《叙述话语》中采纳的次序、延续、频率、心境与语态；托多罗夫在《叙事作为话语》中叙事时间、叙事语态和叙事语式的三分法。①因而，进行现代报告文学文体理论框架设计时，基于报告文学的文体特点及其发展的实际进程来找寻合适的切入点与落脚点时，借鉴已有叙述学理论进行探究现代报告文学文体“在叙述方式上的丰富性和活力，以及所蕴含的审美文化意味”②显得顺理成章。

对于所有叙述文本来说，叙述者在对情境、人物、事件等进行描述的过程中，总是有一个预先选定或者随时变动的看待这一

---

①陈平原，《中国小说叙事模式的转变》，北京大学出版社，2010年，第3页。
②王晖，《二十世纪中国报告文学的叙述模式》，载《中国社会科学》，2003年第2期。

切的视角（perspective），或称为观察点（watchpoint），通过它将所看到的一切予以呈现。虽然19世纪末以前的西方叙事学研究，往往倾向于从作品的道德目的出发考察叙述视角差异所达成的不同叙述效果，有的甚至简单忽略了这个层面的研究，但随后的叙述理论研究将对视角问题的关注作为重要一维进行深入。作为现代小说理论开创者的福楼拜与詹姆斯首先“将小说视为一种自足的艺术有机体，将注意力转向了小说技巧”①，而非传统的内容层面探讨。詹姆斯的追随者、英国小说理论家卢伯克将这一问题的讨论予以进一步生发。在他1921年出版的《小说技巧》中，卢伯克明确指出：“在小说技巧中，整个错综复杂的方法问题，我认为都要受观察点问题，也就是叙述者相对于故事所站的位置的关系问题所制约。”②而随后在马克·肖勒1948年写作的《作为发现的技巧》中，视角则迅速地攀升到了界定主题的地位。随着越来越多的小说创新性实践以及各种流派的形式研究的深化，叙述视角引起了叙述理论研究界广泛的兴趣。这一点从它被赋予的繁杂名称上可见一斑，如“angle of vision”（视觉角度）、“perspective”（眼光、透视）、“focus of narration”（叙述焦点）等。而“叙述角度”“叙述情境”“叙述模式”等概念的提出与运用则丰富并发展了这一理论。“对视角的分析是20世纪文学批评的伟大胜利之一。”③

不过，伴随而来的纷繁质疑声也令人警醒。越来越多的叙述学家都注意到了不争的事实——叙述中的“看”或者“观察”并不一定都需要用“眼睛”，可以是耳朵等其他身体感官，也时不

①申丹、王丽亚，《西方叙事学：经典与后经典》，北京大学出版社，2010年，第78页。
②谭君强，《叙事理论与审美文化》，中国社会科学出版社，2002年，第97页。
③[英]马克·柯里著，宁一中译，《后现代叙事理论》，北京大学出版社，2003年，第22页。

时地会涉及人的情感与思维活动等方面。而常用的“视角”或是“观察点”等概念指向的都只是视觉，二者之间的不对等成了理论突破的最大瓶颈。于是，如何在日趋细致的研究中为这一理论找到合适的符号命名，便成了困扰理论家们的最大难题。热奈特首先对“观察点”等概念提出了修正，在《叙述话语》中，他借用语气（mood）和语态（voice）两个概念对“观察点”进行了分解。在他看来“vision”“point of view”等在用概念都过于倾向视觉隐喻。因此，他提出了较为抽象的“聚焦”（focalisation）这一理论术语。在叙述文本中，“聚焦”关注的更多的是谁在作为视觉、心理或精神感受的核心，叙述信息是透过谁的眼光与心灵传达出来的，在叙述文本中叙述信息的表现又是经过了谁的“过滤”。尽管“‘聚焦’这一术语难以摆脱光学和摄影术的含义”，但它的使用“消除了使用‘观察点’或类似术语时常常会出现的透视和叙述这两个概念混淆不清的现象”。[①]而且，“point of view”“perspective”等词语还可能暗示着叙述聚焦者面对某一特定话题时所持观点或立场，对受述者会有潜在误导。因此，即使在描述全知叙述时存有缺陷，“聚焦”这一术语的被采纳程度在当前的叙述学研究中，显然是原有概念所无法相提并论的。考虑到报告文学文体的特殊性，选择这一术语无疑是更贴切的。

传统叙述学中对聚焦的研究，一般局限于小说领域。但事实上，无论是文字叙述还是电影叙述或者其他媒介叙述，在讲述同样故事时，聚焦方式的差异都会产生迥异的艺术效果。抽象而言，聚焦可以视为一个传递主题意义有效且重要的工具。报告文学作为一个彰显时代性、社会性的叙述性文体，其写作主体有着

①胡亚敏，《叙事学》，华中师范大学出版社，2004年，第24页。

强烈的主题意义的功能诉求。基于这样的认定，对于报告文学的文体研究，自然不能将叙述聚焦剔除在外。

第一节　报告文学聚焦方式的主要类型

论及聚焦，不可避免地要谈到聚焦者与聚焦对象这一对共存概念。“聚焦显示出由一个或多个特定的聚焦眼光的秉持者、即聚焦主体观看、感知的方向和范围，与此同时，在这一聚焦主体的聚焦范围内，必定存在着他或她所‘看’的东西，也就是聚焦的对象。”①可见，聚焦者与聚焦对象就像硬币的两面一样互相关联、缺一不可。没有聚焦者，就失去了聚焦活动的主体，自然也就谈不上聚焦对象的存在；而没有了聚焦对象，聚焦者主体的存在也就失却了客体条件。米克·巴尔在对聚焦进行概念界定时，充分考虑到了二者之间的相互关系，“我将把所呈现出来的诸成分与视觉（通过这一视觉这些成分被呈现出来）之间的关系称为聚焦。这样，聚焦就是视觉与被‘看见’被感知的东西之间的关系”。②

作为观察活动的主体，聚焦者在叙述作品中通常有两个类型：一类是叙述者，故事讲述者即故事的观察者；另一类是故事中的人物，包括了第三人称叙述文本中的各类人物，也包括了第一人称叙述文本中的人物兼叙述者“我”。在小说叙述学中，热奈特将叙述聚焦区分成了零聚焦、内聚焦、外聚焦三个类型。他

①谭君强，《叙事理论与审美文化》，中国社会科学出版社，2002年，第102页。
②[荷兰]米克·巴尔著，谭君强译，《叙述学：叙事理论导论》，中国社会科学出版社，1995年，第115页。

的划分标准是叙述者与人物之间的“大小关系”，零聚焦对应的是“叙述者＞人物”，内聚焦对应的是“叙述者＝人物”，外聚焦则对应“叙述者＜人物”。

以上论述，还是在小说叙述学的范畴中。事实上，在任何叙述文中，聚焦选择都直接影响到作品品性及阅读效果。众所周知，在讲求真实的新闻报道、通讯作品中，外聚焦几乎是所有叙述者必须共同遵循的叙述规则。“在外聚焦型视角中，叙述者严格地从外部呈现每一件事，只提供人物的行动、外表及客观环境，而不告诉人物的动机、目的、思维和情感。”①单纯依照文体属性进行选择，外聚焦叙述摄像机式的实录性质无疑也是适合于报告文学文体叙述的非虚构要求的。夏衍《包身工》的开头部分是这样的：

> 那男人虎虎地在起得慢一点的“猪猡”身上踢了几脚，回转身来站在不满二尺阔的楼梯上面，向着楼上的另一群生物呼喊：
>
> “揍你的！再不起来？懒虫！等太阳上山吗？”
>
> 蓬头、赤脚，一边扣着纽扣，几个睡眼惺忪的“懒虫”从楼上冲下来了。自来水龙头边挤满了人，用手捧些水来浇在脸上。②

这里提供的全是剧本般的客观场景，既有人物语言，也有行为动作。看似不动声色的冷眼旁观中，叙述者夏衍展示了包身

---

①胡亚敏，《叙事学》，华中师范大学出版社，2004年，第32页。
②夏衍，《包身工》，见《中国报告文学丛书》第一辑第一分册，长江文艺出版社，1981年，第265页。

工晨起时的具体情状。“就像许多其他现代作家一样，他自我隐退，放弃了直接介入的特权，退到舞台的侧翼，让他的人物在舞台上去决定自己的命运。”①距离感的存在强化了所呈现事件的客观性，也给读者以身临其境的在场感。叙述者没有在叙述的最开始就站出来同情包身工堪忧的命运与生存状态，也没有振聋发聩地对工头、资本家予以批判声讨，而是先匿影藏形，一步步抽丝剥茧。这种类似现代侦探小说的叙述处理方式，充分调动了读者的阅读兴趣。

不过，正是由于外聚焦叙述排斥提供人物内心思想活动，不可避免带来了作品人物的神秘、朦胧与距离感。而且，林林总总的画面摄入却总没有解释说明，这对报告文学叙述而言也是缺陷。毕竟，客观真实与必要的叙述干预较之情节模糊、曲折所带来的吸引力，更加重要。“报告文学的最大力点，是在事实的报告。但是，这绝不是和照相机摄取物像一样地，机械地将现实用文字来表现。这，必然的具有一定的目的，和一定的倾向。”②因此，报告文学的外聚焦叙述只能是局部性参与，无法通篇采纳。那么，现代报告文学主要采用什么聚焦方式呢？依旧以《包身工》为例：

还有一个，什么名字记不起了，她熬不住这种生活，用了许多工夫，在上午的十五分钟休息时间里面，偷偷地托一个在补习学校念书的外头工人写了一封给她父母的家信，邮票大概是那同情她的女工捐助的了。一个月没有回信，她在

①[美]布斯著，华明、胡晓苏、周宪译，《小说修辞学》，北京大学出版社，1987年，第9页。

②[日]川口浩，沈端先译，《报告文学论》，载《北斗》第2卷第1期，1932年1月20日。

焦灼，她在希望，也许，她的父亲会到上海来接她回去，可是，回信是捏在老板手里了。[①]

以上这段话，叙述者俨然上帝一般全知全能，可以知晓不同时间发生在不同人物身上的行为，可以随意进入任何人物的内心世界，提供他们的所思所想。从容把握各类人物的所作所为、所思所想本就是非聚焦叙述（也被称为无聚焦叙述、零度聚焦叙述）优势所在。那些规模庞大、人物众多的报告文学经典文本，如《中国的西北角》《中国农民调查》《黄河生态报告》等均须全景式鸟瞰，就非采用零聚焦不可。眼观六路、耳听八方，将各类人物的言行举止、各类问题的来龙去脉、各种事件的起承转合等尽收眼底并权威式地表现出来。

“聚焦”一词指的是对观察角度的限制，但“零聚焦”指称的是传统无所不知的视角类型，全知全能的叙述者并不需要将观察角度固定，而可以从任何角度观察被叙述的故事，并且能随意从一个位置挪向其他的另一个位置。他在讲述故事时，没有看不到或感受不到自己希望看到或感受到的一切，场景与场景之间、人物与人物之间的转换随心所欲。这样的观察方式意味着报告文学的叙述者时而能俯瞰纷繁复杂的群体生活，时而能窥探人物内心隐秘的意识活动。因此，在报告文学零聚焦叙述中，“叙述者说的比任何人物知道的都多”。[②]这一点同报告文学所受传统文学影响有关，中国传统叙述文本大多属这一类型。“上帝的眼睛”般的详尽叙述能充分满足读者的好奇心，却也因读者思考空

---

① 夏衍，《包身工》，见《中国报告文学丛书》第一辑第一分册，长江文艺出版社，1981年，第276页。
② 申丹、王丽亚，《西方叙事学：经典与后经典》，北京大学出版社，2010年，第97页。

间的窄化而不免强化了阅读惰性。所以，即便作为中国报告文学最基本的聚焦类型，针对其存在的缺点，零聚焦叙述的使用还是相对节制的。毕竟，对现实生活中丰富的事实，谁也无法做到上帝般的全面与决断，说到底，零聚焦只是一个相对概念。因而，在实际创作中，精明的叙述者会有技巧地限制聚焦范围，有意识地留下悬念或空白，以消解读者阅读惰性的累积。

> 李书记皱起了眉头，咬牙切齿了。他心中想着："唔，竟有这样的事！在中关村，在科学院呢。糟蹋人呵，糟蹋科学！被糟蹋成了这个状态。"一边这样想，一边又指着羊尾巴似的窗纱问道，"你不用蚊帐？不怕蚊虫咬？"[①]

徐迟在《哥德巴赫猜想》中展示陈景润的不堪命运时，巧妙使用了故事中的人物进行观察与叙述。以上这段话，充分敞开了人物内心世界，淋漓尽致地表现了人物内心的思想斗争与情绪变化，也侧面展示了"糟蹋科学"时代里知识分子的地位低下与生存艰难。虽然聚焦的限制会妨碍作者对需要展示内容的全面与精确，即使有偏颇认识，文本也只能照实记录，但它的使用很明显缩短了文本中人物同读者间的距离，使读者接受获得一定程度的亲切感——这恰恰是内聚焦叙述的优势所在。

每一件事情都严格按照一个或几个人物的感受与意识进行呈现的聚焦方式，称为内聚焦。这种类型的报告文学叙述者，完全凭借一个或几个人物去看、去听，只转述人物从外部接收的信息和可能产生的内心活动。而对其他人物则像旁观者那样，仅凭接

---

① 徐迟，《哥德巴赫猜想》，见《中国报告文学丛书》第三辑第五分册，长江文艺出版社，1982年，第114页。

触去猜度、臆想。显然，视野的限制使得内聚焦叙述难以深入掌控事件。在很多情况下，它只能提供部分甚至相反的答案。不过，从全知全能、高高在上的位置上走下来的叙述者通过一个或者几个有限的人物视角去看世界，却能够使接受者和叙述者处在相对平等的地位。而更多空白与悬念的存在，对于接受者也是更大的能动性赋予。考虑到报告文学叙述过程中采取内聚焦时通常人物较多，目的只为聚焦上的限制，因此用限制聚焦替换内聚焦无疑是更合适的。

归结而言，外聚焦、零聚焦与限制聚焦是现代报告文学文体叙述时使用到的三个聚焦方式。其中，外聚焦叙述出现频率要明显少于其他两个类型，而更多被处理为报告文学的一种艺术技巧，无法同零聚焦、限制聚焦构成同一层级。考虑到许多报告文学作品都不是单纯用一种聚焦类型贯穿始终，聚焦方式的交叉与转换在报告文学叙述中随处可见，因此，以转换聚焦为现代报告文学叙述独有的聚焦类型命名。在这一类型中，外聚焦、零聚焦与限制聚焦在行文过程中的交叉与转换使报告文学叙述更加流畅，兼顾叙述与接受双方的需要。聚焦转换带来的逻辑性与全面性，则强化了报告文学非虚构的文体诉求。对比于新闻报道、通讯作品所使用的单纯外聚焦，报告文学的文体叙述使用的却是零聚焦、限制聚焦与转换聚焦。学理意义上的差异显然更加容易实现对二者的甄别，也更具说服力。

理论界定的相对清晰并不意味着它一定能够在具体作品中得到完美运用。聚焦准则违规所导致的“变音”现象也还是应当给予足够重视的。不管是省叙（从已采纳聚焦中扣留部分信息），还是赘叙（提供超过叙述者或人物聚焦位置所了解的信息），在具体报告文学叙述中同样存在。看似区别的聚焦类型在实际的报告文学叙述中存在着必要的交叉和渗透。各个聚焦方式在行文过程中的僭越对理论本身是一种挑战，但就其实际效用而言，聚焦方式的变异能使报告文学的叙述更加流畅，逻辑上的严密更强化了非虚构的文体诉求。

第二节　报告文学聚焦方式的历史转变

罗兰·巴特曾坦言：“语言是一种立法，语言结构是一种法规。我们见不到存在于语言结构中的权势，因此我们忘记整个语言系统是一种分类现象，而所有的分类都是压制性的——秩序既意味着分配又意味着威胁。”[①]必须指出，任何类型划分都存在或多或少的瑕疵，这是文学创作多样与不可把握的表现，也刺激着研究者继续前行。所以，这并不意味着对报告文学聚焦类型划分的努力是吃力不讨好或是毫无意义的。“视角是叙述方式研究的起点，它揭示了叙事文组构的新层面。通过这一入口，我们将步入叙述架构的深处。”[②]考察现代报告文学叙述聚焦的历史流变，无疑具有重要的前提意义。

萌生至今，现代报告文学的发展时域并不长，但其叙述聚焦方式的选择却有着明显变迁，三个类型的聚焦由于时代、叙述者、接受者等方面的差异呈现出消长的不同趋态。而叙述者有意识的聚焦变异，也彰显了报告文学作家叙述风格的灵活、多样。

如前所述，零聚焦的全知叙述便于展现宏大广阔的现实场

①[法]罗兰·巴特著，李幼蒸译，《符号学原理：结构主义文学理论文选》，三联书店，1988年，第4页。
②胡亚敏，《叙事学》，华中师范大学出版社，2004年，第36页。

景，自由剖析所叙文本所有人物的心理活动，因此，它一直都是中外传统叙述的首要选择。中国报告文学在其萌生阶段也较多采用这种类型的聚焦方式，它脱胎于零聚焦叙述为主的新闻文体的特性及其与中国传统文学承继上的延续性也由此窥见。《戊戌政变记》《一周中北京的公民大活动》《勤工俭学生在法最后之运命》等作品的聚焦方式便是选择了这种无所不在、无所不知而又无所不能的"上帝之眼"。报告文学非虚构性的文体诉求在零聚焦叙述的全知全能下得到了很好满足，而现实事件的来龙去脉也在叙述者全面操控中获得了客观、全面的再现。零聚焦叙述对于报告文学文体的适应性不言而喻。

然而，细致考察近代中国直至20世纪30年代以前的报告文学，另一番景象很是夺目——至少表面看来，包括梁启超的《新大陆游记》《欧游心影录》、瞿秋白的《饿乡纪程》《赤都心史》、朱自清的《执政府大屠杀记》等数量颇多的报告文学作品采用的却并非传统叙述文本习见的零聚焦叙述，而是第一人称"我"或者"我们"的限制聚焦叙述：

> 余蓄志游美者既四年，己亥冬，旧金山之中国维新会初成，诸同志以电见招，即从日本首途。①
>
> 民国八年双十节之次日，我们从意大利经过瑞士，回到巴黎附近白鲁威的寓庐。②
>
> 我没有法想了。"阴影"领我去，我不得不去。你们罚

① 梁启超，《新大陆游记》，见《饮冰室合集》专集之二十三，中华书局，1989年，第1页。
② 梁启超，《欧游心影录》，见《饮冰室合集》专集之二十三，中华书局，1989年，第1页。

我这个疯子，我不得不受罚。[①]

《赤都心史》将记我个人心理上之经过，在此赤色的莫斯科里，所闻所见所思所感。[②]

这一次的屠杀，我也在场，幸而直到出场时不曾遭着一颗弹子；请我的远方的朋友们安心！[③]

“余”“我们”“我”均是各个报告文学文本中的主要人物，同时又是叙述文的第一人称限制聚焦者。整个文本中呈现的社会现实基本都以他们作为观察点。若按小说叙述学划分，这里的叙述者“我”并不能简单等同于作者，但报告文学的特性也在此——即文本中的“我”就是作家本人，兼具叙述者与作者的双重身份。虽然通篇由“我”在聚焦，但其视野并无太多限制，以“我”为中心的聚焦方式实际只是前述零聚焦叙述的变形，并非完全意义上的限制聚焦，它与零聚焦的差别只在叙述人称上。“现代读者对无所不知的叙述者的叙述是否真实可信表示怀疑，逼得不少作家改用限制叙事。”[④]正是对于文体非虚构性的直接要求，逼迫着包括梁启超、瞿秋白等采用一种变形的全知视角进行聚焦。

表面的限制聚焦叙述，而实际是零聚焦叙述，这种处理方式较为普遍被早期报告文学作家的文体实践中采纳。它的存在一方面确证了零聚焦叙述之于报告文学文体的适应性，另一方面也让

① 瞿秋白，《饿乡纪程》，见《中国报告文学丛书》第一辑第二分册，长江文艺出版社，1981年，第15页。
② 瞿秋白，《赤都心史》，见《中国报告文学丛书》第一辑第二分册，长江文艺出版社，1981年，第92页。
③ 朱自清，《执政府大屠杀记》，见《中国报告文学丛书》第一辑第一分册，长江文艺出版社，1981年，第45页。
④ 陈平原，《中国小说叙事模式的转变》，北京大学出版社，2010年，第130页。

我们看到了萌生期报告文学叙述主体能动的创造性。毕竟，“如果聚焦者与人物重合，那么，这个人物将具有超越其他人物的技巧上的优势。读者以这一人物的眼睛去观察，原则上将会倾向于接受由这一人物所提供的视觉”。[①]在“限制聚焦叙述”的处理下，报告文学无疑更能发挥启蒙新民的现实效用。

1930年至1949年，现代报告文学获得了长足进步。不管是作家作品数量，还是质量与社会影响力，本阶段包括《一九三六年春在太原》《包身工》《流民图》等报告文学文本明显要强于前一时期。但单就叙述聚焦角度来看，并没有太明显变化。前一时期广为采纳的零聚焦叙述与以“我”为中心的“限制聚焦叙述”仍然是这个阶段报告文学叙述聚焦的主要选择。“报告文学的最大力点，是在事实的报告。但是，这绝不是和照相机摄取物像一样地，机械地将现实用文字来表现。这，必然的具有一定的目的，和一定的倾向”[②]，川口浩在这里提示了报告文学叙述聚焦的一种可能性——外聚焦叙述，但他显然并不提倡这种毫无干预的冷眼旁观。因此，只有在夏衍的《包身工》、宋之的的《一九三六年春在太原》等个别文本中看到外聚焦叙述作为艺术技法的内化参与，它并未演化成报告文学叙述聚焦方式的重要类型。

这一阶段报告文学作品基本延续了纪游体风格，《莫斯科见闻录》《萍踪寄语》《萍踪忆语》等均采用类似的“在路上”模式。西方世界经济繁荣、政治民主所呈现出的诱惑经由梁启超、瞿秋白等的启发依旧在本时期报告文学界广受欢迎。其叙述聚焦

---

①[荷兰]米克·巴尔著，谭君强译，《叙述学：叙事理论导论》，中国社会科学出版社，1995年，第119页。

②[日]川口浩，沈端先译，《报告文学论》，载《北斗》第2卷第1期，1932年1月20日。

采用的也是与梁瞿等较为固定的以“我”为中心的变形零聚焦。相比国外旅行的坦途，国内环境动荡许多，战争的风起云涌导致民众颠沛流离，作为极具社会责任意识的报告文学作家没有理由将普通人的生活苦难拒斥在外，《流民图》《中国的西北角》《塞上行》等以强烈的使命感传递着民间苦难：

> 一个老翁伸出颤颤的手指对我说：“你可不准把我们卖给洋人呀！”几百只、几千只失了光芒的眼睛向着铁道那端时刻瞭望。他们的希望都寄托在那辽远的铁道尽头，满以为只要登车而去，一定就可以睡在房顶下。[1]

表面看来采用的是第一人称叙述视角，但“我”却能超过一般人物聚焦限制而知晓其他人物的内在心理，而且时不时地站出来对目之所见进行情感上的评判。这种看似第一人称限制聚焦实为零聚焦的叙述处理方式无疑能强化天灾人祸的“直烙人心”，更具艺术感染力。由此可见，梁启超所开创的这种亚类型的零聚焦叙述之于现代报告文学文体成长的重要意义。不过，这个时期最典型的报告文学文本《包身工》采用的却并非类似的聚焦方式：

> 但是，她们正式的名称却是“包身工”。她们的身体，已经以一种奇妙的方式包给了叫做“带工”的老板。每年特别是水灾、旱灾的时候，这些在东洋厂里有“脚路”的带工，就亲自或者派人到他们家乡或者灾荒区域，用他们多年熟练了的可以将一根稻草讲成金条的嘴巴，去游说可又不忍

---

① 萧乾，《流民图》，见《中国报告文学丛书》第一辑第一分册，长江文艺出版社，1981年，第157页。

让他们的儿女饿死的同乡。①

《包身工》"这篇作品所报告的内容，不但是现实生活中一个重大的社会问题，而且是一直被严密封锁、鲜为人知的社会问题"。②虽然之前杨潮的《包饭作》已经部分揭示了包身工生活的内幕，却未能深入挖掘。《包身工》采用全知全能的零聚焦方式对包身工的生活情况予以步步为营的拆解，生活场景的形象描绘与丰富的背景资料有机结合，部分看似不动声色的外聚焦也都包含丰富的潜台词。而叙述者适时站出来的议论中，洋溢着呼号、悲痛与满腹的义愤。

本时期《上海事变与报告文学》《中国的一日》《上海的一日》等"群众性报告文学写作"③，大都采用与《包身工》类似的零聚焦叙述。不管是君王般无所不能的零聚焦叙述，还是第一人称限制聚焦的亚类型零聚焦，与萌生期类似，本时期报告文学基本延续着传统文本的聚焦选择。虽有外来报告文学理论的有效借鉴，但中国报告文学叙述聚焦方式的艺术革新并未到来，这在很大程度上归因于当时无可绕过的战争语境强势的外在规约。

特殊时代对文学有特殊要求，特殊文体在特殊时代必然有特殊发展。论及新中国成立以来文学领域显见的"政治文化制导"④，报告文学无疑是最典型的"样本"。因其自身叙述的社会性、新闻性，报告文学承担了更多的时代政治使命。这一点单从十七年时期现代报告文学的题材选择就能洞见。对包括抗美援

---

① 夏衍，《包身工》，见《中国报告文学丛书》第一辑第一分册，长江文艺出版社，1981年，第266页。
② 张春宁，《中国报告文学史稿》，群言出版社，1993年，第111页。
③ 丁晓原，《报告文学：非知识分子时代的大众写作》，载《文艺争鸣》，2001年第3期。
④ 周淼龙，《中国报告文学文体特性的历时考察》，载《云梦学刊》，2009年第2期。

朝、社会主义生产建设等重大政治性题材的摄取，并通过其表达政治化的主题，是本时期报告文学政治化的最好佐证。时代在选择报告文学之后，也给报告文学作家的创作提出了新的挑战。如何在审美惰性累积的文本叙述中有所改进，以使报告文学更好地被读者接受，成了报告文学作家们共同面临的文体挑战。政治规训之下，现代报告文学的文体叙述在包括结构设计、话语选择等方面，依然延续着此前零聚焦的全知全能，但预示着文体新变的转换聚焦的崛起，却从零聚焦叙述森严的壁垒中打出了缺口。魏巍的《谁是最可爱的人》、巴金的《生活在英雄们的中间》、刘宾雁的《在桥梁工地上》等报告文学文本在聚焦方式上的突破，让我们看到了转换聚焦在随后很短时间里迅速成为与零聚焦、限制聚焦同一层级的聚焦方式选择的历史必然。及至20世纪80年代中期到90年代初，受到西方文学创作技法又一次风潮式来袭，转换聚焦还一度跃居中国报告文学聚焦选择的主角。

通常情况下，转换聚焦在报告文学文本中有两种表现形态：一是在同一文本中嵌入零聚焦与限制聚焦两种方式，以一定排列有序呈现，如“零聚焦→限制聚焦→零聚焦”或“限制聚焦→零聚焦→限制聚焦”，这种聚焦形式往往呈现为明显的“双声话语”；二是聚焦的蒙太奇，即文本中聚焦方式的转换呈现出无序、跳跃，任何人物都可以成为限制聚焦主体，“多声话语”的“复调”[①]就成为其外在体现。尤其是第二种形态转换聚焦的出现，标示着中国报告文学叙述聚焦革新的突破，其叙述的全面、多元与生动日臻完美。从20世纪80年代中后期集合式与全景式报告文学的兴盛中足见多声部转换聚焦的叙述魅力，钱钢的《唐山

---

①丁晓原，《“复调”与“复式”：新世纪十年报告文学观察》，载《文艺争鸣》，2011年第7期。

大地震》、麦天枢的《西部在移民》、卢跃刚的《长江三峡：中国的史诗》等文本中聚焦方式的环绕，有力冲决了报告文学零聚焦全知叙述的垄断，在对人物、事件、问题等的把握上更系统全面，更迫近生活真实。

转换聚焦的出现与繁荣，扭转了现代报告文学单一聚焦模式的独调，显示出文体不断求新求变的旺盛生命力。同时期在小说等其他叙述文体中的“实验性”[①]的聚焦方式革新，也深刻影响了现实行走姿态的报告文学，其叙述的艺术表现空间有了较大突破。20世纪90年代直至新世纪的三十年间，报告文学基本上循着这样的路数继续行进，零聚焦、限制聚焦、转换聚焦所占有的比重大体持衡。不过，在聚焦方式选择的过程中，出现了违反叙述常规的省叙、赘叙等聚焦变异的情形。例如李西闽反映汶川大地震的《幸存者》中，全文选择限制聚焦为主导聚焦形式，却在其中掺入其他几个类型的聚焦——在《漂浮在虚空之中》一章中省略了本该出现的环境介绍、自我情况展示等，而省叙地专注于内心恐惧的表达；在《他们》章中被埋于地下的作者却用的是赘叙式全知全能的零聚焦叙述。聚焦方式的变异在报告文学中的运用，使叙述逻辑性更加严密，也增强了文本的流畅性与可信度。

可见，现代报告文学聚焦模式的历史流变总体上呈现出由相对单一而逐渐走向多元化的趋向。原本线性而平面的叙述表达，在复调式的双重与多重话语的逐步蜕变中走向多维立体化。零聚焦叙述的持久魅力，证明了其与作为其变体的“限制聚焦”之于报告文学文体的贴合性。而多元格局的逐渐明晰，则彰显了报告文学文体掘进过程中对传统的有效继承与对西方叙述技巧的能动

① 塞音，《新世纪中国报告文学的叙事模式》，硕士学位论文，内蒙古师范大学，2010年。

采纳。聚焦模式的多元化，指认了报告文学文体自身文学性的日臻完善。

第三节　聚焦对象与报告文学聚焦选择

流变的梳理更多是在表层对现代报告文学聚焦方式演化的历史轨迹予以还原，然而，精明的读者会发现在对不同时代的诸多文本进行聚焦类型划分时，其界限并没有预设中的清晰、明朗。不同聚焦方式选择的叙述功能差异，的确在时代的先后中有着体现，但并非集体性陷落于模式化的泥淖。“就作家而言，每个作家对不同叙述聚焦模式的运用享有充分的自由，其原则往往是什么样的聚焦更有利于表现，就采用什么模式。”[①]可见，单纯从不同时代报告文学文本中所呈现出的粗线条的集体性的聚焦方式选择差异，并未真正触及报告文学叙述主体进行不同选择的深层原因。究竟报告文学文体叙述的哪个步骤才是真正关涉作家聚焦方式选择差异的根源，就成了文体研究得以深入的必要追问。

热奈特在其《叙事话语 新叙事话语》中除了区分聚焦的类型外，还解决了另外一个前代叙述学家混淆已久的问题——“谁看”与“谁说”之间的明显差异，即聚焦与声音之别。应当说，在部分叙述作品中，聚焦与声音会呈现出基本一致的形态，但二者也包含了包括时间、智力、文化、道德等方面的明显差异。而且，聚焦与声音之间的时间差异几乎是绝对的。声音在叙述过程中总是后于聚焦出现的。叙述声音的传达在很大程度上受到聚焦

① 谭君强，《叙事理论与审美文化》，中国社会科学出版社，2002年，第134页。

方式的制约，选择不同的聚焦方式，其声音的传达必定有明显区别。作为一个非虚构的叙述文体，报告文学的叙述者与作者本人是直接等同的，报告文学文体叙述过程中意义的生成靠的是外在的作者。这样一来，聚焦之于报告文学文体叙述的重要性便更加凸显。

作为一种真实再现社会现实景态与趋向的文体形式，报告文学的叙述者必然要在事件叙述中或明或暗地“具有一定的目的，和一定的倾向”①。叙述聚焦方式的各个类型所具有的功能优势为报告文学作家提供了观察和认识社会现实的多种角度。而叙述者会选择什么样的叙述聚焦方式来再现现实社会，选择本身就包含着相应的叙述目的和情感倾向，尽管有时它以相对隐蔽的方式体现。如此说来，真正关系到报告文学叙述主体聚焦方式选择的恰恰在其状写的现实社会人生，也就是聚焦对象本身。考虑到在聚焦者与聚焦对象这一对举概念中，可以成为聚焦对象的并不一定是人物，其他的客观对象，包括风景、事件、背景等都可成为被聚焦的中心。因此，在历时梳理的基础上，有必要对百余年现代报告文学繁多的叙述文本进行共时分类。根据聚焦对象选择的差异性，可以将其分为三个类别——事件型报告文学、人物型报告文学、综合型报告文学。

事件型报告文学指的是文体叙述以单一事件为聚焦对象。“单一事件”一般都发生在较短时域中，规模相对较小，但事件本身仍然有明显的时空变化。这一类型的报告文学基本以事件的变化为线索，包括萌生期的纪游与时事、20世纪三四十年代的战事与灾难、新中国成立后的战争与建设、新世纪的时政报告都

①［日］川口浩，沈端先译，《报告文学论》，载《北斗》第2卷第1期，1932年1月20日。

可纳入这一类型范畴。梁启超的《新大陆游记》《戊戌政变记》，周恩来的《旅欧通信》，瞿秋白的《饿乡纪程》《赤都心史》，萧乾的《流民图》，邹韬奋的《萍踪寄语》《萍踪忆语》，夏衍的《包身工》，雷加的《三门峡截流小记》，李若冰的《在柴达木盆地》，徐刚的《国难》，何建明的《国家行动》《大桥》等都是事件型报告文学的典型范本。

在事件型报告文学中，为了比较全面展示事件的方方面面，作为叙述者的作者往往采取居高临下的俯视姿态，随意变换聚焦角度，随意进入文本人物的内心世界，随意站出来进行条分缕析的发言。而要达成这些叙述目的，无疑必须采用全知全能的"零聚焦叙述"①。不管是适当的历史回溯，还是对人物所思所想的直接表达，零聚焦叙述都能够满足报告文学的叙述需要。作家对事件全知性的介绍能够方便叙述者快速推进行文，并随时体现出自我的价值判断。非虚构的文本诉求与主观写作之间的矛盾，必须仰仗零聚焦叙述才能调和。

对于事件型报告文学的接受者而言，零聚焦叙述方式的采纳全面刺激了其探索事件始末的好奇心，也方便了他们掌握事件全貌。而传统阅读习惯的延续，也使得他们更乐于聆听全知全能的叙述者对事件的娓娓道来。虽然思考空间的狭窄化不免造成读者的接受惰性，但实际创作中作者有技巧、有限度的聚焦控制还是维系了二者间的良性互动。

如此看来，对于事件型报告文学而言，零聚焦叙述无疑是最好的选择。需要指出的是，虽然大多数纪游体的事件报告文学中体现出了比较明显的限制聚焦倾向，但这只是零聚焦叙述存在相

---

①塞音，《报告文学叙事视角分析》，载《广播电视大学学报》，2015年第3期。

对性的一个佐证，并不妨碍事件型报告文学与零聚焦叙述间的契合度。

相比较而言，在人物型报告文学中，限制聚焦的采纳要普遍且明显得多。人物型报告文学指报告文学的文体叙述以人物为中心。人物可以是一个，也可以是多个；可以是社会知名人士，也可以是默默无闻的乡野村夫。但凡人物成为整个报告文学围绕的中心、聚焦的焦点，那么，就可以称这一类型的报告文学为“人物型报告文学”。“我国报告文学，历来以写事为主。”[①]相比于事件报告文学在整个现代报告文学史中的主体地位与延续性，人物型报告文学出现的时间要晚许多。一直到抗战爆发后，才先后出现《国际友人白求恩》《续范亭先生》《工人的旗帜赵占魁》等写先进人物的报告文学作品，并影响了新中国成立后全国性的报告文学写作走向。虽然意识形态规约下的文学选择有其外在确定性，对抗美援朝战事与社会主义建设的事件关注依然是焦点，但其切入角度开始从“以事件为中心”转向“以人物为中心”。魏巍的《谁是最可爱的人》、巴金的《生活在英雄们的中间》、白危的《被围困的农庄主席》等都是这种转向的直接产物。

人物型报告文学的风潮尤其体现在新时期开端阶段，《哥德巴赫猜想》《生命之树常绿》《亚洲大陆的新崛起——从李四光走的道路看新中国地质科学的跃进》《船长》《祖国高于一切》《大雁情》……同一类型的报告文学作品不胜枚举。20世纪90年代之后的报告文学写作，依旧有像杨黎光的《没有家园的灵魂》、朱晓军的《天使在作战》、李春雷的《木棉花开》、赵瑜的《寻找巴金的黛莉》、李朝全的《梦想照亮生活》、何建明的《山

①张春宁，《中国报告文学史稿》，群言出版社，1993年，第199页。

神》、纪红建的《哑巴红军》等依托人物聚焦发挥报告文学叙述功能的文本诞生。各个不同阶层的人物，均参与到报告文学人物形象体系的建构中。人物个性化的语言、行为等特征，都在非虚构的文本聚焦中得到了尽可能完好的呈现。

在人物型报告文学中，文本叙述进程的推进基本由作品人物实现。限制聚焦“最大的特点是能充分敞开人物的内心世界，淋漓尽致地表现人物激烈的内心冲突和漫无边际的思绪”[①]。叙述过程中，作家从一个或几个有限的人物视角去观察并表现目之所见，也可以充分展示聚焦对象的内心世界，但人物之外则难以触及。这种限定性无疑能造成更逼真的非虚构感，而一定的死角与空白的存在对于读者介入文本、参与文本能起到很好的诱引。因此，限制聚焦是人物型报告文学比较适宜的聚焦方式选择。

不过，聚焦的限制对于报告文学文体的叙述功能发挥而言又存在矛盾。一个或者几个人物的有限视野，显然无法涵盖整个文本想要展示的前因后果。这样一来，叙述模糊不可避免地出现了。因此，即便是人物型的报告文学叙述，其限制聚焦的采纳也只能作为一个基础性选择，不能通篇采用。零聚焦叙述一定程度的参与才能实现叙述的清晰性与完整性。所以，严格地说，在人物型报告文学作品中，并不存在单一的聚焦方式，更多是以零聚焦为背景的限制聚焦。因为它距离聚焦方式多重变换的转换聚焦仍有明显差异，我们依然采用限制聚焦与人物型报告文学进行总体上的遇合确证。

三种聚焦方式中最适合报告文学的，毫无疑问是转换聚焦。这种聚焦转换既包括聚焦方式间的交叉与转换，也包含聚焦方式

① 胡亚敏，《叙事学》，华中师范大学出版社，2004年，第28页。

自身的发展变异。在中国现代报告文学的发展历程中，转换聚焦的出现时间虽不长，但它较之于零聚焦与限制聚焦更适合于报告文学文体。单一化的全知全能必然会伤害报告文学的文学性，也直接挫伤读者的阅读兴趣，而限制性的叙述朦胧同样不利于报告文学叙述功能的发挥。转换聚焦能很好地平衡报告文学非虚构性的文体要求与其文学性强调间的矛盾。这一点可以从诸多综合型报告文学的成功中得到证明。

综合型报告文学是一个宽泛的概念，所有非事件型、非人物型的报告文学文本都可被纳入这一范畴予以类型化。综合型报告文学出现的时间基本就是作为报告文学文体创新的转换聚焦出现的时间。换句话说，综合型报告文学的出现也就意味着报告文学自身蜕变求新努力的进行。通常情况下，这一类型的报告文学都关注重大的事件或问题，文本牵涉人物数量较大，文本的篇幅自然也比另两个类型更长。新时期以来的问题报告文学、改革报告文学、反思报告文学、全景式报告文学等都属于综合型报告文学。乔迈关注现实焦点的《三门李轶闻》、李延国反映改革新气象的《中国农民大趋势》、胡平和张胜友探讨出国潮问题的《世界大串联》、卢跃刚抒写时代主旋律的《长江三峡：中国的史诗》、徐剑记录青藏铁路建设历程的《东方哈达》、纪红建聚焦脱贫攻坚的《乡村国是》等通过对重大事件或社会问题全面的宏观把握与细致入微的体察，将综合型报告文学的文体辐射面与功能指涉进行了拓展，推动了报告文学对所叙之事探究的深入。

但转换聚焦的存在并不意味着聚焦方式可以进行随意变动，而往往是某种内在原因驱使的结果。表面看来，这种转换的确破坏了原有聚焦规范，呈现出明显违规，但它所起到的作用不容忽视。零聚焦、限制聚焦与外聚焦方式各自的优缺点能够在转换过程中取长补短。因此，聚焦方式的有效转换，作为报告文学文本叙述中特殊的修辞方式，能更大限度保障文体特性、发挥文体功能。“这种‘双声话语’或‘多声话语’很大程度上弥补了这一文体因其叙述的内指性束缚而导致的种种艺术性的不足，从而使之生发出叙事的生动性。”①综合型报告文学不论是聚焦对象还是聚焦方式，都见出了报告文学属性的完美呈示，因此，这种类型的报告文学也渐渐成为当前报告文学发展的主导趋势。

归结而言，正是不同聚焦对象对文体叙述不一样的要求导致了报告文学聚焦方式选择的差异性。而报告文学叙述聚焦选择由单一而逐步丰富的背后，是报告文学叙述在题材选择方面的持续扩大化。因此，报告文学文体研究应当将内容与形式结合起来，方能揭示文体的特殊规范性。

第四节　认知聚焦：报告文学的艺术想象

聚焦方式的不同造成了报告文学叙述的不同效果，而不同的聚焦对象如人物、事件、问题等左右着叙述聚焦方式的选择。然而，不管是哪一种聚焦方式，都存在不可避免的盲区。任何一个最仔细的聚焦者都无法将全部生活纳入视野之内，更何况只是普通作家呢？这样一来，很多没有亲见的细节、事件宏大的背景、人物的心理世界等就变得无法捕捉，报告文学非虚构性的文体诉求必然因此受到损害。不过，放眼中国报告文学的创作实绩，深谙此道的叙述者显然没有因此放弃报告文学写作。那么，针对这

① 王晖，《二十世纪中国报告文学的叙述模式》，载《中国社会科学》，2003年第2期。

样的矛盾，报告文学文体究竟选择什么方式去消解呢？

“视角主要由感知性视角和认知性视角两大部分构成。”[①]类比之下，聚焦也可划分为感知性聚焦与认知性聚焦两个部分。感知性聚焦是由眼睛、耳朵、鼻子等身体器官进行观察。而认知性聚焦则意味着叙述者意识活动的参与，包括回忆、推测、评判等知觉活动。认知性聚焦更多作为感知性聚焦的补充而存在。毕竟，感知性的聚焦并没有办法实现零聚焦的全知全能。举一个简单例子：

> 他关上收音机，推开窗户，又打开了门，任凛冽的寒风吹进房间来。好像在跑野外时的极度劳累以后，他站上山顶，登高远望，已查明了构造线，看清楚了大地位移，感到无比的畅快。黑暗的国民党统治区，动乱的中国，顿时充满了无限的希望，闪耀着未来的光明。[②]

徐迟写作《地质之光》时，李四光显然早已参加过1947年底在英国伦敦召开的第十八届国际地质学会大会。未在场的徐迟借推测、想象等方式完成了对李四光当时行为动作与内心思绪的还原。在同样以李四光为中心的《亚洲大陆的新崛起——从李四光走的道路看新中国地质科学的跃进》中，黄钢也有类似处理：

> 此刻，当货轮离开了海岸，李四光在轮机的轰轰声中看了一下手表：这正是格林尼治时间深夜十二时。李四光在海

①胡亚敏，《叙事学》，华中师范大学出版社，2004年，第23页。

②徐迟，《地质之光》，见《中国报告文学丛书》第三辑第五分册，长江文艺出版社，1982年，第78页。

轮调头之时朝那遥远的东方看了一眼，计算了一下西欧和亚洲的时差，欣喜地想到：现在好了，东方已经破晓，中国已经天亮了！[①]

这段文字显然不可能是作家感官聚焦的结果，而只是认知性聚焦的产物，也可以将其视为报告文学的“艺术想象”。“这样的文字显然寓意很深，它对于刻画人物，增强作品的文学性，乃至于主题的深化，都起到了很重要的作用。”[②]艺术想象的存在无疑增强了报告文学叙述的感染力，可以将其视为报告文学文学性重要的一维。

不过，在论及报告文学真实性问题时，“有的同志把有事实根据的想象或叫推想跟虚构等同起来，认为：要排斥任何虚构，就必须拒绝艺术的想象；不拒绝艺术的想象，也就无法排斥任何虚构”。[③]但是，事实上，“虚构”与“想象”有着本质区别：“虚构的最基本特征就是现实的必然缺席”[④]，“想象并不是一种自我激活的现实力量，而是必须借助外在力量才能够得以展现，通过主体（柯勒律治）、意识（萨特）或是社会—历史心理（卡斯特里阿蒂斯）——上述列举并非穷尽了可能的动因——才能够成为自己”。[⑤]并且，艺术想象对于任何形式的文学而言都是必要的，“想象不仅赋予了艺术品以审美的维度，而且也使人类的日常生

① 黄钢，《亚洲大陆的新崛起——从李四光走的道路看新中国地质科学的跃进》，见《中国报告文学丛书》第三辑第三分册，长江文艺出版社，1983年，第242页。
② 陈天然，《报告文学写实与想象的统一》，载《福建师范大学福清分校学报》，2008年第6期。
③ 李准、林文山，《报告文学要有新闻的真实性》，载《红旗》，1981年第24期。
④ [德]沃尔夫冈·伊瑟尔著，陈定家、汪正龙等译，《虚构与想象——文学人类学疆界》，吉林人民出版社，2011年，第2页。
⑤ [德]沃尔夫冈·伊瑟尔著，陈定家、汪正龙等译，《虚构与想象——文学人类学疆界》，吉林人民出版社，2011年，第251页。

活和行为具有了审美意味”。[①]报告文学作为文学艺术的重要类别，自然也可采纳这样的方式对生活真实予以还原、再造：

> 这种对于真实的感觉，如早就在许多次里指出过了的，就是每一个报告文学者的先决条件，但也仅止于先决条件而已。没有想象，报告文学者是决不能绘画出“事件的实际效果和走向改造之完成的径路的”（基希）。没有艺术家的想象，他将决不能活画出这个世界，使得读者不但了解他而且和它一道生活。[②]

“想象”是一个源于普通心理学的术语。在原始学科范畴中，想象被切分为无意想象与有意想象两个类型。这两个类型的差别就在于“意”，也就是想象主体在进行思维活动时是否有目标预设。顾名思义，无意想象对应的是想象主体事先没有预定目的，比如生活中时常出现的梦境就是一种在外界刺激作用下不由自主地产生的想象。而有意想象则恰恰相反，它的出现都富含着想象主体事先的预设目标。有意想象又可根据观察内容的新颖性、独立性及其创造程度等具体的标准将其细化成再造想象、创造想象、理想与幻想三个子类型。

根据报告文学非虚构性的文体诉求，在诸多报告文学文本叙述中出现的艺术想象显然属于再造性的有意想象。在现代报告文学的发展流脉中，想象有着多种的表现形态，比较常见的有细节还原想象、想象性的气氛营造、心理活动想象、类比想象等。

---

①[德]沃尔夫冈·伊瑟尔著，陈定家、汪正龙等译，《虚构与想象——文学人类学疆界》，吉林人民出版社，2011年，第9页。

②[塞]巴克，张元松译，《基希及其报告文学》，载《国际文学》第4号，1935年。

一个满脸胡碴的男知青在可怕的沉寂中呆立了几秒钟，然后猛地扔开山锄，发疯一般往山下狂奔。他的眼睛凸突，脸色铁青，仿佛一个听到判决的死囚。他不顾一切地向前奔跑，无论陡险的山路，湍急的涧流，还是幽暗恐怖的大森林，统统都不能阻挡他的脚步。当他终于跌跌撞撞出现在卫生所门口时，已经伤痕遍体，头上淌着鲜血，衣服被灌木和荆棘撕成碎片。①

细节更能确证真实。因此，在报告文学中，细节的刻画也是其文学生动形象性的重要凭借。“满脸胡碴的男知青”惊闻“女知青的死讯”时的仓皇行动，自然没有任何的聚焦者亲自目睹，更没人全程追踪，但这些细节对于凸显其“还是不可原谅地来迟了一步”有特别重要的叙述价值。因此，叙述者邓贤在这里采用艺术性想象予以生动还原。

气氛营造对任何具体事件而言都有重要意义。所以，在状写细节过程中，不能忽略对周边情景与气氛的渲染。徐迟的《地质之光》写到凌叔华给李四光打电话，但包括打电话的时间、通话时的情景与气氛等却都是作者的认知性推想：

当黎明来临，他还睡着时，被一阵电话铃声惊醒，从伦敦打来了一个长途电话，他穿着睡衣接听。对方一个女性的声音问讯他。

“是我，”他说。又问：“你是哪一位？”

① 邓贤，《中国知青梦》，人民文学出版社，1993年，第15页。

“凌叔华。”

“你好！什么事？”[①]

徐迟报告文学写作对关键性细节的强调在诸多文本中均有体现，如《哥德巴赫猜想》中“一袋水果”的细节。但这里的事件还原显然不具备感知性聚焦的可能性。因此，李四光与凌叔华间的通话，显然只能依托于他在伦敦期间的活动进行合理推想。而通话的时间以及当时具体的情景和气氛，则要凭借通话内容进行艺术想象。这里所进行的思维活动，并非徐迟自己所理解的“有事实根据的虚构”[②]，而是合理的有意想象。根因于这样的写作观，徐迟在《地质之光》文末又营构了一个十分动人的细节——“说到这里，白发苍苍的李四光眨眨眼睛，笑了一笑，轻轻拨动他桌上的一个地球仪，一下子使小小寰球急速地旋转了起来”。[③]在掌握和分析可靠资料基础上，根据人物性格和事件发展的必然趋势进行合理的艺术想象与延伸，能增强报告文学叙述的感染力，获取不同凡响的艺术效果。徐迟的报告文学实践有力论证了这一点。邓贤写于20世纪90年代初的《中国知青梦》同样在细节真实上用力颇多：

男知青的心突然安静下来，过去的一切：重庆、嘉陵江、学校、亲人都退得很远很远，仿佛都是一场遥远的梦……牛们晃动着硕大的脑袋，善良而懂事的大眼睛闪动着

---

①徐迟，《地质之光》，见《中国报告文学丛书》第三辑第五分册，长江文艺出版社，1982年，第84页。
②徐迟，《再说散文》，载《湖北文艺》，1978年第1期。
③徐迟，《地质之光》，见《中国报告文学丛书》第三辑第五分册，长江文艺出版社，1982年，第96页。

友好的光，一语不发地注视着辛勤的主人。男知青一一抚摸着它们，喃喃地同它们说话，然后又添了许多草料，倾听牛们快活地打喷嚏和心满意足的咀嚼。[①]

这里描述的是一个男知青在感到返城无望而决心自杀的前一个晚上的一系列心理活动。第二天，人们便在牛棚中发现了那个沉默寡言的放牛郎。这样的情况，感知性聚焦成了奢望，艺术想象就变为退而求其次的必然选择。如果作者采用传统形式予以第三人称式的写实，就不可以有类似细节存在。而艺术性的再造想象则填补了空缺了的生活的自然形态，使其完整且真实可信。

在谈到一个相对不被人熟知或是抽象的事物时，我们往往会采用类比方式进行更加浅显、生动的传达。报告文学同样没有脱离这样的集体归附。类比想象对报告文学有着深刻意义，尤其是对其主题传达而言。《包身工》有这样一段话：

看着这种饲养小姑娘营利的制度，我禁不住想起孩子时候看到过的船户养墨鸭捕鱼的事了。和乌鸦很相像的那种怪样子的墨鸭，整排地停在舷上，它们的脚是用绳子吊住了的，下水捕鱼，起水的时候船户就在它的颈子上轻轻地一挤！吐了再捕，捕了再吐，墨鸭整天地捕鱼，卖鱼得钱的却是养墨鸭的船户。但是，从我们孩子的眼里看来，船户对墨鸭并没有怎样虐待，而现在，将这种关系转移到人和人的中间，便连这一点施与的温情也已经不存在了！[②]

---

①邓贤，《中国知青梦》，人民文学出版社，1993年，第319页。
②夏衍，《包身工》，见《中国报告文学丛书》第一辑第一分册，长江文艺出版社，1981年，第277页。

孤立看这一段，除却首句一定程度的提示外，它与全文叙述的中心“包身工”似乎没有任何关系。但恰恰是这种“毫不相干”的类比想象将墨鸭的生存际遇与包身工的现实惨状串联了起来。这样一来，带工老板的贪婪无道、包身工生活的酸辛痛苦便以更加形象立体的方式呈现了出来，而文本对于包身工罪恶制度的批判主题得到了显著强化。“想象本身并没有意向性，但想象的主体会因为某种需要而把意向性强加给想象。”[①]夏衍正因主题表达需要而进行了必要的类比想象，并取得了异乎寻常的艺术效果，造就了《包身工》在中国报告文学史上的经典地位。

必须明确的是，报告文学叙述中的认知性聚焦（艺术想象）在文本中的存在更多是与感知性聚焦以不易察觉的方式交融在一起的，因为其融合的程度密切而不容易被识别、剥离。这也在另一个侧面证明了报告文学叙述中杂糅认知性聚焦的必要性。感知性聚焦与认知性聚焦在叙述中的浑然天成，恰恰最能凸显报告文学“报告”与“文学”的双重属性。

正如以群说的：“如果作家以他直接间接得来的素材为根据，辅以主观的分析、解释乃至于加以想象的补充——这虽然不是直接描写事实，但也不是脱离事实的虚构——往往能使作品更加生动和丰富而避免平铺直叙的呆板和枯燥。”[②]感知性聚焦在视野范围的必然限制并未成为真正限制报告文学叙述的瓶颈，选择认知性聚焦（艺术想象）的方式完成了对聚焦限制的有效突破，持续坚守着报告文学非虚构的文体属性，也践行着增强报告文学文学性的不懈努力。

---

①[德]沃尔夫冈·伊瑟尔著，陈定家、汪正龙等译，《虚构与想象——文学人类学疆界》，吉林人民出版社，2011年，第9页。

②以群，《论迅速反映现实的特写》，选自周国华、陈进波主编《报告文学论集》，新华出版社，1985年，第84页。

第五章
报告文学的叙述策略

顾名思义，叙事就是叙述事情（叙+事），即通过语言或其他媒介再现发生在特定时空的事件。事是既定的，叙是能动的。事实上，叙述伴随人类历史和文化的发展变化而不断演进。从远古时对历史传说、神话故事的讲述，到有文字记载以来历史学家对历史事件的编撰、解释，文学家的叙述性建构，及至电影表达、舞台再现、网络讲述，都可被视为最宽泛的叙事。虽然，“小说依然是叙事学研究的中心对象”[1]，但在学科交叉融合成为趋势的今天，叙事学也逐渐成为研究各种叙述文本的综合学科，研究对象也扩大为包括叙述诗、电影叙述、戏剧叙述、绘画叙述等丰富范畴。报告文学作为重要的叙述文体类型，自然不例外。

作为年轻却蓬勃发展的文体，报告文学的叙述性指向其文学本质属性。作为现代文学重要的文体类型，报告文学以其时代性、纪实性和叙述性体现出明确的“文学性”和文体意识。在传统史家笔法、经世致用的理想及域外视角的有效参与下，它很快成为贴合时代的文体，知识分子也以此为利器介入社会现实。现

---

① 申丹、王丽亚，《西方叙事学：经典与后经典》，北京大学出版社，2010年，第4页。

代传媒业的发展与转型则引导着报告文学的叙述流变。实际上，除叙述聚焦外，在叙述时间、叙述节奏、叙述话语模式等诸多层面，现代报告文学都体现出明显的文体特殊性。表面看，这几个方面似乎是平行独立的，但其内在却是融通层递的，都指向了报告文学文体的叙述策略。作为一个贴合现实的非虚构文体，报告文学文体的叙述策略自然不应被忽略，包括叙述时间、叙述节奏、叙述话语模式等关键维度都彰显了叙述者的叙述节奏掌控，并确证了报告文学作者自觉的读者意识。从这个意义上，引入叙事学的理论模式，绝不是生搬硬套，而有着重要的理论意义，有助于深化对报告文学文体理论的研究。

第一节　报告文学叙述时间的基本类型

叙述文本依托于事件，叙述理论研究直面的也是所叙事件。对于现实生活而言，事件发生是立体化的：其一，无论是世界范围，还是其他更为狭小的空间领域，有着并非单一而不可确数的诸多事件同时发生；其二，对任何事件而言，都有起因、发展、高潮、结局等时间序列，且序列遵从事件逻辑，不可随意变更。“人们能感觉到变化的一个条件是存在相继发生的事件，而事件之间又存在着长短不一的间隔，即持续时间。事件序列和持续时间是人们能感受到的时间知觉的两个基本方面。”[①]仅就生活事件来说，时间变化很容易被感知。但回到叙事文本内部，书写语言文本的线性时间结构却没有方便读者对事件来龙去脉的追索，

---

①谭君强，《叙事理论与审美文化》，中国社会科学出版社，2002年，第148页。

反而变得更加扑朔迷离。这当然是叙述者有意为之，也是其叙事才能的彰显。“叙述时间是一种线性时间，而故事发生的时间则是立体的。在故事中，几个事件可以同时发生，但是话语则必须把它们一件一件地叙述出来；一个复杂的形象就被投射到一条直线上。”[①]这种直线式叙事在中西方早期思维表达中都极为流行，结绳记事是其原型。包括史诗、戏剧、骑士文学等都普遍采用直线式的结构布局。“最初的小说，无论中外，都谨遵自然，顺着时针的走动直线地叙述。写事件，从发生、发展到结局；写人物，由少年、成年到老年。这在客观现实中当然是规律，但在文学创作中却成了模式。”[②]要打破这种模式，就必须有变化，而时间在黑格尔看来是变化的第一形式。因此，包括报告文学在内的所有叙事文学作者均选择时间作为节奏、结构等变化的切入口。

任何叙事文本都是具有双重时间序列的转换系统，同时包含故事时间与叙述时间。这种特殊的双重时间性质催生了其根据一种时间去变化乃至创造另一种时间的功能。二者的区别性存在也是探讨报告文学叙述时间的一个重要前提。故事时间指的是事件（单一事件，也可以是系列事件）按照其发生、发展、高潮、结局的先后顺序所排列出来的时间。而叙述时间通常被称为文本时间，是指叙述文本内部呈现出的时间状况，它以故事时间为基础，却常挣脱其束缚。简言之，“故事时间”指“在故事中事件接续的时间顺序”，而“叙述时间”指“这些事件在叙事中排列

①[法]兹维坦·托多罗夫，《叙事作为话语》，见张寅德编选《叙述学研究》，中国社会科学出版社，1989年，第294页。
②金健人，《小说的时间观念》，载《文学评论》，1985年第2期。

的伪时间顺序”[①]。通过对故事时间与叙述时间不对等关系的关注，无疑能更好地观察报告文学文体叙事的审美特性。在这里，我依然选择热奈特的“时序”“时距”“频率”三个概念作为报告文学叙述时间研究的理论原点。

一、时序。即便是在讲求时效性的报告文学中，故事时间也总是先于写作时间，换言之，任何叙事文学创作都是事后叙事。因此，报告文学叙事只能是以某个叙述时间作为故事开端，由此讲述事件过程。这条法则具有强大普适性，所有叙事文本概莫能外。但进入叙事内部，不同文体的处理方式可能大相径庭。即便是同一文体的不同文本，其形态也是五花八门。时序，即时间的顺序。“时序研究事件在故事中的编年时间顺序和这些事件在叙事文中排列的时间顺序之间的关系。”[②]在报告文学叙述时间研究中，这是最容易区分的时间关系。通常，可将其区分为顺时序、逆时序、非时序三种形态，与其对应的是连贯叙述、逆时序叙述、非时序叙述三种叙述形式。

“顺时序”指叙述时间同故事时间向度一致。严格说来，一维叙述时间是不可能与多维故事时间实现完全平行对应的。这里说的“一致”只是大致相似，或“基本一致”。按照这种方式进行时间安排的叙述方式称之为连贯叙述。考虑到故事时间的多维性，这种叙述类型显然不可能包容太多事件或者多条故事线索。因此，这种叙述方式往往出现在相对单一的事件或单个人物活动的叙述中。现代报告文学发展历程中，连贯叙述拥有庞大的践行者。不管是萌生期梁启超的《新大陆游记》、瞿秋白的《饿

①[法]热拉尔·热奈特著，王文融译，《叙事话语 新叙事话语》，中国社会科学出版社，1990年，第13页。
②胡亚敏，《叙事学》，华中师范大学出版社，2004年，第64页。

乡纪程》，还是发展期柔石的《一个伟大的印象》、丘东平的《第七连》，以至后来徐迟的《哥德巴赫猜想》、黄宗英的《大雁情》等，顺时序的连贯叙述作为一种传统型叙述时间，发挥着持续而明显的叙述优势。事件的起承转合、人物的成长轨迹等都能在线性时间变化中获得直接明了的呈现。这类报告文学的叙述时间基本谨遵自然时序，直线向前。它在现代报告文学历史变迁中如影随形，彰显了中国古代连贯叙事的强大影响力。当然，这种叙述方式也不可避免带来了“日复一日的乏味、无聊、毫无激情可言等”[1]缺点，其对读者的诱引作用就会锐减，叙事功能的发挥自然大打折扣。因此，特别是20世纪80年代以来，针对着叙述时间的调整便成了报告文学另外一种颇为时尚的文体革新。

对于顺时序的颠覆与创新体现为逆时序和非时序的逐步崛起。需要指出的是，在报告文学发展过程中，逆时序呈现为闪回、闪前、交错三种时间运动的轨迹。闪回俗称“倒叙”，闪前又称“预叙”，而交错则包含过去、现在、未来的人物和事件，体现为一种综合性叙述。闪回作为一种叙事技巧早在《左传》中就以“凌空跳脱法”的提法出现，但在具体实践上并无太多收获。一直到新中国成立后，才有较多的报告文学文本采用这种叙述方式，如魏巍的《谁是最可爱的人》、理由的《扬眉剑出鞘》、邓贤的《中国知青梦》等。闪前指叙述者提前交代以后发生的事件。使用闪前目的在于通过时间上的指向性以引起读者的期待。较之闪回，这种叙述方式的使用体现为局部叙事技巧，比如在《县委书记的榜样——焦裕禄》中，诸如“活着我没有治好沙丘，死了也要看着你们把沙丘治好！”等标题都具有提示效果。

---

①谭君强，《叙事理论与审美文化》，中国社会科学出版社，2002年，第151页。

作为一种综合性叙述，交错叙述可看做闪回、连贯与闪前的混合运用。在报告文学作品中，叙述时间的轨迹有时并非清晰可见，而是杂糅在一起。比如《一九三六年春在太原》中写道："我听见唱这歌，已经不止一次了。但这次，却异样地刺耳。在那声音里，我辨别出一种对我示威的意味。我应该更正他这坏习惯，一定要。"[①]在这里，融合了过去和现在及未来的时间，使因果逻辑更加确定。不过，叙述时间交错在使用过程中逐步地自由化，慢慢衍生出了报告文学的非时序叙述。

非时序叙述"是指故事时间处于中断或凝固状态，叙述表现为一种非线型运动。在这类作品中，不存在完整的故事线索，共时叙述代替了历时叙述"。[②]非时序并不意味着没有时间因素参与，它往往依据事件特点来组织叙事。20世纪80年代的集合式报告文学显示出这种非时序叙述对一维连贯叙述的突破。其实，这种非时序的出现并非一蹴而就，自30年代以来，包括邹韬奋的《萍踪寄语》、李乔的《锡是如何炼成的》、华山的《童话时代》、冰心的《咱们的五个孩子》、徐开垒的《十一户人家》等已有非时序叙述逐渐清晰的印记。

二、时距。叙事节奏变化很大程度上根源于时距。时距指的是故事时间（用秒、分、时、天、月、年等来确定）同文本长度（用行、页来测量）间的关系。根据二者关系，热奈特将叙述运动分成四种（TH指故事时间，TR指叙述时间）：

停顿：TR=n，TH=0。故：$TR\infty > TH$

① 宋之的，《一九三六年春在太原》，见《中国报告文学丛书》第一辑第三分册，长江文艺出版社，1981年，第298页。
② 胡亚敏，《叙事学》，华中师范大学出版社，2004年，第64页。

场景：TR=TH

概要：TR < TH

省略：TR=0，TH=n，故：TR < ∞TH[①]

停顿也称静述，故事时间暂停，而叙述充分展开。它可出现在故事叙述开始，由叙述者介绍社会风貌、地理状况等背景，如《淮河的警告》开头对淮河历史流脉的呈现；也可表现为叙述者的干预叙述，丢下故事进程而发表主观议论，如《强国梦——当代中国体育的误区》中对中国体育突出问题针砭时弊的评论；也可体现为叙述过程的解释，如《包身工》中对包身工制度的介绍。这种静态的描写和议论无疑能够彰显报告文学的文体品格，虽然其不恰当运用也会带来结构松散和沉滞的缺憾。

"场景指叙述时间与故事时间基本相等。"[②]时间连续性与画面逼真性是它区别于其他叙述运动的重要特征。它主要用于表现一定时空的故事活动，构成一种戏剧性场面。文本中的对话是最常见的叙事场景。在场景中，人物的行为动作、人物间的对话均历历在目，事件仿佛正在发生着，叙述者未加评述。因此，它可以说是报告文学最基本的叙述形式，是构成报告文学文本的主干。特别是在人物心理呈现、琐屑事件描写等方面，场景有其独特叙述优势，如李春雷《木棉花开》对任仲夷召开全省三级干部会议场景的描写。

在"概要"中，叙述时间明显短于故事时间，具体表现为用一句话或几句话囊括较长的故事时间。"概要"通常出现在叙事

---

①[法]热拉尔·热奈特著，王文融译，《叙事话语 新叙事话语》，中国社会科学出版社，1990年，第60页。

②申丹、王丽亚，《西方叙事学：经典与后经典》，北京大学出版社，2010年，第120页。

开端，作为引出所叙事件或人物的起点，也时或出现在叙述过程中，以倒叙形式进行信息补充，通常承担介绍、过渡、连接等作用。20世纪80年代以来的很多问题题材的报告文学文本，如《中国的“小皇帝”》《丐帮漂流记》等采用的均是概要式的开头。

概要的极端做法即是省略。“严格意义上的省略指叙事文中未叙述的部分，它只能通过文本提供的某些信息从逻辑上推断出来。”[①]省略的最基本功能是剔除事件的旁逸斜出，将不值得写的东西舍弃。没有省略的存在，就无法构成叙事文本。省略能够对报告文学的文体叙事起到避免重复、加快节奏、深化意蕴的作用。而省略所造成的叙述中断与空白，对报告文学读者存在着明显的召唤结构。

三、频率。这是造成报告文学叙事节奏变化的又一重要因素。叙述频率研究的是事件发生的次数与叙述次数间的关系。报告文学的叙述频率可区分为单一叙述、重复叙述和概括叙述。

单一叙述指讲述一次发生的一次事件，是现代报告文学最常见的叙事现象，如《执政府大屠杀记》《我们会见了彭德怀司令员》等。需要注意的是单一叙述的变体，也就是叙述几次发生的几次事件，它只是单一叙述的反复，因为叙述次数与事件还是相等的，如《伐木者，醒来！》《“希望工程”纪实》等。

重复叙述是指多次叙述只发生一次的事件。这在报告文学叙述中表示强调，目的是确保信息被最有效接受，如《一九三六年春在太原》。当然，重复的存在也造成了事件的多样性，增加了阅读难度，增强了读者的能动性。特别在对待某一事件、某一人物的看法上，重复叙述往往形成众口一词的凸显或众说纷纭的

① 胡亚敏，《叙事学》，华中师范大学出版社，2004年，第81页。

杂乱。

概括叙述指讲述一次发生了数次的事件。这种叙述方式包含重复，只不过重复体现在事件上。所叙述的发生了多次的事件相同或相似，因而它是一种带规律性的综述。这种类型的叙述通常出现在详细叙述某一事件后，用以加快叙述节奏，如《飞向太空港》。对于人物或事件而言，在其叙事进程中除却典型情节外，更多只是单调重复，因此，概述的出现能大大缓解叙述过程中冗长拖沓的弊病。

可见，非虚构性的现代报告文学在叙述时间的选择上并不比小说等文体逊色多少。而且，在叙述时间中，时序、时距和频率三者并非截然分开，而是相互联系，如闪回中既有概要，也有场景，而概要又与概括叙述相关。之所以在论述中对报告文学的叙述时间进行细致的类型划分，更多只是为了理论研究的方便。通过对报告文学叙事节奏的研究，则可将看似撕裂、碎片的叙述时间予以整合、融通。

第二节　报告文学叙述节奏的基本形式

“任何艺术形式都有内在的节奏规律。动态艺术如音乐，舞蹈等，其节奏性的体现是显而易见的。”[①]那么，在小说、戏剧、报告文学等叙述文体中，这种节奏又以什么样的方式被读者感知呢？

“节奏首先是一种强弱关系。”[②]这种强弱关系可区别为强

---

①孟繁华，《叙事的艺术》，中国文联出版公司，1989年，第83页。
②金健人，《小说结构美学》，浙江文艺出版社，1987年，第236页。

度和密度。强度指事件演变或人物性格转换的激烈或缓和的程度。“文似观山喜不平”就是说强度变化。在现实生活的事件与人物身上，都有着伴随时间推移的产生、发展、高潮、结局等变化轨迹，对应着古代文论的起、承、转、合。中国古代以情节为结构线索的小说都在这方面大做文章。故事情节的曲折，对读者的阅读诱引巨大，也造成了强烈的美感享受。当年金圣叹评点第五才子书时“不险则不快，险极则快极也”道出了强度变化的真谛所在。当受到外界刺激时，人的“七情”便会派生出情感紧张，而当刺激褪去，紧张会得到舒缓。正是在这一张一弛中，生发出了节奏的律动。事件叙述的强弱变化与读者阅读时心理情绪张弛间的对应关系，是节奏感出现的必要前提。而为了达成叙事节奏的变化，叙述者就必须通过悬念、延宕、高潮等叙事技巧来完成事件叙述。在叙事文中，节奏的变化基本体现为内部时间的巧妙安排，特别是时序变化。

密度是节奏的另一要素，指一定时空内出现的内容密集或疏空的程度。密度对节奏的影响基本以时间为主，也夹杂空间因素。密度对节奏影响的空间因素更多体现为文本在空间向度上的安排，即热奈特提到的文本长度。概而言之，密度在文本内部就是在有限文本长度中如何更合理安排各个叙事要素，详略、繁简是其外在表现。密度大，时间流逝速度较缓慢，节奏自然比较缓慢；密度小，时间流逝速度明显加快，节奏相应较快。小说等虚构性文体的密度可以在虚实调节之间发生变化，但对于报告文学叙事而言却不可行。总体而言，在对待所叙事件时，叙事行文应注意到不同部分在密度上的差别：粗疏可放在总揽全局、整体把握的概括中，能给读者以简洁明快、干净利落的阅读快感；而重要特征、典型细节则应尽可能精雕细琢、凸显地位，精确、详尽、到位的密集叙述能给人更加真切的在场感。马卡连科从自己的创作中总结出的几条密度变化的规则，适合绝大部分叙事文创作：

（一）不能在密度很大的散文里表现次要的人物；

（二）不能让读者在较长的时间里老是读同样密度的东西；

（三）不能把一段插话里的密度弄得多样化；

（四）在一章里面最好把密度最大的地方放在一章的末尾。①

作品密度变换不仅是内容表达的内在需要，也是适合读者心理的外在需要。而且，马卡连科的密度变换规律融合了节奏的两个要素。二者既相互区别，也互相联系：密度大，强度往往也大；密度小，强度也相对较小。对于叙事节奏而言，不管是强与弱的变化，还是密与疏的更替，最后都落到叙述时间的变化。每一个叙事文本的节奏变化都是二者的双重变奏，报告文学也是如此。

作为一个音乐学名词，节奏指有规律、有规则的运动。没有运动，就无所谓节奏。在物理学中，人眼对事物运动认知的参数主要有速度、加速度、方向等，且需要客观参照物。读者在心理上对报告文学内部节奏的感知同样需要参照，才能获取对其内部运动的把握。连贯叙述与单一叙述就是参照标志，而其他类型的时间变化都是报告文学叙事节奏变化的具体体现。按照这些

---

①[苏]马卡连科，《和初学写作者的谈话》，见《论写作》，人民文学出版社，1955年，第36页。

类型大致相同的向度，可以概括成三种基本形式：转换、间隔、重现。

转换是报告文学节奏变化最常用的基本形式，既包含时序转换，也包含不同时距类型的转换，同时还将叙述频率纳入转换体系中。“从心理学角度看，节奏就是把一系列客体感知为一系列刺激组合。”①这意味着，读者节奏的获取需有外界刺激，而在报告文学内部，这种外部刺激源于对原有连贯叙述时间的打破，或叫革新。通常情况下，叙述者采用转换方式完成刺激物的组建。围绕着连贯叙述与单一叙述的叙述基调，转换包含了多种形态：叙述时序上的交错转换、时序叙述与非时序叙述的转换、场景与概要间的转换、单一叙述与概括叙述间的转换等。

在《谁是最可爱的人》中，诸多类型的节奏转换清晰可见。文章整体采用交错叙事，既有连贯性的时间顺序，也有闪回式对过去事件的追溯。文章开头，作者就概括性地叙述战士的可爱之处：“他们的品质是那样地纯洁和高尚，他们的意志是那样地坚韧和刚强，他们的气质是那样地淳朴和谦逊，他们的胸怀是那样地美丽和宽广！”②随后，迅速转入对松骨峰战斗生动细致的场景叙述，“在掩埋烈士们遗体的时候，由于他们两手扣着，把敌人抱得那样紧，分都分不开，以致把有些人的手指都掰断了”。③为彰显真实性，作者还将14名战士姓名一一记下。文末，作者将其对防空洞一个战士的采访进行了叙述，随后又概括总结，“用不着繁琐的举例，你已经可以了解到我们的战士，

①[苏]彼得罗夫斯基主编，《普通心理学》，人民教育出版社，1981年，第300页。
②魏巍，《谁是最可爱的人》，见《中国报告文学丛书》第三辑第四分册，长江文艺出版社，1983年，第55页。
③魏巍，《谁是最可爱的人》，见《中国报告文学丛书》第三辑第四分册，长江文艺出版社，1983年，第56页。

是怎样的一种人”。[1]正是这诸多叙述时间上的转换，使得这篇报告文学显示出灵动的节奏变化，完美诠释了“谁是最可爱的人”，也获得了读者的认可。节奏转换对于报告文学主题意义生成影响之大，可由此窥见。

间隔是对叙事连贯性的打断。就好比在音乐学中，如果一个声音、一个调子毫无变化地持续，根本不可能形成律动的节奏。报告文学文体叙事的间隔既包含时序变化，也包含时距变化。具体而言，连贯叙述中出现的闪回、闪前等逆时序，其实就是一种叙事间隔，而时距当中的停顿与省略，更是对连贯叙述时间的打断。对于现代报告文学而言，在这诸多间隔方式中，停顿意义最大。如前所述，报告文学叙述时间的停顿可出现在事件叙述前，用以客观介绍社会风貌、地理环境、历史背景等；也可出现在文本中间，表现为主观干预叙述，由此表明叙述者的立场、态度与情感评判等。这类静态描写与主观议论在小说等文本中可能会“使叙事文的结构趋于松散和沉滞”[2]，但于报告文学创作，它们却不可或缺。停顿的出现，既是节奏变化之需，也是文体品格彰显的重要途径。

《哥德巴赫猜想》在叙事节奏间隔的处理极具示范性。通篇叙事虽以线型时间为结构梳理呈现陈景润的成长轨迹，但叙述过程中杂糅了闪回的倒叙、闪前的预叙、客观性介绍、主观性议论、主次事件处理上的详与略等叙事节奏的间隔。文本开头以实录方式将“陈氏定理”部分摘抄，这是对题目设置的回应，也是对随后陈景润“哥德巴赫猜想”研究结果的预叙。文本第二节介

---

①魏巍，《谁是最可爱的人》，见《中国报告文学丛书》第三辑第四分册，长江文艺出版社，1983年，第59页。

②胡亚敏，《叙事学》，华中师范大学出版社，2004年，第84页。

绍完陈景润身份后，迅速闪回对其人生各个阶段进行倒叙，“因为它的作者姓陈，名景润。他现在是中国科学院数学研究所的研究员。陈景润是福建人，生于1933年。当他降生到这个现实人间时，他的家庭和社会生活并没有对他呈现出玫瑰花一般的艳丽色彩”。[①]在闪回过程中，凸显了童年苦难、形单影只、老师鼓励等事件，而将其他一笔带过甚至省略，这对凸显陈景润作为从底层长成的知识分子代表的典型性意义重大。第五节在谈到“哥德巴赫猜想”这个世界性数学难题时，徐迟又对国外相关研究情况进行了梳理。这种客观性介绍凸显了陈景润勇攀科学高峰的勇气及其以顽强毅力所付出的不懈努力。而在论及陈景润的学术成果时，叙述者忍不住站出来进行评论：“何等动人的一页又一页！这些是人类思维的花朵。这些是空谷幽兰、高寒杜鹃、老林中的人参、冰山上的雪莲、绝顶上的灵芝、抽象思维的牡丹。这些数学的公式也是一种世界语言。”[②]这种干预性叙事打断虽破坏了叙述时间的连贯性，但叙述者自由洒脱的议论对于凸显陈景润高深研究与收获喜悦都具有重要价值。《哥德巴赫猜想》之所以能保持长久叙事魅力，其对节奏掌控的游刃有余是重要因素。

报告文学叙事节奏的第三种形式是重现。“重现”，就是相同或相近的东西重复或多次出现。“这是节奏运动的重要标志，甚至可以这么说：没有重现就感觉不到什么节奏。”[③]的确，不管是自然景观，还是音乐艺术中，间隔之后的重现都会形成一种自然而然的节奏。叙事上的重复在中国古典叙事中有丰富例证，

①徐迟，《哥德巴赫猜想》，见《中国报告文学丛书》第三辑第五分册，长江文艺出版社，1982年，第98页。
②徐迟，《哥德巴赫猜想》，见《中国报告文学丛书》第三辑第五分册，长江文艺出版社，1982年，第116页。
③金健人，《小说结构美学》，浙江文艺出版社，1987年，第254页。

《西游记》中的“三打白骨精”“三借芭蕉扇”、《水浒传》中的“三顾茅庐”“七擒七纵”等。这种道理同样适用于报告文学。在报告文学叙事中，重现与间隔相伴存在。不管是什么方式的间隔，闪回、闪前，抑或省略、停顿，间隔后总会回到原来的叙述时间轨道。重现作为间隔的两个端点存在，是间隔的结果。凡是重现之间的那个部分，都可以视为间隔的存在。叙述频率中多次叙述多次发生的一次事件，也属于叙事节奏的重现。不过，重现并非意味着绝对意义上的叙事重复。毕竟，在读者的阅读习惯中，定然是厌恶和排斥单调拖沓的重复。相类似的叙事情节能起到一种连绵不断的律动感，但各个情节事件间还是存在明显差异性，因此重复叙事多处理为一种局部叙事技巧。例如曲兰的《老年悲歌——来自老父老母的生存报告》中涉及许多老年人生活艰辛、精神空虚的社会困境。文章在开头部分叙述了陈教授与厦大爷的悲惨生活，随后又采用几乎类同方式将其他十位老人的生存境况予以呈现，不厌其烦的背后却是节奏上深层次的律动，能给读者以巨大的心理冲击。

报告文学重现叙事比较典型的处理方式，是每次叙述只展示事件或人物的一个侧面，留给读者足够的想象空间。这样一来，读者的阅读兴趣将被最大限度调动，参与到文本主题意义的建构中，从而完成一次畅快的审美体验，如《淮河的警告》。也有部分报告文学采用不同人物视角去重现对同一个事件、人物的看法。重现的存在虽造成话语畸变，某种程度上也伤害了叙述的连贯性，但叙事节奏上的调节与变化反而刺激了读者的阅读兴致。因此，同样应将其视为是与转换、间隔具有同等地位的叙事节奏形式。

不管是转换，还是间隔，抑或重现，其变化不是体现在强与弱上，就是体现在密与疏上，而强度与密度正是构成节奏的主要要素。因此，现代报告文学叙事节奏的变化都围绕这三者展开。叙述时间切换的频繁程度与叙事节奏的强烈程度成正比。随着现代时间意识的普及，读者早已厌烦按部就班的单调线型叙事，可这并不意味着任何强度与密度的节奏更替都能被接受。毕竟，太过于频繁的叙述时间切换容易造成缭绕感的滋生而非节奏感的享受。

第三节　报告文学话语模式的基本形态

叙述语式“涉及叙述者向我们陈述、描写的方式”。[①]在小说叙事学中，它有着“讲述”与“展示”之别。而报告文学叙事存在两种主要语式——描写和叙述。这两种语式对应着报告文学的两个主要层面——故事与话语。两个层面本质上的差别就在于客观性与主观性的分歧。故事层面作为话语陈述物，与陈述物的主体相关，因而被认定为是客观性存在。这种差异性的呈现就是叙述者干预的一种本质化形态。

布斯在《小说修辞学》中用了较大篇幅论述叙述者的叙事干预。在他看来，这种叙述干预包含了提供基本事实、场景还原、概括、事件联系、意义升华、情绪控制及直接评论等。[②]他的这种观点与查特曼异曲同工。只不过，查特曼将布斯所提到的这些予以了故事与话语的分类。对故事的干预是一种叙述层面上的介

①[法]兹维坦·托多罗夫，《叙事作为话语》，见张寅德编选《叙述学研究》，中国社会科学出版社，1989年，第302页。
②参见[美]布斯著，华明、胡晓苏、周宪译，《小说修辞学》，北京大学出版社，1987年，第189—235页。

入，首先面对的是一些真实生动的叙述场景。而对于报告文学叙事而言，对话或人物话语是最常见的场景。因此，针对报告文学话语模式的研究，最终落归到对叙述者与人物语言之间关系的研究。“话语模式研究叙述与人物语言的关系，即叙事文中人物语言的表达方式。这里所说的人物语言不仅指叙事文中人物自身的讲话和思想，也包括由叙述者转述的人物的讲话和思想。”[①]根据人物语言同叙述者之间关系的不同形态可区分出四种话语模式：直接引语、自由直接引语、间接引语和自由间接引语。

其一，直接引语。“任仲夷深深地叹了一声：‘在中国搞学问不容易啊，有风险。’”[②]显而易见，这种话语形态是人物语言的实录，由引导词加引号来标示人物的对话或独白。引号一方面区分了人物话语与叙述话语，另一方面也将直接引语的独特性予以强调。因为完整保留了人物话语的语言特征，它的存在对于形成与区别人物性格具有重要作用。

人物间的对话是直接引语最常见的形式，通过对话，读者可以清楚看到人物间的种种关系：友好、敌对、争论、讽刺等。这诸多的人物对话类型也可划分为两类——交流型与含混型。交流型是为了实现双方人物之间的互相了解和对故事、逐步增加对世界的认知，因此，它往往通过闲适聊天甚至激烈辩论的形式来达成。例如，《天使在作战》中的这段话：“‘那么我来举报好了。’她说。‘你不是那些医院的员工，举报无效。’官员说。‘那么，除了医院的职工之外，谁举报有效？’她不甘地追问道。”[③]双方针

①胡亚敏，《叙事学》，华中师范大学出版社，2004年，第52页。
②李春雷，《木棉花开》，见《中国优秀报告文学读本》（下卷），浙江文艺出版社，2010年，第596页。
③朱晓军，《天使在作战》，见《中国优秀报告文学读本》（下卷），浙江文艺出版社，2010年，第548页。

对假冒医疗器械的举报问题进行了讨论交流。对话中，陈晓兰与官员的话都有明确含义，也在对话中实现了信息交换。另一种为含混型对话。人物的话语包含着多种理解的可能，虽在对话，却没有达到交流目的。不过，这种情况在报告文学中很少出现。

独白指人物与自己对话，将感受、看法和判断等说给自己听。“李书记皱起了眉头，咬牙切齿了。他心中想：‘唔，竟有这样的事！在中关村，在科学院呢。糟蹋人呵，糟蹋科学！被糟蹋成了这个状态。’”[①]这是李书记在看完陈景润简陋工作环境后的沉思默想。这种自言自语式的独白表面符合逻辑推理，却不乏叙述者主观的暗中操纵，甚至可视为叙述者自身意识的传达。

直接引语是报告文学场景叙事经常使用的形式。它的直接性与生动性对于人物形象塑造乃至推动叙事进程都意义重大。虽然因引号与引导词的存在，一定程度上破坏了它同其他叙述话语间的连贯性，但它所产生的音响效果很多时候却不可替代。与叙述话语间的离间感，反而有利于更强叙事效果的达成。

其一，自由直接引语。“美方说，供电问题保证不了，合作无法进行。”[②]这是一种特殊形态的直接引语，是省略掉引号甚至引导词的人物对话与内心独白的体现。它与直接引语的区别就在是否有提示，其“叙述特征为抹去叙述者声音，由人物自身说话，在时间、位置、语气、意识等方面均与人物一致”。[③]虽然去掉了引导词和引号，读者依然可以通过语气与意义清晰辨认出话语是属于报告文学文本中的哪一人物。

① 徐迟，《哥德巴赫猜想》，见《中国报告文学丛书》第三辑第五分册，长江文艺出版社，1982年，第114页。
② 李鸣生，《飞向太空港》，见《中国优秀报告文学读本》（上卷），浙江文艺出版社，2010年，第605页。
③ 胡亚敏，《叙事学》，华中师范大学出版社，2004年，第94页。

较之直接引语，自由直接引语的优势就是“自由”。因为缺少了叙述语境的胁迫与压力，叙述者“能完全保留人物话语的内涵、风格和语气”[①]。类似话语功能直接引语也能实现，但自由直接引语使读者能在毫无准备时，直接接触人物的“原话”。人物话语同叙述话语没有了提示与间隔，能更好促成叙述流向前发展。虽然说话人的自我意识弱化了，但其潜在心理活动却获得了很好表达。

基于灵活自由表达优势的自由直接引语，受到了现代报告文学作家们的青睐。这种话语形式对读者要求更高，叙述者的隐匿使得人物的声音需要通过读者自己去判断、去重建，促使读者更积极参与文本建构。这恰好符合了读者在一定程度上的阅读期待。新时期以来的报告文学叙事，还经常使用自由直接引语对人物的心理斗争与意识流动进行有效捕捉，如郭光允的《我告程维高——一个公民与一个省委书记的战争》、李西闽的《幸存者》等。

其三，间接引语。“第二天，又上课了。几个相当用功的学生兴冲冲地给老师送上了几个答题的卷子。他们说，他们已经做出来了，能够证明那个德国人的猜想了。”[②]显然，间接引语是叙述者以第三人称转述人物的语言和内心活动。“对话的‘内容’被保留，但在语法形式上却变成小说叙述者的讲述。”[③]叙述者往往在讲述过程中渗入主体意识，以自己的体悟、态度、语气等对人物语言进行解释和改造。因此，这是所有话语模式中叙

---

① 申丹、王丽亚，《西方叙事学：经典与后经典》，北京大学出版社，2010年，第156页。
② 徐迟，《哥德巴赫猜想》，《中国报告文学丛书》第三辑第五分册，长江文艺出版社，1982年，第102页。
③ [法]兹维坦·托多罗夫，《文学作品分析》，见张寅德编选《叙述学研究》，中国社会科学出版社，1989年，第61页。

事者干预较明显的一种。

在话语模式中，间接引语是与直接引语在语法上区别很明显的话语形式。符号差别是其最大的外化体现。直接引语一般有引号，间接引语则没有。人称区别也是二者差异的一个层面，直接引语用第一人称，间接引语用第三人称。从叙事层面看，叙述方式的不同是直接引语与间接引语最根本性的区别。人物话语与叙述者话语的不同承担使二者分野明显。间接引语是叙述者在转述人物的话，转述过程会出现两种不同类型：一是完整转述原话，基本再现原话意义；二是融入主观理解，进行必要的话语增删与调整，“故具有一定的节俭性”[①]，表现出叙述者的干预。第二种在报告文学中使用频率更大。

间接引语通过对人物语言的重新编排，使之达到服务叙述者的目的。这种灵活性能最大限度将叙述者的要求贯穿其间，也使叙述的流脉不至于被人物直接话语所打断。不过，这种转述也在某种程度上伤害了人物直接话语所具备的生动性、音响性与真实性。

其四，自由间接引语。“钱宗仁终于在记忆深处搜寻出一个错误，他少报了两岁年龄，可只有这样才能取得考试资格呀。”[②]同样是叙述者对人物话语和内心活动的转述，自由间接引语省略了引导词。它“是一种以第三人称从人物的视角叙述人物的语言、感受、思想的话语模式”。[③]虽然看起来只是一种客观的叙述语态，表现为叙述者的外化描述，但这种话语形式在读者心目中唤起的却是人物的声音、动作和心理活动。“自由间接

① 申丹、王丽亚，《西方叙事学：经典与后经典》，北京大学出版社，2010年，第160页。
② 孟晓云，《胡杨泪》，见《中国优秀报告文学读本》（上卷），浙江文艺出版社，2010年，第387页。
③ 胡亚敏，《叙事学》，华中师范大学出版社，2004年，第97页。

引语是现当代小说中极为常见，也极为重要的人物话语表达方式。”[①]这句话同样适用于报告文学。

首先，自由间接引语具有直接引语的生动性与表现力，同时又通过对人物语言的自由驾驭破除了直接引语的种种限制。选择与重组人物话语是直接引语无法拥有的权力。这种话语方式给予报告文学叙述者叙述的灵活性，也赋予报告文学读者阅读所需的在场感、生动感、可靠感。

其次，自由间接引语具有间接引语的特点，同时又更接近人物的话语和意识。虽采用第三人称叙述，但在时间与位置上，自由间接引语选择人物视角，在表达人物语言、印象、联想时具有人物的生动性和主观性。毕竟，有些话语若单纯由报告文学叙述者叙述，会使读者接受出现隔膜。自由间接引语是一种处于直接引语与间接引语间的过渡形式，“采用间接引语的语法形式，同时保留‘原始’对话中语义上的细微差别，特别是保留反映陈述行为主体的特征的迹象”。[②]

再次，自由间接引语最大特征在于它包容了叙述者与人物双重的声音。这也是自由间接引语同自由直接引语最大的区别。在自由直接引语中，叙述者处于隐退状态，人物取而代之；但在自由间接引语中，叙述者则承担了人物话语，人物通过叙述者进行讲话与表达。

归结而言，自由间接引语杂糅了直接引语、自由直接引语、间接引语的优势，又将其劣势克服。通过取长补短，自由间接引语越来越频繁出现在报告文学文本叙述中。不过，自由间接引语

① 申丹、王丽亚，《西方叙事学：经典与后经典》，北京大学出版社，2010年，第161页。
② [法]兹维坦·托多罗夫，《文学作品分析》，见张寅德编选《叙述学研究》，中国社会科学出版社，1989年，第61页。

中的叙述人物声音同叙述者声音之间还是存在着或大或小的距离，并不绝对等同。因此，读者在接受过程中会明显感觉到复调式的双响。而且，由于自由间接引语的实现很大程度上必须与视角相联系，因此，只有在零聚焦叙事的文本中，我们才比较多看到叙述者与人物的平行站位。毋庸置疑，这种干预与客观并存的话语方式恰恰最符合报告文学的文体要求，因此“充分发掘其叙述上的各种功能，无疑会丰富叙事文的表现力，并带来叙事文体上的变化和革新”。[①]

不同话语形式的区分有着方便学术研究的考虑，但在现实写作实践中，这几种话语形式却常常是夹杂混用的。“工宣队来问：为什么要搞1+1=2以及1+2=3呢？他哭笑不得，张皇失措了。他语无伦次，不知道怎样对师傅们解说才能解释清楚。工人同志觉得这个人奇怪。但是他还是给他们解释清楚了。这（1+1）（1+2）只是一个通俗化的说法，并不是日常所说的1+1和1+2。好像我们说一个人是纸老虎，并不就是老虎了。弄清楚了之后，工人师傅也生气地说：那些人为什么要胡说？他们也热情支持他，并保护他了。”[②]这段话中，直接引语、自由直接引语、间接引语等夹杂出现，从而实现了对陈景润性格的塑造及对特殊时期知识分子命运遭遇的同情。

“表达人物话语的方式与人物话语之间的关系是形式与内容的关系。同样的人物话语采用不同的表达方式会产生不同的效果。这些效果是‘形式’赋予‘内容’的新的意义。”[③]这四种话语模式共同构成了报告文学叙事文本中人物语言的千姿百态。

---

①胡亚敏，《叙事学》，华中师范大学出版社，2004年，第103页。
②徐迟，《哥德巴赫猜想》，见《中国报告文学丛书》第三辑第五分册，长江文艺出版社，1982年，第112页。
③申丹、王丽亚，《西方叙事学：经典与后经典》，北京大学出版社，2010年，第144页。

不同话语模式所具有的结构与审美功能上的优劣可见一斑。通过变换人物话语的表达方式、调整叙述的角度与距离、变换表达语气等，叙述者实现了对故事的有效干预。

在报告文学叙事中，还大量存在着包含叙述者主观态度与情感的非叙事性话语，并以此区别于小说等虚构文体。“非叙事性话语指叙述者（或叙述者通过事件、人物和环境）对故事的理解和评价。它表达的是叙述者的意识和倾向。”[①]如果说话语模式中的直接引语、自由直接引语等显示的都是人物声音，而间接引语与自由间接引语也很大部分是人物声音的话，那么非叙事话语所体现的则完全是叙述者的声音与观念。因此，我们甚至可将间接引语与自由间接引语中叙述者看法的渗入看作非叙事话语对叙事话语与人物话语的一种入侵。历来报告文学研究经常出现的“政论性”评价就可以视为非叙事话语在报告文学叙事中重要性的凸显，只不过，除却政治意识形态的评论之外，非叙事话语还将作者对待事件、人物、问题等的看法涵盖在内。因此，大可将非叙事话语看作报告文学作家叙事干预的有力武器，“也是20世纪中国报告文学作家包括文化观念在内的意识形态的特殊传达方式”。[②]

在虚构小说叙事中，叙述者主观的说教与品头论足常被认为是破坏小说叙事流畅性、完整性与艺术性的罪魁祸首。但是，叙述者在叙事文本中的存在决定了其声音存在的必然性，“可以在一定程度上选择他的伪装，但是他永远不能选择消失不见”。[③]尤其在非虚构的报告文学中，叙述者除了完成对故事材料的搜

①胡亚敏，《叙事学》，华中师范大学出版社，2004年，第103页。
②王晖，《二十世纪中国报告文学的叙述模式》，载《中国社会科学》，2003年第2期。
③[美]布斯著，华明、胡晓苏、周宪译，《小说修辞学》，北京大学出版社，1987年，第23页。

集、组织、表达与证实之外，还承担着解释、分析、修辞等更重要的功能。因此，较之小说叙述者往往选择隐蔽、含蓄的方式虚化存在，报告文学的叙述者则采用公开方式直接出面予以清晰的声音确证。“不过它尽管清晰，仍有强弱之分。”[①]我们可以将报告文学的非叙事话语按照声音强弱分成五个类型：概述、解析、衔接、抒发、揭示。这也就是报告文学非叙事话语的五种功能形态。通过这五个具体方式，叙述者实现了对话语的叙事干预。

其一，概述，也称概括，是和叙事过程中的描写与叙述相联系却又相区别的话语方式。具体处理过程中，有些接近描写。但是，描写是为了弥补语言作为叙事媒介的不足，并非想要去揭示叙述者的存在。而概述不同，叙述时间同故事时间的距离越大，就越能清晰感觉到叙述者声音的存在。它的功能在于缩短叙述时间，凸显叙述重点，加快叙事节奏。且看下面这一段话：

> 整整四个下午、四个夜晚，钱宗仁向我讲述了二十年自学的坎坷经历。他并非一个成功者，甚至可以说是一个失败者。我不停歇地记啊，记啊，他的一句句话，仿佛是胡杨树上流出的一滴滴泪珠。[②]

短短一段话，涵盖了采访时长、主人公自我评价、作者主观看法等事件成分，叙述时间跨度明显长于故事时间。短短几句，作为读者能清晰感受到钱宗仁论学生涯的坎坷、报告文学采访写作的艰难等。同时，作者的评价也呼应了标题。不过，总的来

① 罗钢，《叙事学导论》，云南人民出版社，1994年，第225页。
② 孟晓云，《胡杨泪》，见《中国优秀报告文学读本》（上卷），浙江文艺出版社，2010年，第377页。

说，这是报告文学非叙事话语中叙述者声音最微弱的一种。

其二，解析。概述更多围绕叙述时空的变化，而解析则围绕着与事件相关的内容、人物或问题等。解析旨在告诉读者一些其他渠道无法获取和理解的事实，“这些事件往往无法自然地出自某一人物的感受，需要由叙述者加以说明、补充和修正”。[①]包括时代背景、人物身份、故事梗概、人物特征、现象、问题等都常以解析的形式出现。譬如《没有家园的灵魂》中的这段话：

> 王建业，原深圳市计划局财贸处处长，从一个普通家庭走出，战胜“口吃”的自卑，在人生的旅途上一步一个脚印，一个脚印伴随着一个成功。他曾结过三次婚，有过三个国家的护照，境外有三个银行账户，但他的灵魂的归宿在何处？[②]

杨黎光在文本叙事的开头，对文本的主人公的人物身份、故事梗概、人物特征乃至他身上存在的问题等进行了概括式的解析。一方面，能够凸显题材的时代性、社会意义，另一方面，也是对读者的阅读导引。解析在现代报告文学中运用得比较广泛，如《包身工》对“包身工”制度的解析、《哥德巴赫猜想》对“哥德巴赫猜想”的解释、《唐山大地震》对地震现场惨状的分析等。解析时，叙述者处于旁观位置，能对事件的来龙去脉进行精确把握，作出合理的解释与判断。解析的存在显示了叙述者控制故事的能力，加快了叙述节奏，也方便了读者获取明确细致

① 胡亚敏，《叙事学》，华中师范大学出版社，2004年，第104页。
② 杨黎光，《没有家园的灵魂》，见《中国优秀报告文学读本》（下卷），浙江文艺出版社，2010年，第110页。

的文本信息。因此，它的使用缩短了与读者的距离，也赢得了读者的信任。解析的存在，是报告文学非虚构本质的重要凭借。

其三，衔接。衔接指叙事上的过渡，相当于传统意义上的起承转合。这种形式的非叙事话语是现代报告文学叙议结构特征的重要组成。通过叙述者声音的介入，打断叙事流畅性，也对读者阅读起导向作用。因此，其叙事干预功能不容小觑。《天使在作战》在写陈晓兰四处反映问题时，用了一段过渡性话语：

执法的官员啊，你明知道病人是受害者，为什么就不能保护他们？为什么非要等有资格的人来举报？在中国，有多少医生会像陈晓兰这样冒着下岗的风险去举报呢？[①]

与其说是过渡，不如说这是报告文学特有的结构要素。毕竟，除叙述者声音介入外，还包含了叙述进程的推动。读者在这样的话语阅读中既能紧紧抓住故事流脉，也能深切体会到叙述者的主观态度，其对读者的有意引导自不待言。

其四，抒发。在报告文学中，抒发指的是叙述者用具体言语明确表达自身对故事中人物、事件、问题等的情感倾向。这是报告文学叙述者公开姿态的重要方面，也是其叙事干预的标志之一。抒发的目的在于“达到对受众的感化与情绪控制”[②]的作用。梅洁的《西部的倾诉》在使用这类非叙事话语上十分典范：

我一直在想，什么时候西部的孩子们不再大批地失学，

---

①朱晓军，《天使在作战》，见《中国优秀报告文学读本》（下卷），浙江文艺出版社，2010年，第548页。

②王晖，《二十世纪中国报告文学的叙述模式》，载《中国社会科学》，2003年第2期。

西部的大人们不去封杀悬挂在教室里的“喇叭花”（如果有老师悬挂的话），西部的儿童们也能倾听有关“妈妈的子宫”的温暖的声音……那时，西部将告别贫困告别愚昧，西部的森林和草就会慢慢长起来，而西部的孕育就将交融着温暖的理性与激情。①

在央视二套节目引发思考后，作者结合采访经历，用几段话谈了自己对西部贫困问题的真知灼见。这些情绪借排比句式抒发，既能表达自己由衷的期待，也实现了对读者的情感控制与感染，使他们统一到叙述者意识之下。

其五，揭示。“这是叙述者对人生、社会的探讨和看法，它往往超越了作品的范围而具有普遍意义。”②这类话语在报告文学叙事中随处可见。尤其是20世纪80年代以来，报告文学更侧重从普遍意义去探讨某个事件、人物、问题所带来的整体反思，通过人类生存的本质进行哲学、道德、伦理等层面上的深思，表达深层次的文化关怀。以《伐木者，醒来！》为例：

我们每一个人都只有一个母亲，人类共有一个地球。什么时候，人类世界少一点强权，少一点争斗，少一点厮杀，而把地球当做是一个古朴的自然村，人类中的每一个成员都是普通的村民，小心翼翼地爱护着属于人类的这个自然村的一切？③

---

①梅洁，《西部的倾诉》，见《中国优秀报告文学读本》（下卷），浙江文艺出版社，2010年，第339页。
②胡亚敏，《叙事学》，华中师范大学出版社，2004年，第110页。
③徐刚，《伐木者，醒来！》，见《中国优秀报告文学读本》（上卷），浙江文艺出版社，2010年，第581页。

面对着森林无度砍伐的惨痛现状，徐刚从全人类高度抒发自己的看法。议论过程中，叙述者并没有拘泥于具体的人和事，而是从更高层面上完成了超越，与“抒发”相比，“其叙述的语气、用词更富理论性，也并不显得那么‘煽情’”。[①]这是报告文学文本中非叙事话语使用的最高境界，也是报告文学文化批判性最直接的表征。20世纪80年代出现的一系列全景式、集合式的报告文学中，这种普遍意义上的议论与总结如影随形地出现在文体叙事进程中，引发读者思考。

现代报告文学非叙事话语的五种形式，或叫非叙事话语的五种功能形态，在整个报告文学发展历程中都有不同程度的体现。在大部分文本中，这些非叙事话语是以交叉混合的方式使用的，它们的存在能够在叙述进程中起到一定程度的离间效果，控制并引导着读者对文本的解读。同时，在某种意义上，不同的叙述者在对非叙事话语使用过程中所体现出来的不同风格态度，也造就了不同风格的报告文学作家。

第四节　报告文学文体叙述的读者意识

不论是叙述时间、叙述节奏还是话语模式，其实都指向同一话题——报告文学叙述的读者意识。传统文学研究关注社会、历史、个人等因素，“意义存在于作者的意图之中，而作者的意图很大程度受制于他的个人经验、心理以及他所处的社会环境、历

①王晖，《二十世纪中国报告文学的叙述模式》，载《中国社会科学》，2003年第2期。

史条件”。[①]这就不难理解为何以前文学研究总是不断产生作家传记、历史考证、文学史等学术成果了。的确，时代、政治、个人出身、教育经历等都会对作家写作产生重要影响，对其进行深入透彻的研究无可厚非。但这并不等于文学研究的全部，或者说只占较小比例。

将文学艺术视为生产活动早已是当下文学研究的“集体无意识”，特别是在市场经济背景下，消费语境似乎慢慢成了文学不可绕过的话语场。在这一流程中，文学创作与接受是同一链条中的不同环节，接受面的宽广程度逐渐成为文学作品价值评判的重要参照。这种情形在现代传媒介入文学的最开初就已产生，而且随着时代变迁变得更加明显。任何文学作品的完成都需要作者和读者的通力合作，失却任何一方，文学生产都无法实现。没有作者富于创造性、苦心经营的付之笔端，读者就丧失了可资阅读的凭借；而如果没有读者体察入微、孜孜不倦的精心阅读，作品也不能算完成，更深层意义上的价值渗透与观念潜移更无从谈起。不为过地说，文学作品都是“被完成”的。

对此，20世纪六七十年代由德国文艺学家姚斯、伊瑟尔、波兰美学家英伽登等人提出并逐步完善的接受美学理论给出了合理解释，作者、读者、隐含作者、隐含读者等概念相继出现，将文学研究大步推进。这种全新的文学研究思维方式很快被各个文体研究所采纳、推广。文本的召唤结构在吸引读者的同时，也完成了自我的再创作。真正意义上的文本价值生成与再生成，需要作者、读者共同努力。“阅读每一部文学作品，核心的问题是作品的结构与其接受者之间的相互作用。”[②]文本是作者同读者进行

①胡亚敏，《叙事学》，华中师范大学出版社，2004年，第187页。
②[德]沃·伊瑟尔著，金惠敏等译，《阅读行为》，1991年，第25页。

交流的凭借。报告文学叙述者深具读者意识，其对叙事节奏的调节，很大程度上源于他们对读者的重视。

就报告文学来说，读者意识指写作中的客体意识。正如伊瑟尔指出，对于任何报告文学文本，在创作过程中始终存在着“隐在读者”（Implied Reader）。这一“读者”深刻影响着创作的任意环节，“隐在读者概念就表示了一种反应邀请结构的网络系统，这一系统迫使读者抓住本文”。[①]报告文学作家的创作必须体现出与隐含读者之间的沟通、交流，否则文本就无法被接受，文本意义也就无从谈起。而交流的过程，就是作家叙事策略得以张扬的阵地。理论的缠绕当然没有例证解析来得生动形象，以下就以《哥德巴赫猜想》做一个实证分析，看看作为叙述者的徐迟是如何做到对读者的回应与召唤的：

一、调整人物与读者距离，增加人物对读者的吸引力与召唤力。

在绝大多数的阅读行为中，感同身受也许是读者与文本人物之间关系的最佳状态，但并非任何文本中的人物都可以和现实中的所有读者达成默契。毕竟，每个人都是独立自在的个体，家庭出身、受教育程度、社会阅历等的差别都会左右一个人对另一个人的认同。这一方面解释了不同读者对同一文本迥异的阅读效果，却更平添了作家创作过程中构思与考虑的困难。读者同文本人物之间的距离问题，其实就是二者在信息交流上的默契程度。如果双方没有信息上的共通与互动，那就无法通过文本实现交流。而作为文本创造者的作者，要做的就是以自己精心的设置来不断调节、掌控二者之间的距离。富于变化的距离可以让作品中

①[德]沃·伊瑟尔著，金惠敏等译，《阅读行为》，1991年，第44页。

的人物更加血肉丰满，增加对现实读者的吸引力。

《哥德巴赫猜想》中所叙述的陈景润作为知识分子的一员，显然不可能被社会熟知，而他从事的数学科研更属于社会异类。身份决定了他在现实读者群中能寻得“信息共享”关系的人少之又少。所以，作者处理过程有意不断变化陈景润与读者间的关系距离——福建乡间的普通家庭出身突出了他的底层身份，废寝忘食、昼夜不舍的潜心思考与精密测算体现出的拼搏精神增强了他的人格感染力，而国家领导人接见则让那个时代的知识分子在历史迷雾中看到了依稀明火。不同层面的读者都能在他身上找到些许信息默契。距离的拉近无疑增加了文本在现实阅读中可展开的辐射面。按照接受美学的观点，作者的这些叙述策略在文学接受过程中很有力控制了事先安排下的不同层次的理想读者，从而获得各个层次的读者对人物认可的广泛性。

二、设置阅读陌生感，诱惑读者的“阅读进入”①。

熟悉阅读或精于阅读的人都会发现：任何读者因为个体差异性与不完整性，都不可避免存在阅读盲区（非兴趣点）。不过，这也带来了另外的好处，专注于某一文体或领域的阅读，就能实现对该区域的相对熟络。当这样的熟悉以白纸黑字出现在读者面前时，信息参照会更好地帮助读者完成阅读，却也失却了阅读的“发现”乐趣。的确，真正意义上的阅读所牵挂的并非这些有助于阅读的惯性，反而是那些陌生化的东西，无时无刻不诱使着读者将阅读进行到底。

辞旧迎新的时代里，《哥德巴赫猜想》所呈现出来的诸多陌生化讯息中，“哥德巴赫猜想”这一世界性的数学难题本身无疑

---

①郭志云，《读者意识及其叙事功能——〈哥德巴赫猜想〉再解读》，载《常熟理工学院学报》，2012年第1期。

是最大诱惑。科学在那样一个压抑的时代显得可有可无，看似简单无趣的数学推理运算更加不会被社会熟知。因此，作家在对陈景润简单而复杂的身份进行阐述时，不得不将许多科学界的术语名词纳入文学叙事中。看似无心插柳，实则用心良苦。如文中使用陈景润相关论文的时机：开头导入方便读者对概念本身的第一印象，第五章对“哥德巴赫猜想”的概要性介绍随情节展开，而第八章、第十一章演算过程的片段式引用则让读者看到了陈景润作为时代知识分子所秉承的执着精神与忘我努力。陌生感本该是阅读的障碍，却也“胁迫”着读者阅读，甚至选择“哥德巴赫猜想”作为题目也暗含对读者的诱惑。

三、巧用“插入”等策略，打破读者的阅读预期。

每一个阅读流程，读者总会依照阅读经验、阅读喜好等对文本提供的事件发展作出符合期待的逻辑推理和价值判断，这也是阅读快感获得的重要仰仗。如果叙事过程总在读者的“阅读期待”[①]中进行，阅读快慰便无从谈起。这就要求作者在文本叙事过程中对读者期待有足够预期，并采纳“重复”“中断”“插入”等技巧实现对读者的有效刺激。叙事者的隐退可以增加叙事节奏的紧凑，但非叙事话语的存在有时却能在打破读者阅读预期上大有可为。

《哥德巴赫猜想》显然也采纳了许多适宜的插入与打断。“说这话的人才像白痴呢”，“真是愚公一般的精神啊”[②]，这样带着作者自身情感评判的非叙事话语不胜枚举，而且这样的“评

---

①陈岳松，《何建明报告文学的读者意识研究——以教育三部曲为例》，载《青春岁月》，2012年第13期。
②徐迟，《哥德巴赫猜想》，见《中国报告文学丛书》第三辑第五分册，长江文艺出版社，1982年，第110页。

述是必要的"[①]。叙述节奏发生了有意变化，叙述链条的完整性不断被作者的主观介入冲决，那些本该是读者阅读过程中即兴而发的感受突兀出现在了读者眼前，这样的阅读间歇带给读者以快慰，佐证读者的阅读感受，并串联着阅读流程。看似无意"中断"，实则有意而为。作者时而在场，时而退场，却无时无刻不召唤、引导着读者的阅读。叙述过程中出现的一些断裂性（或称过渡的跳跃性）则平添了几分阅读的陌生化。阅读预期在被打破的同时，却也不停歇地实现着自我建构。

距离调控、陌生化、打破期待，这一系列叙事技巧的使用都是对叙述时间、叙事节奏的调节。所以，报告文学叙述者对叙事节奏的重视就是叙述者读者意识的典型体现。而事实上，现代报告文学不同的发展阶段，读者意识的显隐与指向也是有差别的。

萌生期报告文学的读者意识并不很明显体现在文本内部，虽然也有时序上的调整，也有转换与一定间隔，但本阶段的叙述者往往在其文头就交代了他对读者负责。如梁启超《新大陆游记》的凡例部分，"此次所至，承我海外同胞异常之欢待，实不克当。本宜详述以志感谢，但限于篇幅，详叙或失诸冗漫，使读者生厌。故此类之笔记，悉从删去，诸君谅焉"。[②]正是充分考虑到读者的阅读期待与阅读习惯，才使这本寄寓作者政治理想的纪游体报告文学能在当时很快获得受众肯定。同样情况也出现在《赤都心史》序中，瞿秋白明确谈到了对读者的重视，"我愿意读者得着较深切的感想，我愿意作者写出较实在的情事，不

①涂怀章，《报告文学概论》，湖北人民出版社，1984年，第17页。
②梁启超，《新大陆游记》，见《饮冰室合集》专集之二十三，中华书局，1989年，第1页。

敢用枯燥的笔记游记的体裁。”[①]为避免枯燥，瞿秋白采用了杂记、散文诗、读书录、游览记等多种形式。《旅欧通信》也采用了类似做法，“我想这是国内的人所急于要知道的”，“阅者诸君要拿这篇文字作有宣传鼓吹的意义在内亦可”。[②]周恩来在说明自我意图时充分与隐在读者进行交流，从根源上避免了误读的可能性。

20世纪30年代现代报告文学获得了突破式发展。本时期报告文学在凸显读者意识上开始选用相对隐蔽的方式，但叙述者还是常常按捺不住站出来同隐含读者进行交流。例如《中国的西北角》中类似“记者久有入青海一行之意，欲代一般读者亲历青海以观究竟之劳”[③]这样的话语很多，作者显然有意识同读者拉近距离。最典型的当属《包身工》。转换、间隔、重复等叙事节奏上的调控不再赘言。单单就叙述者有意同隐含读者的对话就能找到足够多的例证。“到杨树浦去的电车经过齐齐哈尔路的时候，你就可以听到一种‘沙沙的急雨’和‘隆隆的雷响’混合在一起的声音。一进厂，猛烈的噪音就会消灭——不，麻痹了你的听觉，马达的吼叫、皮带的拍击、锭子的转动、齿轮的轧砾……”[④]作者将读者设想为自己，进行旁观式的调查。随后，他又把读者假想为包身工，领受着非人的待遇，让读者体会到了身临其境的压迫感。也正是这种在场感的获取，方便了读者对包身工制度的认知与批判，更加完备地实现文本的叙事功能。

---

① 瞿秋白，《赤都心史》，见《中国报告文学丛书》第一辑第二分册，长江文艺出版社，1981年，第92页。
② 周恩来，《旅欧通信——勤工俭学生在法最后之运命》，见《中国报告文学丛书》第一辑第二分册，长江文艺出版社，1981年，第180页。
③ 范长江，《中国的西北角》，见《中国报告文学丛书》第二辑第一分册，长江文艺出版社，1981年，第84页。
④ 夏衍，《包身工》，见《中国报告文学丛书》第一辑第一分册，长江文艺出版社，1981年，第272页。

20世纪50年代以来的报告文学，在同读者交流沟通上依然表达直露。《谁是最可爱的人》中有这样一段话："朋友们，当你听到这段英雄事迹的时候，你的感想如何呢？你不觉得我们的战士是可爱的吗？你不觉得我们的祖国有着这样的英雄而自豪吗？"[①]整个报告文学围绕同"朋友们"的问答式交谈展开，充分体现了魏巍在写作过程中高扬的读者意识。不过，由于政治制导，本时期整体的报告文学有凌驾于读者之上的趋向。只有当新时期来临时，报告文学对于读者的关怀才重回本真。徐迟的《哥德巴赫猜想》很好代表了这个阶段报告文学读者意识的纳入，解释、串联、打断、诱引等无所不包。

20世纪90年代以来的消费语境，传媒更新换代的速度加快，其对报告文学的隐在作用不断增强。在此前提下，读者意识的明确更加顺理成章。在信息化的社会里，在数字化的时代背景下，现今报告文学的文体与兴盛时期的文体相比，更加需要考虑到读者的阅读需求和时代的审美趣味，"轻骑兵"特征的退化、电视报告文学的出现等就是明证。

所以，作为一种叙事文体，报告文学创作必须充分考虑到阅读人群的期待与需求，采取适当叙述策略，以诱引着越来越多的读者加入报告文学文本阅读的大军中，持续扩大这一文体的影响力和辐射面。

---

① 魏巍，《谁是最可爱的人》，见《中国报告文学丛书》第三辑第四分册，长江文艺出版社，1983年，第57页。

第六章
报告文学的文体类型

陈平原曾说："将文学的第一级分类（如诗歌、戏剧、小说等）称为'体裁'（type、kind），而将第二级分类（如历史小说、侦探小说、科幻小说）称为'类型'（genre）。"他是在研究小说时运用了"类型"这个理论术语，旨在描述小说类型划分的范畴、轮廓、界限、特性以及它们在文体中的相互关联。经过几代学者的尝试、努力和创造，小说类型学取得的丰硕成果有目共睹，并很快辐射到了诗歌、散文等其他文体。这种类型划分的研究方式，很大程度上得益于西方形式主义与结构主义的强大影响力，包括雅各布森、布罗普等都是其忠实拥趸。而德国美学家姚斯更在《接受美学与接受理论》中指出，"文学的形式类型既不是作家主观的创造，也不仅是反思性的有序概念，而主要是一种社会现象。类型与形式的存在依赖于它们在现实世界的功能。"[①]莫·卡冈在《艺术形态学》也提出了类似观点："种类和体裁不是学究们臆想出来的，已经衰亡的，'裸露的'，'空洞的'形式结构，而是其中历史地发生着'内容的凝固和稳定'的

---

①[联邦德国]姚斯、[美]霍拉勃著，周宁、金元浦译，《接受美学与接受理论》，辽宁人民出版社，1987年，第126页。

形式。”①

对于报告文学文体而言，明确以上理论前提非常重要。虽然现代报告文学发展时域不长，但就文体内部而言，还是呈现出了诸多不同类型及各自发展趋向，且每个类型的差异特征都体现在了内容与形式双重层面。针对这一问题，茅盾、毛微昭等几代学人都进行了个性化阐发，但基本停留在套用其他文体分类方式上，且大多拘泥于报告文学内容层面的分化，缺乏整体性的全面关照，无法实现从类型学对文体的深度透视。报告文学文体的特殊价值伴随时代已越来越无可取代，这种多方面、深层次的文体优越性有待于通过类型学的引入进行适度区分与深入辩证。借鉴其他文体的类型分类标准，同时彰显报告文学文体的特殊性，以下从篇幅长短、创作动机、文体风格及结构形态进行一个探讨。

第一节　篇幅长短：微型、短篇、中篇、长篇

篇幅长短是读者接触任何文学作品首先遭遇的最直接感受，报告文学亦然。因此，首先选择以篇幅长短为标准对报告文学进行文体分类。实际上，早在20世纪80年代，就有学者以此进行了分类，可惜淹没在创作大潮中。当时，许多刊物在认定报告文学篇幅的差异性概念时，偏差较大。比如1982年全国首倡“小报告文学”的《福建青年》杂志刊发的“小报告文学”作品，字数都在三四千字。但该刊三位编辑从全国报刊筛选的三十一篇小报告文学选集时，字数标准却变成了不超过一万字。同时期的《解放

①[苏]莫·卡冈，《艺术形态学》，学林出版社，2008年，第18页。

军文艺》认定的“小报告文学”字数则在几百到六千之间。而《报告文学》杂志则将“小报告文学”的字数限定在五千左右。同样一个概念，却出现了几百到一万的明显距离，难怪有人提出将万字文章命名为“小”实在有些滑稽。类似问题也出现在对“微型报告文学”认定上，《浙江日报》副刊与《四川工人日报》所刊同类报告文学字数出现了两千左右与一千左右的差别。要解决认识不一问题，关键是在对报告文学文体根据篇幅长短的分类上有一个约定俗成的标准。正如现代小说依据篇幅长短可分为长篇、中篇、短篇、微型小说，中国报告文学文体发展至今，也完全有必要对其进行名正言顺的篇幅划分，既然尚未有独立自主的话语体系，大可发挥“拿来主义”的精神，套用小说的类型分类概念，将其区分为长篇、中篇、短篇、微型报告文学。

微型报告文学，也称小报告文学，篇幅不超过五千字，比如宋之的《一九三六年春在太原》、魏巍《谁是最可爱的人》、王石与房树民合作《为了六十一个阶级兄弟》等典范之作。通常情况下，这类作品往往围绕一个“看起来似乎不那么震惊的人物和事件，同样隐藏着深刻的生活本质和时代的内涵”[①]来展开叙述，撷取最典型、最能反映人物个性特征、思想本质的一个场面，一个片断、一次谈话，进行轮廓式、粗线条，鲜明概括的描写。通常情况下，这个类型的报告文学没有完整的故事情节，绝少落脚到十分具体的人物或事件。微型报告文学的写作，聚焦描写对象最本质、最主要的特征，见微知著，使其具有耐人寻味的艺术效果。

短篇报告文学指篇幅在五千字以上、两万字以下的报告文

① 王光明，《砣砣以求又一年》，载《福建青年》，1985年第5期。

学作品。比如夏衍的《包身工》、穆青等合作的《县委书记的榜样——焦裕禄》、何建明的《永远的红树林》等。这一类型的报告文学往往聚焦较为宏大的时代话题，以小见大，通过小的视域展示大的时代主题。稍显宽裕的篇幅，使这一类型的报告文学往往在人物形象塑造、作者主观评判等用墨颇多。短篇报告文学最主要特征是篇幅容量较小，形式上灵活多变，能迅速反映现实生活中人物和事件急剧变化的片断。因为篇幅的限制，这类报告文学的人物描写和事件叙述，多采用白描和粗笔，“重点突出，语言简练、含蓄，给读者以回味、思索的余地”①。

中篇报告文学指字数介于二万与五万间的报告文学作品。比如徐迟的《哥德巴赫猜想》、李延国的《在这片国土上》、李春雷的《木棉花开》等。这类报告文学往往以重要的时代话题，为先置，通过具体而微的形象塑造、情节展开回应时代对文学的诉求。政治、经济、社会、文化等领域的时代话题，都可以在报告文学文体中得到非虚构的反映。这一类型的报告文学占有较大比重，其主要特点是介于长篇和短篇之间，篇幅适中。与长篇相比，其容量仍相对有限，所以中篇报告文学取材有一定时空限制，更多选取典型的细节来再现还原某一人物或事件。总体而言，中篇报告文学的人物刻画和事件描写比较细致、详尽，情节变化的曲线也呈现出了更好的节奏美。

长篇小说的底线是十几万字，在这一点上，报告文学与小说略有不同，通常五万字以上就可名之长篇，如钱刚的《唐山大地震》、何建明的《浦东史诗》、纪红建的《乡村国是》等。长篇报告文学往往选择重大题材和主题，塑造具有鲜明个性和艺术典型

①庄涛等，《写作大辞典》，汉语大词典出版社，1992年，第394页。

性的人物形象，或讲述具有历史意义、震撼人心的事件。因篇幅优势，这类报告文学在记录和书写历史与时代、刻画血肉丰满的人物、全面生动的客观叙述等方面较其他类型更游刃有余。

应该说，从篇幅上对报告文学进行分类，前提是各个类型的报告文学作品都有其代表作，同时占有相应的份额。这种分类方式的实现，标志着报告文学文体的真正成熟。但分类结果又带来了文体的优劣评判问题，是不是微型、短篇、中篇和长篇在报告文学中有同样的文体地位呢？或者说读者通过阅读不同类型的报告文学作品，其收获是否有明显差别呢？

"每一个时代产生了它的特性的文学样式，'报告'是我们这一匆忙而多变的时代所产生的特性的文学样式。"[①]茅盾在20世纪30年代对报告文学的文体定位，虽在后世文体研究中被持续不断提起，但其时代的合法性似乎在语境的更迭中逐渐消解。战火纷飞的时代，需要文学以轻便的形式快捷展示和反映现实生活，所以短小精悍的报告文学在内忧外患的中国应运而生并迅速走向高峰。许多原先从事其他文体创作的作家，如郭沫若、茅盾、周立波、周而复、老舍等都加入报告文学创作队伍中，甚至不惜冒着炮火奔赴前线进行采访写作。也就在这一时期，短小精悍的报告文学佳作频出，如夏衍的《广州在轰炸中》、范长江的《中国的西北角》中的许多篇章、黄钢的《开麦拉之前的汪精卫》等，一篇篇凝结着血与火、闪烁着时与势的报告文学共同奏响了文学的连珠炮，推动着该文体在中国走向了第一次高潮。以《包身工》为代表，本阶段的报告文学基本聚焦一个人物、一个问题、一个场景或一个生活片段展开，短小精悍而又形象生动，

①茅盾，《关于"报告文学"》，载《中流》第1卷第11期，1937年2月20日。

以点带面地展示当时社会、经济、政治、军事等的资讯。《包身工》虽仅九千余字，却为我们塑造了典型的"芦柴棒"形象，传神再现了那个时期中国工人备受欺凌的凄惨画面。时过境迁，这些典型文本的影响力并没有被历史遮蔽，反而历久弥新，散发着持久的文学魅力。事实证明，不论是国家危难还是随后的社会转型期，"轻骑兵"式的报告文学都是最吻合时代需求的。

中国报告文学文体的第二次高潮，出现在改革开放大幕拉开不久后的80年代。思想解放带来文体的解放与作家创作热情的高涨，报告文学以一种令人讶异的姿态异军突起，佳作井喷，牢牢把控了文学主流。以《哥德巴赫猜想》为代表，包括《一封终于发出的信》《热流》《三门李轶闻》等在内，本时期报告文学的发轫阶段，基本还是五万字以内的中短篇之作，不论是否定前一阶段的历史错误，还是讴歌改革开放的大胆前卫，报告文学作为"轻骑兵"的快捷性与战斗性无可比拟。然而，随着改革开放的深入和社会主义现代化事业的发展，历史沧桑巨变、社会总体转型、生活五光十色等也带来了报告文学文体的转向。篇幅短小似乎成了全方位、多角度展示现实生活的巨大障碍，广大报告文学作家首先从字数上冲决了文体原有的规范与秩序。"全景式"报告文学的出现，宣告了报告文学更加开放的发展姿态和更自觉的文体意识。自1985年开始，这类型报告文学作品如雨后春笋般涌现，包括《中国农民大趋势》《命运》《唐山大地震》《神圣忧思录》，以及后来的《飞向太空港》《中国农民调查》《希望工程纪实》《部长与国家》《大江北去》等。篇幅增加，既体现在内容延展，也在人物关系的复杂化、时间线索的纵横交错、理论思辨的深入性、时空界限的突破性等方面有明显体现。为避免因篇幅过长，影响报告文学的接受群体，报告文学作家们同样在艺术概括、人物塑造、艺术构思方面用力颇多。可以说，篇幅增多不仅是形式上的量变，更可以看作报告文学文体的一次深度蜕变。新世纪乃至新时代以来，包括《国运》《中国天眼：南仁东传》《浦东史诗》等在内，篇幅变长的报告文学并没有因此堕入文体低潮期，反而为越来越多读者描摹了一幅幅波澜壮阔的时代画卷。

当然，与长篇幅报告文学一同出现的还有大部头报告文学作品的大量涌现。特别是20世纪90年代以来，动辄二三十万字，多达七八十万字的卷帙浩繁的报告文学已不在少数。市场经济驱动下，部分报告文学作家开始追逐长篇幅带来的稿费版税等经济利益，信马由缰地将一个个本来可以用短篇的拉成了中篇、中篇弄成了长篇，王蒙见此戏谑称之为“变芝麻为西瓜的报告文学”。由此带来的是报告文学文体发展的诸多困惑，中篇佳作凤毛麟角，短篇更是屈指可数，以至于鲁迅文学奖、徐迟报告文学奖等评选的报告文学基本都是长篇之作，且篇幅远超五万字。

实际上，在百余年中国报告文学发展史上，堪称优秀的报告文学作品从篇幅上来看其实有长有短，有的长而好，有的短而精，究竟是长好还是短好？“轻骑兵”还是文学的“重器”[①]？众说纷纭，观点不一。拘泥于“轻骑兵”来评判新世纪报告文学创作长篇当道的局面当然有失偏颇，但也不意味着短篇就无法表现大题材、大时代。即便是在“全景式”报告文学风行的80年代，包括如《强国梦——当代中国体育的误区》《中国的“小皇帝”》《阴阳大裂变》《世界大串联》等至今读来依旧震撼的力作，实际上均为三四万字的中等篇幅。1981年至1987年间，四届

① 丁晓原，《从“轻骑兵”到文学“重器”——新中国70年报告文学的一种速写》，载《文学报》，2019年9月26日，第18版。

全国优秀报告文学奖共评出107篇作品，除3部为长篇，其他均为中短篇，且以万字左右居多。新世纪，仍不乏中短篇佳作：何建明2004年的《永远的红树林》表现科学发展观的宏大时代主题，篇幅仅有一万六千字；李春雷2008年创作的《木棉花开》仅两万字篇幅，却艺术地报告了任仲夷对广东改革开放的卓越贡献，广受好评，全国有多达几十家报纸转载，甚至有省份以正规文件形式印发全省各级党政部门专题学习；蒋巍2010年全程记录我国高铁成就的《闪着泪光的事业》、全景书写将千古荒原开发为“中华第一粮仓”艰苦历程的贾宏图的《仰视你，北大荒》同样才两万字篇幅。“突发事件的发生，让作家没有足够的时间进行采访；或者从新闻的时效性考虑，作品需要早日面世。这两方面无疑是中短篇报告文学的独特价值与意义之核心所在。”①可见，报告文学的好与坏并不能简单通过篇幅长短来衡量。

之所以出现篇幅越来越长的趋向，并非只是报告文学作家的主动而为，更在于诸多外在因素的诱导。一方面，随着时代的风云交替，报告文学作家面对的社会历史语境更加复杂化，不论是要状写的先进人物，还是聚焦的社会问题，抑或重大现实或历史事件，其内容的涵量都已不再是中国报告文学草创期那种相对简单纯粹的境况。另一方面，与报告文学发生发展息息相关的报纸越来越受到公众漠视，再加上文学边缘化带来的冲击，使得许多报告文学作品只能转向在相关文学刊物上发表。这就要求报告文学作家们迎合刊物的定位、需求等，努力炮制具有爆炸性的报告文学经典，以彰显文体的广度、深度与力度，同时吸引更多读者阅读。事实证明，以刊物为阵地的报告文学并没有因快餐式、

①傅逸尘，《中短篇报告文学之魅——张子影〈大国之翼〉读记》，载《文艺报》，2019年8月16日，第6版。

碎片化的阅读而丢失了其独特文体价值，反而出现了“读者更多了，影响更大了”[①]的繁荣景象。虽然随着市场经济带来的巨大冲击，文学整体边缘化，报告文学也曾一度做了绝佳注脚，但事实上，在广大的受众中，还是呼唤着史实性的作品诞生，因为只有这样，才能够真正无愧于这个伟大的时代。

第二节　创作动机：写人、记事、述实、立传

在中国报告文学经年累月的写作实践中，已逐渐衍生出不成文却有诸多拥趸的说法——“七分题材三分写”，甚至有人提出了“报告文学是题材决定论”[②]。的确，“作为一种以现实性表达为主要取向的非虚构文体，题材选择之于报告文学的重要性不言而喻”。[③]报告文学作家选择了什么样的题材作为创作对象，很大程度上能看出他的识见度和敏锐力。甚至有研究者提出，题材选择是一部报告文学能否最终获得成功的最关键因素。而透过题材选择背后，我们能够深层次窥视到的是不同作家在创作目的或称之为动机上的明显差异性。在某种意义上，题材选择即创作动机的一种实际折射。就目前而言，现代报告文学创作呈现出写人、记事、述实、立传四种动机形态。

第一类型是旨在写人的报告文学。王宏甲曾说：“报告文

① 梁多亮，《试论报告文学的分类——从报告文学的短与长说起》，载《成都大学学报》，1987年第4期。
② 杨晓升，《题材选择对报告文学作家的意义》，载《文艺报》，2011年11月14日，第3版。
③ 王晖，《敏于艺术营构的地方性纪实——读刘国强的报告文学》，载《当代作家评论》2019年第4期。

学是文学，就一定要有人物。”[①]严格说来，所有报告文学作品都涉及人，“不管是大人物的丰功伟绩，还是小人物的欢乐与忧伤”[②]，写人是“报告文学创作的中心问题”[③]。写人报告文学是指人物形象描写占据了较大分量，人物是文本的核心，并且沿着人物的命运和性格发展线索展开了若干事件。有的作品集中笔墨写重大事件，在宏阔的时代背景中描写人物；有的作品则专注于人物的性格发展乃至于生平的细枝末节，于细微处见精神。代表性作品如黄钢的《开麦拉之前的汪精卫》、柳青的《王家斌》、徐迟的《祁连山下》《哥德巴赫猜想》、杨黎光的《没有家园的灵魂》、陈启文的《袁隆平的世界》、王宏甲的《中国天眼：南仁东传》等。“报告文学中的人物，虽然不像小说中的人物那样要进行典型化的塑造，但是，仍然需要十分重视，要在不违背真实性原则的前提下，调动许多文学手段和技巧进行刻画。”[④]报告文学写人物，实际上聚焦的是人物的道德品质或精神境界。因此，在写人过程中，作家往往选择几个富有代表性的事件、场面，凝聚于人物精神品质的闪光点，从而展示人物性格发展某种内在的必然性。同时，报告文学写人物既重视状写宏大历史背景，“激扬着鲜明的时代精神”[⑤]，更注意择取富有特殊意义的细节与闪光点，以凸显人物的灵魂高度，照亮文本。《县委书记的榜样——焦裕禄》写焦裕禄与肝病病痛作斗争，经常用一根硬的东西一头顶着隐隐作痛的肝部，一头顶在藤椅右边，日复一日，

---

①刘斌，《王宏甲：在信息时代的前沿创作》，载《时代报告·中国报告文学》，2015年10月号。
②徐剑，《写好小人物的欢乐与忧伤——我写报告文学的心路历程（之一）》，载《广播电视大学学报》，2017年第3期。
③刘真福，《论报告文学的写人艺术》，硕士学位论文，中国社会科学院研究生院，2000年。
④涂怀章，《关于报告文学的写作》，载《武汉师范学院学报》，1980年第3期。
⑤丁晓原，《新中国70年报告文学：荣光与梦想的致敬》，载《文艺报》，2019年9月25日，第2版。

藤椅右侧竟被顶出了一个窟窿。《竺可桢》为了表现主人公热爱气象科学，身上常年带着气温表，每天都要从上衣口袋里拿出来查看气温，久而久之口袋的袋盖居然被磨破了。这样的细节表面看来十分琐碎，却是最能表现人物性格品质的亮点所在。于报告文学而言，“人物描写是否鲜活生动，是衡量作品是否成功的重要标尺。”[①]所以，好的报告文学作品除了努力呈现人物的“典型性”，也在“平静和诚实的状态下”[②]展示其精神世界的“丰富性”“复杂性”方面用力颇多，毕竟，只有血肉丰满的人物才真正符合报告文学文体真实性的固守。而报告文学文本中人物形象的丰富性除依托神态、行为、动作等展示之外，更多在于其内心世界的探秘。包括陈祖芬的《祖国高于一切》、徐迟的《哥德巴赫猜想》都涵盖了一些人物的所思所想。正是在这一系列艺术手法的采纳之下，报告文学文体为中国文学推出了焦裕禄、孔繁森、陈景润、李月华、王顺友、袁隆平等一系列典型人物。

第二类型是意在记事的。从宽泛意义上，任何报告文学文本都有记事成分。因此，可以说记事是报告文学的最基本功能。这里谈到的记事型报告文学指涉的是在创作中以事件为核心，并且对于事件描述、状写等占据了文本较大篇幅，而并非单纯记事。这一类型的报告文学中，有的作品关注的是与时代同行的重大政治事件，着力在国内国际的宏大架构下勾勒事件的来龙去脉，凸显其宏大叙事与时代价值，如徐剑全景式展示中国战略导弹部队的《大国长剑》、卢跃刚状写浩瀚三峡工程的《长江三峡：中国的史诗》、纪红建描写脱贫攻坚总决战的《乡村国是》；有的作品

① 彭程，《何建明长篇报告文学〈大桥〉：旷世奇迹与壮美情怀》，载《文艺报》，2019年5月17日，第3版。
② 胡平，《长篇报告文学〈袁隆平的世界〉：平视袁隆平》，载《文艺报》，2017年5月22日，第9版。

则专注于对具有时代意义的历史事件的深度挖掘，从中体现报告文学的历史担当与文体责任，如王树增的《解放战争》《抗日战争》《朝鲜战争》系列战争报告文学，采用全新视角和历史文献力图重述与重构历史；丰收的《西长城》是关于新疆生产建设兵团60年风雨兼程的生动记述；金一南的《苦难辉煌》视野开阔、思路新颖、文笔生动，运用了许多鲜为人知的历史资料，很好地加深了读者对中国革命艰巨性、复杂性的认识。“报告文学作家的责任是相对客观地‘摆事实’，‘呈现’‘复原’事件的状态。”[①]的确，报告文学记事强调的是客观性与真实性，这就需要作家们尽可能多地掌握与事件相关的素材，方能在有效剪裁后，建构起一个较为真实的叙事时空。但这并不意味着报告文学作家在创作过程中能做到全面客观或事无巨细，因为从本质上讲，不可能实现绝对真相的呈现或在一个文本中容纳事件的全部。实际上，每一个精明的报告文学作家在选择事件作为叙述对象过程中，已然设定了一个或一些写作意图，针对的往往是事件的一些特定维度，而绝非只是为了展现事件本身历史进程的方方面面。从这个意义上，任何希冀从报告文学文本中真正全方位了解某一重大事件或是历史真实的意愿往往都是徒劳的。因为报告文学叙事的过程涉及选择，而选择意味着取舍与遮蔽。说到底，报告文学作家创作的事件型报告文学文本，揭示的也还只是相对的、片面的、受限的真相。好的报告文学作品，只不过是选择了读者并不了解或者是缺乏了解途径的角度进行状写，只是在程度上尽可能地做到更新颖、更丰富。因此，中国报告文学发展的过程中，就出现了一个事件在不同的时代或是同样的时代被不同的

① 张志强，《报告文学创作的叙事本质》，载《文艺报》，2016年5月13日，第3版。

作家纳入创作的视域，三峡工程、港珠澳大桥、汶川大地震等在多个报告文学作家多次的“讲述”中不断丰富着事件的多重维度。

第三个类型报告文学的主要创作意图在于述实。报告文学创作中的述实动机，简单说就是呈现生活真相，讲述历史真实。在这个类型的报告文学作品中，作家往往扮演的是一个客观冷静理智的叙事者，主观性、倾向性、情绪化等叙事偏差都尽可能淡化。正如此前论述中提到的，中国报告文学深受史家笔法与写实传统的影响，广大报告文学作家肩负着强烈的使命感与责任感，以十分自觉的文体意识，深入生活、扎根现实，“为时代描绘生活画卷，为民族存留历史图谱，为国家保存珍贵记忆”[①]。这类报告文学与上文提到的记事型报告文学在叙写重大事件题材方面有交叉，如胡宏伟的《东方启动点——浙江改革开放史（1978—2018）》，同时也体现出自身类型特色。通常，该类型的报告文学都具有非常强烈的民生情怀，有的关注的是弘扬时代精神与中国精神的社会事件，如王宏甲的《塘约道路》、蒋巍的《塞罕坝的意义》，冯小军、尧山壁写塞罕坝林场的《绿色奇迹塞罕坝》，肖亦农写毛乌素沙漠治理的《绿色毛乌素传奇》等，处处彰显着改革创新与绿色协调可持续发展的时代最强音。有的着力展示与普通民众生活关系密切的社会、个人痛点与问题，如《上海事变与报告文学》、夏衍的《包身工》、赵瑜的《马家军调查》、徐刚的《伐木者，醒来！》、陈桂棣与春桃的《中国农民调查》等，“纪实”“调查”等字眼在作品标题中醒目体现，强化了报告文学的史志价值与文献功能。报告文学“史记格局”的另一个类型

① 李朝全，《报告文学四十年：塑精彩中国人 述精彩中国事》，载《文艺报》，2018年11月16日，第2版。

就是历史题材的再抒写，即通过对大量新资料和丰富史料的掌握来还原历史真实，揭示历史真相，抗战胜利70周年前后出现的抗战文学的“大爆发”就是很好的例证，包括《黑血南天》《西线的血战》等很多作品都采取了新的视角，体现出了很好的史志品格。而且，在述实类型的报告文学中，集聚了很多与时俱进的报告文学写作者。譬如，执着于写反贫困行动和基层农民工生存状况的黄传会接连写出了《希望工程纪实》《中国新生代农民工》《中国贫困警示录》等凝心之作；深切关注医疗腐败现象的朱晓军写出了《天使在作战》《一个医生的救赎》；聚焦留守群体的阮梅写出了《世纪之痛——中国留守儿童调查》《天使有泪》；关注生态环境的徐刚除了《伐木者，醒来！》之外，还有《守望家园》《地球传》等作品问世……“作为时代文体的报告文学正是这样，既表现行进时代的辉煌图景，它所取得的成就，又能看到行进过程的艰难，出现的不足，甚至问题。”[①]社会上诸如贫困、环保、灾难等民生问题发生时，报告文学作家们总是责无旁贷地冲锋陷阵，体现出文体一以贯之的创作担当。

第四个类型是立传。习近平总书记2019年3月在看望参加全国政协十三届二次会议的文化艺术界、社会科学界委员时指出：“一切有价值、有意义的文艺创作和学术研究，都应该反映现实、观照现实，都应该有利于解决现实问题、回答现实课题”，号召文艺工作者“为时代画像、为时代立传、为时代明德”[②]。而报告文学毫无疑问是能够承担起时代重任的特殊文体。可以说，报告文学既是一个时代的晴雨表，更是这个时代的风向标。

---

①丁晓原，《非虚构文学：时代与文体的“互文”》，载《东吴学术》，2018年第5期。
②习近平，《坚定文化自信把握时代脉搏聆听时代声音 坚持以精品奉献人民用明德引领风尚》，载《人民日报》，2019年3月5日，第1版。

报告文学热情书写的中国人、中国事，能够起到很好的引领时代的文体功能。这一点可从《哥德巴赫猜想》的发表窥见一斑。新时期报告文学的历史起点在于对精彩中国人的塑造与刻画。包括陈祖芬的《祖国高于一切》、理由的《扬眉剑出鞘》、柯岩的《船长》、黄宗英的《大雁情》、鲁光的《中国姑娘》等，直至新世纪李春雷《县委书记》中的廖俊波、陈崎嵘《工匠精功》中的金良顺、何建明的《山神》中的黄大发、郭久麟的《袁隆平传》等，刻画的都是每一个时代中富含时代精神的典型人物。尤其是改革开放以来的四十余年，报告文学作家们坚持书写和塑造全国道德模范、时代楷模、中国好人、全国优秀共产党员、感动中国人物、英雄人物、时代弄潮儿、科技精英、大国工匠、打工群体以及普通劳动者等。发时代先声，引读者前行。“报告文学的前沿观察感受和及时真实的独立表达，时常可以引领和影响社会的发展，使社会生活在不断的调整中得以平稳进步。”[①]除了上面提到的单个人物的立传之外，许多报告文学作家还通过状写重大工程、事件的方式来为建设者集体树碑立传，体现出了很好的“史”与“诗”的融合。焦述的《红旗渠的基石》旨在为参加红旗渠建设的7万人中最具代表性的80人一一树碑立传；何建明的《浦东史诗》浓墨重彩展示了参与建设浦东新区的决策者、领导者、投资者、劳动者和各个方面人们的情怀；王宏甲被中建三局一代代筚路蓝缕、艰苦创业的工匠精神所感动写下的《敢为天下先》；凌翼的《井冈山的答卷》捕捉一个个在精准扶贫事业中涌现出来的鲜活人物，如脱贫群众、扶贫企业家、第一书记、党员干部等，使井冈山扶贫的现场感跃然纸上，生动感人……凡此种

---

① 李炳银，《文学的目标和报告文学的力量》，载《名作欣赏》，2019年第7期。

种，不一而足。报告文学的立传聚焦人物的典型性，但并不脱离其非虚构本质，也没有空洞状写概念化、模式化的人物，而是通过对人心、人性、人情等细致入微的挖掘与赞颂，为时代、国家树立起了一座座伟岸的丰碑。

当然，这里谈到的写人、记事、述实、立传作为报告文学创作的基本出发点，不是简单的一一对应关系，并不是说某一个报告文学文本的功能单一指向某一创作意图，而是存在交叉重叠。从这个意义上，报告文学创作的动机绝非单一的，而是多元的，同理，报告文学的价值也不是一成不变的，而是多元共生的。

第三节　文体风格：政论、思辨、学术、散文

尹均生在《中国写作学大辞典》中单列了“文体风格”词条，“风格作为一种特色和品格，指的应当是总体，如果加以区别，不同体裁的风格是不尽相同的”，“因此，应当了解各种文体的特点，把握各种文体风格”。[①]很显然，“文体风格”在他看来主要指向差异性的文体之间。事实上，在一个文体内部，不同作家创作的文本也因其创作动机、结构形态、话语方式、语言体制等不同，呈现出明显的风格分别。仅就现代报告文学而言，系统梳理百余年来的报告文学作家作品，大致可分为政论体、思辨体、学术体和散文体四种文体风格类型。

政论体堪称中国报告文学最与国际接轨的文体类型。作为近代工业革命的历史产物，国际报告文学伴随资本主义生产方式和

① 尹均生，《中国写作学大辞典》（第一卷），中国检察出版社，1998年，第531页。

无产阶级的诞生而出现。“巴黎公社的春雷”①，催生了包括《巴黎公社史》《法兰西内战》等战斗性十足的无产阶级政论体报告文学典范之作。虽然“政论一体在我国古代发育不良。封建政制的属性从根本上规定了这一文体的命数。政论渐开风气，这是近代文坛才拥有的风景”②，但是在中国报告文学的发端阶段，包括王韬、梁启超等写作的大量报章体政论报告文学，充分显示出了与同时期国际报告文学发展吊诡的同步性。这一类型的报告文学通常聚焦具有重大时代性的主题，有感而发、有的放矢，体现出明显的时代精神、民间立场、世界视野与政治智慧。政论体报告文学的政论性，首先体现在主题、题材的选择与提炼上表现出的强烈时代精神，“始终站在时代的潮头”③，通过展现时局动荡、改革开放、大政方针等事关国家命脉的时代主题与宏大叙事，彰显了报告文学作为时代文体的强大社会功能。尤其是张锲的《热流》、李延国的《中国农民大趋势》、张胜友的《十年潮》、何建明的《浦东史诗》等，对改革开放事业进行了多维度关照，既成为珍贵史料，又为时代留下厚重的民族记忆。民间立场指政论体报告文学中鲜明的倾向性，即在独立人格与批判话语支撑下创作主体的自有姿态，既可热情赞颂真善美，也能无情鞭挞假丑恶。这种倾向性有的在场面描写与情节演进中自然流露，更主要通过主观议论的方式把报告文学作家的政治观点予以传达。包括夏衍的《包身工》、何建明的《台州农民革命风暴》、李春雷的《木棉花开》等，都采用直接或间接议论发表见解，点

① 尹均生，《纵论甲午 以史为镜 振兴中华——评大型历史政论报告〈军事名家的甲午殇思〉》，载《广播电视大学学报》（哲学社会科学版），2014年第3期。
② 丁晓原，《论近代报章政论体之始——“王韬体”》，载《广东社会科学》，2000年第6期。
③ 杨晓升，《报告文学：站在时代潮头 追寻中国现代化建设步伐》，载《文艺报》，2017年9月25日，第2版。

名题旨，揭示本质。这些政论性笔调起到了“画龙点睛、拨云见日”[①]的作用，堪称报告文学的灵魂。世界视野指政论体报告文学的“以小见大”[②]、立意深远。张胜友的《珠江，东方的觉醒》、胡平与张胜友的《世界大串连》、何建明的《国家》等，不再把题材视域局限在中国，而是把改革开放、出国热、利比亚撤侨等事件置于世界大局中进行考量，气势厚重，境界非凡。而政论体报告文学的核心精神在于报告文学作家高度的政治智慧与政治敏感性。政论题材的写作，说大了容易变成假大空的唱赞歌，说小了又达不到展现盛世的效果，说偏了则可能带来政治上的风险，如果没有敏锐的政治观察力、娴熟的政治理解力，显然无法驾驭。张胜友、何建明、李春雷等人的政论体报告文学题材宏阔、气度非凡，但字里行间却是举重若轻、游刃有余，既让读者感受到了国家与民族命运的风云际会与时代交响，也充分展示了他们指点江山、激扬文字的抓铁有痕和掷地有声。

较之政论体，思辨体报告文学出现要晚得多。在胡平看来，杨黎光创作于2017年的《大国商帮》是中国“思辨体报告文学”的开山之作。虽是一家之言，但充分显示出了这一报告文学文体类型的年轻。事实上，除杨黎光外，王宏甲、陈启文、任林举等都在报告文学创作中对思辨体青睐有加，《家园——对现代化进程中“城市病”治理的思考》《中山路：追寻近代中国的现代化脚印》《共和国粮食报告》都是这一类型的典范之作。思辨体报告文学在对文体纪实性、及时性、文学性等有效把握的同时，强化了报告文学的思辨性。尤其是在信息化、网络化时代，作为一个特殊文体的报告文学，其存在价值已主要不体现在对新闻事实

---

①周淼龙，《谈报告文学的政论色彩》，载《岳阳师专学报》，1985年第1期。
②白烨，《以小见大的报告文学力作》，载《文艺报》，2019年1月30日，第6版。

即时报道的“轻骑兵”，而在于对人物、事件等进行细致展示、深刻揭示和理性思考。“报告文学的深度，根本取决于思辨的力量。”[①]思辨体报告文学具有三方面的特点：其一，报告文学作家的主体性在文本中空前凸显。与其他类型报告文学不同，思辨体报告文学在处理报告客体同作家主体关系上，突出“以我为主”，“我”不再只是一个简单的报告客体，而是对“你”“你们”等情况进行陈述、辨析、判断的独立主体。杨黎光的《横琴——对一个新三十年改革样本的五年观察与分析》不仅向读者展示珠海横琴新区成立成长的成就，更是对该区域存在的问题、困难等直言不讳，从而获得了读者的阅读与信任。其二，将大量“思辨”成分引入报告文学文体叙述中。思辨与思想有相关性，但并不直接画等号。有些时候，思辨可能甚至不符合生活逻辑，具有超验性。因此，对于报告文学而言，立意构思的复杂思辨比采访中的灵机一动来得更加弥足珍贵。杨黎光报告文学的思辨真切体现在他的“观察与分析”[②]；陈启文的思辨则源于他的辩证唯物主义，他在《共和国粮食报告》中“不光是指出问题症结之所在，并且努力提出解决的根本之道”[③]；任林举则在他的《粮道》《贡米》《玉米大地》等文本中，贯穿着对农民与土地、农民与庄稼关系的深邃思考。其三，叙述展开不受题材限制，沿着思辨方向确定写作内容。陈启文写共和国粮食问题，并非简单就事论事，而是思辨性地将其置于几千年文明史的大背景和当今变动不居的国际局势中，将粮食问题上升到关系国家安全、民族命

①李一鸣，《有思辨力的写作——谈任林举报告文学创作》，载《光明日报》，2018年5月8日，第16版。
②胡平，《杨黎光与“思辨体”》，载《文艺报》，2016年4月27日，第7版。
③李朝全，《与民族休戚相关 与人民呼吸与共——2008年度中国报告文学概观》，载《光明日报》，2009年1月9日，第9版。

运、人民福祉的战略高度。他的思辨体报告文学为当下文学如何更好干预现实提供了十分有益的尝试和借鉴。再比如杨黎光写横琴新区时，新区方才发展了五年时间，但他却前瞻性地将其视为中国第二波改革开放的方向，以思辨带题材，充分展现了横琴的价值。可以说，思辨体报告文学的出现，赋予了报告文学作家作为文学家、思想者的多重身份，也为中国报告文学的当代繁荣开出了朵朵奇葩。

学术体报告文学是章罗生在2007年出版的《新世纪报告文学的审美新变》中首次提出。他认为胡平“不但全面继承了问题报告文学的忧患意识、文化启蒙、现实批判与宏观综合等‘理性’传统，而且将其发展成了一种新的文体——学术体”。[①]他还在论著中对报告文学的“学术体”“学术性”等进行了辨析。顾名思义，学术体报告文学是指报告文学作家在叙述过程中聚焦富有理论深刻性的话题或领域，以鲜明的学术个性进行组织结构、逻辑论证、话语思辨，有些作品甚至出现了引文注释，形同论著。通常这一类型的报告文学都有理论含量高、逻辑性强、信息丰富、资料齐备等特点，陈祖芬的《挑战与机会》《性格化与现代化》《一个问题的几个答案》，胡平的《千年沉重》《战争状态》，曲兰的《走出伊甸园——当代女性爱情的透视》《现代中国都市家庭》，张培忠的《海权战略——郑芝龙、郑成功海商集团纪事》等都是代表之作。报告文学对于学术性的追求早在梁启超的“新民体”就已初见端倪，随后在范长江《西南行》《西线风云》等社会通讯中得到进一步发展。20世纪80年代初，包括《中国农民大趋势》《中国大学生》《中国体育界》等全景式报告文

①章罗生，《新世纪报告文学的审美新变》，华龄出版社，2007年，第167页。

学的出现，彰显了浓厚的学术意识。虽然在处理过程中出现了理论说教、数据繁多等被人诟病的弊端，但学术性对报告文学真实性的有益补充却是有目共睹，学术意识也开始成为广大报告文学作家自觉不自觉的文体追求。因此，随后出现的不少问题揭露式报告文学，如《洪荒启示录》《步鑫生现象的反思》《神圣忧思录》等都增加了深层的文化反思底色，既触目惊心，又耐人寻味。“真正的学术意识往往与独立思考、批判精神和实事求是的研究立场相连，能够提供不同的研究视角和研究方式，从而摆脱就事论事、人云亦云的思维模式。”[①]学术体报告文学作为学术性报告文学的延伸与发展，在研究视角、实事求是、批评精神等方面展示出了特有的类型优势。胡平的《夏季的证明——一篇关于股票与非股票的放眼录》《斜阳下的躁动——当代人情爱世界探秘》《东方大爆炸》等，仅从标题上就能嗅出浓烈得化不开的学术气息。在具体写作过程中，作家显然注重将社会学、心理学、经济学、历史学等同文学融会贯通，全面深刻地透析写作对象的内容与形式，报告文学的资料性、知识性、学术性达到了有效的融合。卢跃刚、赵瑜、王宏甲、杨晓升、李万军等也将“思想美”与“理性美”作为创作执着追求，“在注重文学性的同时用一种学术态度、学术眼光和学术精神来对待写作”[②]，持续丰富着学术体报告文学的理念与创作。

散文体报告文学是一个包容性很大的概念。从宽泛意义上，政论体、思辨体、学术体以外的报告文学都可纳入这一类型中。但是，许多研究者在谈及散文体报告文学时，指向的却是狭义概

---

① 李运抟，《强化报告文学的学术意识》，载《光明日报》，2013年04月23日，第14版。
② 张文刚，《富有学术精神的文学写作——评长篇报告文学〈因为信仰〉》，载《武陵学刊》，2017年第6期。

念，即以散文化的文体风格、散文式的诗化语言、第一人称的细腻真切等维度进行报告文学的文本建构。黄宗英的《大雁情》《小木屋》以散文化的笔法展现生活的赤忱；陈祖芬的《祖国高于一切》《催人复苏的事业》和《孔雀西南飞》等注重用文学家的眼光审视生活，语言诗性隽永、蕴情含意，具有很强的艺术感染力；孟晓云的《胡杨泪》，题以泪名，感人至深，很大程度上就源于她自身的真情流露与情感宣泄；肖复兴的《海河边的一间小屋》《生当作人杰》在人物抒写方面细腻真切，蕴含着醇厚的精神力量；李存葆、王光明的《沂蒙九章》充溢着阳刚之气，俯拾皆是豪情、时时透着热爱，惊心动魄的壮美自然流露……凡此种种，不一而足。

伴随时代发展进步，散文体报告文学也获得了进一步的创新。罗盘的《写给中国人民的故事——关于和平岁月死难烈士家人们的报告》不仅在文体风格上属于狭义的散文体，而且综合了诗歌、散文、小说、散文诗等各家之长，主体投入、散文笔调、诗意特色，是其文体归宿的外在表征，而感同身受的血泪真情，则使文本蕴含着更加深沉的艺术力量。写作《为了拯救生命——4万：400万的牵挂》时张雅文是主人公刘晓程的救治对象，这一特殊关系使采访与写作都更加特别，其生命体验也更加真切，文本中流淌着的虔诚感激与生活体悟显然是“局外人”难以感同身受的。新世纪类似这样的具有散文化、抒情性的诗意报告文学还包括蒋巍的《牛玉儒定律》、闾丘露薇的《闾丘露薇采访手记》、加央西热的《西藏最后的驼队》、卢一萍的《八千湘女上天山》等，这些报告文学文本更在形式方面进行了有益探索，散记、手记、口述、实录等，对于散文体报告文学是极大的丰富。散文体报告文学的不断发展进步，一方面显示出了报告文学与散文文体之间的交叉性，另一方面也展示了报告文学文体强大的包容性。

报告文学经由百余年的发展，在文体风格上呈现出的主流类型即以上谈到的政论体、思辨体、学术体与散文体。当然，也有学者在这些类型之下对报告文学进行了更加细致的风格划分，一方面显示出了报告文学作家在创作过程中对诸多元素采纳的是“拿来主义”的开放姿态，另一方面也确证了这一文体强盛的生命力和无限的发展前景。

第四节　结构形态：单线、复线、环状、非线型

结构是指文本中各个板块（也称单元）之间相互的结合方式以及整个作品宏观上的艺术构架。对于各个单独板块而言，没有结构，它们就无法成为文本的一部分。而从另一个侧面来说，如果缺少了相应诸多板块的存在，结构的存在同样没有意义。虽然读者在阅读过程中总是惯性地进行必要的意义探寻，“叙事作品包含的一系列事件必须导向某种结局，正是由于读者渴望了解结局才使故事中的各个事件具有了可续性”[①]，但只有继承与创新式的叙事结构的有效导引，才能激发其阅读动力。对于非虚构的报告文学而言，虽然生活的逻辑规定在很大程度上制约了内容创造的可能性，但是现场感营造及事后沉淀的必要性还是给了作者（叙述者）足够的结构权利。“只要尊重生活事实，符合既定逻辑，达成文本的自足自洽，报告文学就可以而且应该为着最大限

---

①罗钢，《叙事学导论》，云南人民出版社，1994年，第76页。

度地实现文学的表现力而积极主动地行使自己的创作权利。”[①] 面对着纷繁复杂的文本，一番抽丝剥茧便可以发现其背后贯穿的结构线索。托多罗夫在对文学作品的叙事结构进行概要性的分析时，对叙事结构进行了类型划分：时间布局与空间布局。[②]

时间与空间的存在，导致了小说叙述过程中截然不同的结构方式。换句话说，时间与空间是构成小说叙事结构的两个最为重要的区别性原则。那么，对于同为叙事文体的报告文学而言，是否在结构方式上有着丰富的原则呢？或者说，类似的组织结构方式的类型划分是否也适用于报告文学呢？

答案是肯定的。虽然就报告文学而言，其必要的纪实性品格明显限制了人物、环境、情节等具体叙事要素的可变性，但正是这一难以绕过的叙事规约所带来的挑战，从另一个侧面激发了报告文学叙述者的结构创新能力。作为叙事文本构成的每一个结构因素，单列出来往往都不值一提，只有在整体联系中才能显出意义与价值。内容上的诸多桎梏，恰恰成了结构形式上创新的必要理由。现代报告文学几经历史的发展与蜕变，在其结构的方式上也体现出了线性纵向的时间型与对应横向的空间型两个对举的差异类型：

一、线性纵向的时间型结构。这种结构类型遵从逻辑原则，并直接地受其引导与制约。所叙述事件的各个单元基本上按照时间、人物性格轨迹或者因果联系进行排列，显现出比较明显的秩序性。依照其不同的结构依据，又可以将报告文学的这一结构类型区分为时间型、因果联系型和人物性格型三个子类别。

---

①龚举善，《建构时代的对话》，中国戏剧出版社，2008年，第293页。
②[法]兹维坦·托多罗夫，《文学作品分析》，见张寅德编选《叙述学研究》，中国社会科学出版社，1989年，第74页。

时间型结构指以时间作为各个事件单元结合的原则。事件与事件之间都存在着时间上的关系，或更早，或更晚，或同时，而事件之间的联系也能够以时间的连续作为体现，尤其是离别与归来、人世兴衰、寻踪的历程等经典的叙事主题。事件的变化本就是以时间的延续作为必要条件的。在叙事文内，只有依托于时间不间断延伸的轴线，叙述者才能够一览无余地写清楚事件的来龙去脉。所以，在报告文学中以时间作为结构的原则合情合理。不过，时间次序的清晰与不可逆性并不意味着这种结构方式的单调。单纯就叙事事件的各个单元来说，事件持续的时间有短暂与持久之别，而各个事件之间的时间距离也存在着间不容发或相对遥远的不同。这样一来，报告文学的时间型叙事结构就有着丰富而多样的体现形态。早期报告文学如《新大陆游记》《饿乡纪程》《赤都心史》等基本采用时间型的结构方式，其体现出来的篇幅的长短差异基本就是时间上的差别。不过，需要指出的是，在这一结构类型的报告文学中，“无论叙事作品中时间的表现如何复杂，在故事事件的结合中都不可能违背时间准则”。[1]

因果联系型结构同此前谈到的聚焦限制有着必然的联系。任何一个聚焦者都无法避免被限制在有限的生活环境中，他不可能接触到所有现象。退一步说，即便他能接触到尽可能丰富而全面的现象，也不可能洞悉所摄入的全部现象间的所有相互关系。每一个叙述者能做的就只是将他所能够获取的事件的单元根据它们间的因果联系加以拼合、组织。因此，严格说来，在报告文学等叙述文本中，与事件的可续性关系最为密切的并非时间，而是事件间的因果联系。“时间只是人类经验事物的一种方式”，“即使

①谭君强，《叙事理论与审美文化》，中国社会科学出版社，2002年，第20页。

是鸿篇巨制的作品，表现的也仍然是人类经验的某一片断，所以作者不得不借助事件之间的因果联系使他的叙述成为一个独立的整体，一个自成起讫的单元”。[①]而且，以因果联系为原则进行结构，完成的是对事件进展未来不确定性的不断缩减。在叙事过程的最开始，事件可以朝着五花八门的可能性进行延续，但在因果联系作用下，事件很快导向了或然性的过程，发展的方向一直到结局处方得以必然性的方式完结。报告文学叙事强大的社会功能也就是在因果逻辑的步步为营下逐步显现的。它较之于自然形态的社会现象提高了一层，经受过创作主体的主观筛选，将事件主脉之外芜杂的枝蔓剔除，一切趋向同一个目标，以其因果联系画出了导向社会本质的确定轨迹。举一个例子，夏衍的《包身工》在表现包身工不堪的受剥削生活时表面看起来采用的是时间型结构，实质上却是因果联系型地将包身工的工作环境、身份由来、契约关系、所受的残酷剥削等有机结构起来，控诉底层工人遭受资本家的无情压榨。如果单纯采用时间型的结构方式，其中出现的诸多叙事单元就丧失了存在的价值而显得结构松散、意义模糊。因此，在报告文学的这种结构类型中，叙述者为了达成非虚构性的文体诉求，就必须对作品中的叙事单元作因果式的链接，使其环环相扣、彼此依存。报告文学的因果联系一经确定，其叙事的意义才能够得以呈现。这种结构方式对于破除报告文学写作过程中的公式化、概念化、模式化等有重要意义。社会现象的丰富，“迫使作者必须在自己确实占有的生活积累中进行选择、提炼、加工，而不是依据几个抽象的理念去进行推导、演绎、图解”。[②]

---

①罗钢，《叙事学导论》，云南人民出版社，1994年，第82页。
②金健人，《小说结构美学》，浙江文艺出版社，1987年，第139页。

当然，在文艺作品中，现象之间的因果联系除了事理性之外，还存在着与之并列的情理性的联系。它虽然也是因果联系的一种，但是更偏重于人物的情绪、情感等。因此，在这里将其单列作报告文学线性纵向的时间型结构的第三个分支——人物性格型。这种叙事结构类型是以人物为中心来结构报告文学，特别体现在人物型的报告文学文本中，如《哥德巴赫猜想》《亚洲新大陆的新崛起》《大雁情》《祖国高于一切》等。对于报告文学来说，性格轨迹的叙事结构原则一旦确定，就有着其客观的限定性，不容许作者任意进行改变。而要做到准确把握并充分表现人物的性格轨迹，最根本的途径就在于深入生活，了解、熟悉人物本身，在最真实的生活情境中去发现并积累带有特征性的细节以表现人物的典型性。人物性格型结构的关键在于点与面的有机结合。这就意味着要深入地了解一个人的过去与现在，同时还必须广泛地了解其所接触的各式各样的其他人物，这样才能够在骨骼上加上血肉，从而实现真正意义上的性格逻辑构架。

二、对应横向的空间型结构。如果说，因果联系为读者敞开的是形象的连续性与联结的逻辑性，那么横向对应则体现出了形象的鲜明性与联结的严整性。“对应”强调的就是文本结构横向展开的内在依据，它指向的是空间的范畴。“空间是联接事件的又一因素，小说家可以在同一叙事空间安排不同的事件”[1]，报告文学作为一种叙事文体，同样如是。浦安迪在对比中国与古希腊神话故事时，谈到了这样一个有趣的发现：“通过对比，我们会发现，希腊神话的‘叙述性’，与其时间化的思维方式有关，而中国神话的‘非叙述性’，则与其空间化的思维方式有关。希

①罗钢，《叙事学导论》，云南人民出版社，1994年，第77页。

腊神话以时间为轴心，故重过程而善于讲述故事；中国神话以空间为宗旨，故重本体而善于画图案。”[①]这样的定律同样适合于其他的叙事文本，《说岳全传》《儒林外史》等小说，沈复的自传性作品《浮生六记》等都采用的是空间转换的结构方式。而近代文化转型时期方才出现并逐步走向繁荣的中国现代报告文学采用类似的空间型结构方式，完全可以视为对中国古代叙事结构传统的一种回归。偏爱中西文学比照研究的论者或许也会将其视为对西方报告文学古典形式的模仿，毕竟，约翰·里德的《震撼世界的十天》和《在变革中的亚细亚》中，时间的连续性也被打破。但这其实又是一种回归，一种向文体传统的回归。

时间的一维性特征在某种程度上限定了事件与事件之间联系的多种可能性，而空间勾连则可以跳出时间因素的控制。它主要是从对立统一的观点来分析事物、结构材料，有着较为广泛的转换、联结的机动性：如异同、主次、向背、动静、形影、局整、生克、集散……都可作为结构作品的依据。这就意味着包括性格刻画、气氛渲染、环境烘托、情境配合等都可以根据特征对应进行横向上的扩展，从而在彼此的交映中展示无限的深度，强化叙事意义的传达。这种深度的艺术张力也是报告文学对时间型叙事结构的超越。《多思的年华》《中国的“小皇帝”》《丐帮漂流记》《伐木者，醒来》《国难》等对于社会问题的披露，采纳的都是类似的空间转换型结构。这种叙事结构类型冲淡了时间和因果，不讲究叙事的人物和情节。毕竟，在对于热点社会问题的深入透辟的分析，空间的展开无疑可以尽可能地容纳社会的驳杂，开阔文本的社会视野。因此，随着现代报告文学的不断成长，“具有

①[美]浦安迪，《中国叙事学》，北京大学出版社，1996年，第42页。

空间意义上的‘问题’‘焦点’‘热点’等字符，取代了事件、人物等具时间意义的因素”。[1]

为了更好凸显二者在结构形态上的差异性，我们把线性纵向的时间型结构形式称为线型结构，而把与它对举的对应横向的空间型结构形式称为非线型结构。线型结构的报告文学文本在情节的变化与组织关系的明晰上有着更加确定的显现。根据其线索的繁简程度，又可以区分为单线型结构、复线型结构[2]和环状结构。

单线型结构通常都是一人一事，线索单一。如梁启超历时十个月写成的《新大陆游记》。十多万字的篇幅在萌生期的报告文学中算是较长的，但其叙事的结构方式却显得稚嫩，“按踪迹所至，依次记叙”[3]。通篇以个人游记的结构体式，将美国社会、政治、经济、文化等方面的考究付诸笔端。同时期包括康有为的《意大利游记》、周恩来的《旅欧通信》、瞿秋白的《饿乡纪程》《赤都心史》等用的都是相对单一的线型结构方式。这种结构方式在三四十年代的报告文学中得到了相当改观。叙述与描写依然是报告文学文本中话语表达的主体，但同时，叙述者主观性的评论在文本中出现的频率与篇幅都明显增加。如夏衍的《包身工》，时间、人物性格、因果关系等逻辑都在文本叙说中得到了很好的体现。《流民图》《萍踪寄语》《萍踪忆语》《中国的西北角》等基本采用了类似的单线型叙议结构方式，“虽则在叙述的

---

①王晖，《二十世纪中国报告文学的叙述模式》，载《中国社会科学》，2003年第2期。
②“复线”概念是俄国形式主义者申科洛夫斯基在论述叙事结构时提出的一个概念，在他看来，这一概念事实上包含了四个层次：1.主线，即围绕主人公发生的，并在故事中起支配作用的故事线索；2.副线，即贯穿整个作品的次要主人公的一系列事件；3.作为背景的小故事，即出现在作品的一个或几个片段之中；4.非动作因素，即作品中关于哲学、社会、历史、道德的思考和论述，如一些富有哲理的对话和议论。参考胡亚敏，《叙事学》，华中师范大学出版社，2004年，第130页。
③张春宁，《中国报告文学史稿》，群言出版社，1993年，第27页。

客观的事实里面，有时候也许已零星流露了一些管见”[①]。新时期以来，以《哥德巴赫猜想》《扬眉剑出鞘》《奇异的书简》《胡杨泪》等为代表的人物题材写作风靡报告文学界。这些报告文学文本都专注于单一人物形象的表现，也基本采用单线型结构，人物充当着被叙述的主角。

复线型结构通常包含主线、副线，同时夹杂着作为背景的故事片段及其他论述、思考等非叙事性话语。徐迟的《祁连山下》可以说是率先采用复线型的结构方式，作者在构思上以三条线索交错发展，成功地反映了著名艺术家常书鸿不同寻常的人生经历。横向全景式结构报告文学的出现与繁荣，标示着复线结构类型报告文学的一次丰收。李延国的《在这片国土上》、杨匡满和郭宝臣的《命运》、钱钢的《唐山大地震》等都是这种结构类型的例证。在这个结构类型中，单一事件或人物的单线型叙述退位，取而代之的是对某一重大事件多层次、全方位的展示。“报告文学要求在特定时空乃至瞬间，写出某一事件中的人物、群体的作为、命运、成败和悲欢。”[②]对于重大事件来说，其发生、发展、高潮乃至结局所受到的影响是多方面的，其发展自身所影响的外界也是多样的。历史回溯、实录口述等文体因素的掺入则丰富了叙事语言的表达方式，使得报告文学叙事更加真实、生动、全面。这种叙事结构的原则直接影响到20世纪90年代乃至新世纪的报告文学创作。李鸣生的《走出地球村》《飞向太空港》、徐刚的《国难》、徐剑的《东方哈达》、梅洁的《大江北去》等都是对横向全景式结构模式直接继承的产物。不过，因为情节淡化

① 邹韬奋，《〈萍踪寄语〉初集弁言》，见张德明编《中外作家论报告文学》，云南人民出版社，1985年，第13页。
② 尹均生，《报告文学文体美学辨析》，载《广播电视大学学报》，1998年第3期。

所造成的与读者阅读习惯上的冲突，使得这种结构类型的报告文学在对读者的阅读诱引上打了折扣。

环状结构由几个呈现连环状或者并列状的小的叙事单元构成，以一个主题为号召，没有所谓的线索贯穿始终。最早的典型文本当属《一九三六年春在太原》。“宋之的则因为是亲身经过来，‘实生活’供给了他新的形式和技巧。”①全文仅五千多字，却被叙述者有意识地切分成了八节，所叙述事件超过了二十件。“这篇作品既不是围绕一个人，也不是围绕一件事，而是集中了许多琐碎事件而透露出一种‘政治气氛’描绘出那种令人窒息的法西斯与封建主义相混合、愚昧与反动集于一起的政治环境。”②这些事件虽然相对独立，包含了时代背景、社会状态、现实矛盾、生活图景、人情世故以及个人感受等方方面面，但都在对冷酷政治现实的反讽与揭露的主题感召之下。叙述者使用“新闻剪集”的方式特意拼凑了一些碎玻璃，使之折射出时代的轮廓。实际上，文本中每一个小的叙事单元都对应着当时社会现状的某一个侧面。

非线型结构则明显体现出对线型叙事的反叛与超越，在其叙事内部很难看到连贯的时序与情节脉络，各个叙事单元间的因果联系被有意识打乱，人物与时间等逻辑性的因素被弱化。单就结构类型的划分，报告文学文体叙事的进步与革新一目了然。“问题报告文学是80年代突出的一种文化现象。”③其基本特征是“不再以某一个单一事件或人物为中心，而是环绕着某一个具有广泛社会性的，人们普遍关注的社会问题、社会现象为中心，进

①茅盾，《技巧问题偶感》，载《中流》，1936年第1卷第3期。
②张春宁，《中国报告文学史稿》，群言出版社，1993年，第119页。
③章罗生，《中国报告文学发展史》，湖南人民出版社，2002年，第279页。

行选材和采访报告”。[1]这一类型的报告文学虽然一开始选择的是环状的线型结构作为结构基础，但时间的意义被淡化、消解，空间的意义取而代之。麦天枢的《西部在移民》、赵瑜的《强国梦——当代中国体育的误区》、徐刚的《伐木者，醒来！》、涵逸的《中国的“小皇帝”》等完成了对包括环境、人口流动、体育界弊端、生态危机、独生子女等社会热点、焦点问题的分析。这一结构方式不同于横向全景式结构的报告文学而着力深刻地表现社会问题。提出问题、分析问题、解决问题的论文结构在突显报告文学非虚构的同时，也将作家主体的批判意识进行了强化。这种非线型的结构方式对于报告文学文体而言是很好的补充。它的出现与成长，完善了中国现代报告文学叙事的结构体系。在它出现之后，举凡问题题材的报告文学创作，大多采纳了非线型的结构方式，《“希望工程”纪实》《淮河的警告》《落泪是金》《中国农村的“留守”孩子》《中国——车祸之痛》《只有一个孩子》等，都将这种三段论的叙事结构形态沿用了下来。

在客观世界中，任何现象都处在多种联系与不断变化中。距离的存在、聚焦的限制都提醒着报告文学叙述者在繁杂变动的现象体系中渗入特定的结构原则，才能既做到对非虚构文体诉求的坚守，又彰显出叙事结构创新上的才能。当然，在任何叙事文本中，时间和空间都是必不可少的因素。这里所做的区分只在于叙事进程中的对二者不同的倚重程度，并非完全地摒弃了另一者而呈现为单纯的时间型或是空间型的叙事结构形态。

① 李炳银，《“问题报告文学”面面观》，载《解放日报》，1988年1月26日。

第七章
报告文学的比较特性

新时期以来的诸多辞书，都对报告文学文体进行过定义的注解与诠释。如边春光主编的《出版词典》认为报告文学是：“散文的一种。为直接取材于现实生活中具有典型意义的真人真事，经艺术加工的文艺性通讯。作品中占主体的人与事必须真实。”[①]而由语文出版社与外语教学与研究出版社共同推出的《现代汉语规范词典》则指出，报告文学“具有文学性质，又具有新闻特点的通讯、速写、特写等的统称。是在具有典型意义的真人真事的基础上、经过艺术加工而成的。属于散文体裁”。[②]同年出版的《中国大百科全书·新闻出版》则认为报告文学是“兼有新闻性与文学性的新闻体裁。……融新闻性与文学性于一炉，是报告文学的特征。它要求运用生动的文学语言和形象化的文学手法，迅速、及时地反映现实生活中为人们所关心的、具有典型意义的真人真事”。[③]

---

①边春光主编，《出版词典》，上海辞书出版社，1992年，第55页。
②李行健主编，《现代汉语规范词典》，外语教学与研究出版社、语文出版社，2004年，第61页。
③中国大百科全书总编辑委员会，《中国大百科全书·新闻出版》，中国大百科全书出版社，2004年，第590页。

从上述各类辞书对报告文学定义五花八门、各有侧重的解释中不难看出，对于报告文学的体裁归属问题，一直以来都是仁者见仁、智者见智的。有的把它归为文学体裁，认为是“散文的一种”；有的把它归为新闻体裁，认为“真实性是报告文学的创作原则”，“不允许虚构人物和情节”。在已然明确了报告文学作为文学文体之属性后，再不厌其烦地涉足、罗列与这一话题相关的资料，绝非论者自身在立场上的飘忽不定，而只是想通过这些差异性的论述，引发研究者对报告文学作为一个交叉文体的特殊性的重视。之所以会有那么多不同的体裁认定，其源头恰恰在于报告文学发生发展过程中同新闻、散文、纪实文学等不同文体之间展现出了极强的相似性与关联性。即便是同本该敬而远之的虚构小说文体，报告文学也与其有着不可忽视的复杂勾连。因而，从横向比较的思维探究报告文学的文体特性，不失为一个可行且有效的研究路径。

第一节　报告文学与新闻文体之比较分析

实际上，前文在探讨报告文学文体特征之新闻性时，已对报告文学文体与新闻文体不同的新闻性进行了比较分析。但这样的分析还只是局部的、碎片的，两者的异同还应立足文体的整体、宏观、系统层面上进行深度透视。“新闻性是报告文学与生俱来的基本特性”[①]，自然是二者联系与区别的重要纽带，但本质意义上，报告文学与新闻文体有着更加千丝万缕的交叉与区分。这

①任文贵，《报告文学的新闻性刍议》，载《中国青年政治学院学报》，1998年第4期。

一点，不论是报告文学研究者，还是躬身实践的写作者，都有过不少论述。报告文学作家赵瑜曾坦言，他每次开文学讲座，总要面对着一些作者、读者关于“报告文学与通讯报道”的差异与两种文体创作的困惑。在他看来，二者之间确有非虚构的相似性，也都将探真探秘作为文体创作的诉求与旨归，但两个文体在发展脉络、文体功能、写作方法等层面上存在着更为明显的差异性。尹均生、李梅、史国新等研究者也都对这一问题做过相应探讨与深究。虽远未能达成共识，但都认可了报告文学与新闻文体之间存在不可忽视的联系与区别。因而，探究报告文学作为一种文体的独特性、自足性，有必要首先将其与新闻文体之间的复杂关系予以梳理呈现，才能既解决二者容易混淆的困惑，又凸显报告文学文体独异的文体形态与发展趋势。

一方面，报告文学与新闻文体存在相似之处与文体交叉。史国新将二者的相同之处归结为三个层面：有着共同的“血缘”；有着共同的现实基础；均属现代题材[①]。丁时安则认为两者相同处体现在三点：①所写内容都是真人真事；②及时迅速；③题材具有鲜明的新闻性。[②]而赵瑜则指出：“新闻作品与报告文学都不允许虚构和编造，都必须在真实人物与事实基础上完成写作。这种‘天性’构成了一种相似的外表——都写了真人真事，完全不同于小说和戏剧。”[③]论者观点各异，但内在逻辑却是融通的，都将报告文学与新闻文体的相似性落归在非虚构的真实性上。而这种真实性具体来源于以下方面：一是取材真实可信，都以真人真事作为创作之基。在我国新闻学术界，最权威也拥有最多支持

① 史国新，《试析报告文学与通讯的异同》，载《河南师范大学学报》（哲学社会科学版），2003年第3期。
② 丁时安，《报告文学与通讯、小说的异同》，载《语文月刊》，1998年第10期。
③ 赵瑜，《通讯报道与报告文学之异同》，载《长治日报》，2013年8月31日，第3版。

者的新闻定义，是1943年陆定一提出的——“新闻是新近发生事实的报道”。事实上，陆定一新闻概念并非原创，而是对马克思主义新闻观基本理论的中国化表达。时过境迁，这一定义历久弥新，尤其是“事实”一词的显明，持续警醒着广大新闻从业者对真实性的坚定与执着。因其早期与报纸的不解之缘，中国报告文学一度被认为是新闻与文学的交叉文体，因而也有着同新闻一样的自觉与坚守。行走现实、直面社会、客观真实等报告文学文体的特性，正是根植于其对“事实”非虚构的文体意识。这也就不难理解，在许多纪实文学选本中，报告文学与通讯报道常被混淆一谈。二是注重实地调查，揭示事实真相。两个文体的写作主体都具有十分强烈的文体责任感与使命感。不论是报告文学还是新闻文体，其写作者都具有严谨科学的理性精神，对于社会上的现象、问题等不盲从、不跟风，而是以冷静客观的态度进行采访调研，从而实现对真善美的弘扬、对假恶丑的鞭挞。“报告文学作家最好的位置就是在现场，这是当代作家的使命和职责。”李春雷在接受采访时的回答可谓一语中的。事实上，包括梁启超、斯诺、范长江等，许多中外报告文学作家都兼具记者的身份。从这个意义上，两个文体的写作主体具有相同的敬业精神。三是广受读者热捧，阅读期待类同。读者对待新闻文体与报告文学时，有着与小说、诗歌、散文等不同的阅读心态，都将报告文学与新闻视为真实可信的文本，对其中富含的信息基本全盘接受。事实描述、政论分析、价值传导，这些特性都是广大读者能从报告文学与新闻文体中共同捕捉到的文体价值。当然，伴随着时代的进步，假新闻、伪报告文学也大行其道，“维护和提升我国媒介的纪实报道和报告文学的公信力是一个重要课题”。[1]而这样的相似性也使得报告文学与新闻文体往往陷入另一种深度焦虑中。

另一方面，报告文学与新闻文体有诸多不同。从发展历史、文体使命、写作方式等具体而微的层面上，可将两个文体的差异性概括为三方面：历史渊源与时代功能不同；采写方式与立意构思各异；文体品格与语言运用有别。具体而言：

一是历史渊源与时代功能不同。新闻作为一个文体，实际上一直到晚清时期才由西方舶来，民国年间获得了较为充分的发展。而作为一种渊源追溯，可将新闻所倡导的纪实笔法一直向前延展到西汉时期的司马迁。“文章乃经国之大业，不朽之盛事”之史家笔法，被后世文人们继承并发扬光大，构成了中国正统文学的纪实传统。《史记》是司马迁采访后的结晶，《梦溪笔谈》是沈括实地调研后的成果，甚至在神魔小说《西游记》中状写天上生活，也全然照搬凡间的社会生活场景。史传传统对中国文学特别是新闻的发展，可谓意义深远。从这个意义上，即便新闻文体出现是在近代社会分工多元化之后，也可名正言顺将该文体的历史扩展到古代。虽然在论及报告文学的近代起源时，我们也谈到了古典文学的历史继承，但就其历史发展时空来看，报告文学的发生更多受到了西学东渐的具体催生。而且，随着社会分工的不断细化，新闻文体日渐盛达，报告文学也逐步走向成熟，两者所倡导的新闻性也渐行渐远。一个好的新闻记者，也许能够写出好的通讯、报道的新闻，但距离成为一个好的报告文学作家，仍需更多的文学与文化准备。新闻的急就章同报告文学相比，往往就少了思想文化的浸润。郭万新的《吉庄纪事》和《吉庄草根》、

[1] 许海，《当前媒体纪实报道和报告文学的公信力及其维护》，载《广播电视大学学报》（哲学社会科学版），2016年第1期。

田秋平的《田家英在长治》等，恰恰意味着报告文学文体在社会主义新时代的深刻转变，新闻性的退位让报告文学与新闻文体在发展道路上越走越远。而这种历史渊源的差异性带来的是文体现实功能的不同。通讯报道等新闻文体的写作，一般都是记者根据任务安排，按照程式化的流程，经编辑修改、领导审核后在报刊上与读者见面。而报告文学作家的写作虽也有一大部分邀约之作，但多属于个体劳动，采访较之新闻记者更加困难，但也更加自由。简单地说，新闻文体的创作带有媒体意志，而报告文学写作则富含更多的个性情怀。这一点在近代时期已初见端倪。梁启超在其主办的报刊上极力倡导"时务文体"，使得新闻文体的写作者兼具中立客观的立场与鲜明的政治倾向性。而他在《新大陆游记》等纪游体报告文学中则既尊重客观事实，又表达个人倾向，主体意识有了很大程度的袒露和抒发。"报告文学不必跟新闻抢时间，恰恰是等新闻'热闹'过去以后，报告文学可以向'广度'和'深度'进发。"[①]伴随两种文体的时代进化，报告文学曾经"轻骑兵"的文体功能已然逐步退化，更加专注于时间沉淀之后的深度叙事与文化批判。这种现实使命和文体功能上的差别，进一步放大了两个文体在当下语境中的差异性。

二是采写方式与立意构思各异。周钢鸣在《怎样写报告文学》中指出："这里所说的'采访'，是和一般新闻纪事的采访一样。"[②]的确，以通讯报道为主的新闻文体和报告文学都要通过采访获取第一手资料，再经剪裁经营不同文体，这是二者共通之处。但具体采写方式上，两个文体却各不相同，报告文学所需要

①丛子钰，《生活在何处，文学就在何处——访作家黄传会》，中国作家网，2019年10月8日。
②周钢鸣，《怎样写报告文学》，上海生活书店，1938年，第76页。

的采访比新闻“走得更远、谈得更透、挖得更深”[①]，而且“报告文学除了必须进行深入细致的采访之外，还得进行大量的分析、比较和判断”[②]。新闻的价值在“新”，其价值往往体现在反映的迅捷与敏锐。在采写过程中，记者面对着的公众人物亦或是危急时刻，不可能也不需要慢慢专项思辨，只能是问答式、碎片化的只言片语。同等情状下，普通人的生活琐碎便很难进入新闻记者的采写计划。通常情况下，一篇新闻报道的采写，往复次数必不多，耗费时间也较短，才能吻合其“新”的文体诉求。反观报告文学则不然，作家的采写绝对不可能满足于走马观花的浮光掠影，简单的问答也无法搭建出后期创作需要的素材之基，而是要“更有广度和深度”[③]。报告文学作家所搭建的艺术世界也不像新闻报道一味凸出名人效应，普通人与名人在采写过程中享有同等戏份。因为在报告文学作家们看来，要解读奇异大事的突变，必然离不开对日常生活中凡俗时空的反复开掘。赵瑜在写《革命百里洲》时，有时候驻地采访一次就达数月时间，而且往往复复好几次[④]；徐剑在二炮部队写导弹题材、李鸣生在国防科工委写原子弹，他们已然将自身变成了报告文学文本和谐共生的一部分，血液里流淌着报告文学的基因。在这一点上，报告文学比新闻更加“贴近实际、贴近生活、贴近群众”[⑤]。可以说，正是这些不厌其烦、细致入微的田野调查，奠定了动人心魄的报告文学坚实的基础。采写方式与时间长短上的差别，带来的是两种

①李朝全，《新闻记者参与报告文学创作的空间》，载《光明日报》，2013年10月15日，第14版。
②曾德强，《传记性报告文学的采访与写作》，载《安康日报》，2019年6月21日，第5版。
③周淼龙，《报告文学调查采访的理论来源与特点》，载《湖南人文科技学院学报》，2009年第5期。
④赵瑜，《通讯报道与报告文学之异同》，载《长治日报》，2013年8月31日，第3版。
⑤张翼，《报告文学发展需要作家的岗位意识——对几位报告文学理论家的采访》，载《广播电视大学学报》，2014年第1期。

文体写作过程中立意构思的不同。通讯报道等新闻文体的时效性是其新闻价值的主要体现，因而都必须在短时间内迅速完成。而报告文学则相对灵活，时间可长可短，甚至有些报告文学作家的作品在完稿后因审查等无法避免的外在原因，常出现搁置或无法出版的现象。因篇幅所限，新闻文体通常无法做到以文艺作品的审美标准进行谋篇布局，而是旗帜鲜明、直奔主题。但好的报告文学作品则必须充分运用文学的方式方法进行立意构思，多元并包、含蓄隽永，才能实现思想与艺术、内容与形式的融合统一。就好像这两类文体的作家一同面对体育题材，通讯报道常聚焦名气运动员、技战术分析、好的比赛结果等；报告文学则注重挖掘赛事背后的故事，追问这一特殊人群背后的精神世界，从而上升为一个普遍人性的思考。典型如赵瑜的《强国梦——当代中国体育的误区》《马家军调查》《兵败汉城》等体育题材的报告文学力作，虽是书写体坛，却超越了体坛。

三是文体品格与语言运用有别。采写方式等方面的差异性，根源于报告文学与新闻文体不一样的文体品格。稍微具备一定新闻与报告文学阅读量的读者不难发现，通讯报道等新闻文体基本以褒扬为主，而报告文学则以贬抑居多。这种直观的阅读经验背后，深蕴的恰是报告文学与新闻文体差别性的文体品格。作为“知识分子独立表达自己社会见识的手段和方式”①，报告文学强化的是作者的独立意识，凸显的是文体的文化批判品性，而新闻文体突出的是意识形态的群体认知，更注重弘扬时代精神与提升正能量。虽然包括赵瑜、邓贤、张平等报告文学作家在发表出版呕心沥血的报告文学作品后所遭受的封杀、官司等一定程度上

①白玉红，《新闻视野中的报告文学》，载《新闻爱好者》，2007年第7期。

对后来的报告文学创作产生了消极影响，但就文体本质而言，报告文学的批判品格与独立意识是不可回避的文体坚守。环境的塑造当然会对文体发展产生规训与障碍，但真正好的报告文学作家总能在制约中找到合理突破口，在遵从文体规范与功能诉求前提下做到运筹帷幄、游刃有余。在这一点上，旗帜鲜明、倾向单一的通讯报道等新闻文体显然要宽裕许多。报告文学与新闻文体在文体上的差异性还体现在语言运用的不同：报告文学更多运用个性化、民众化、文艺化、大众化的语言，而新闻则主要使用共性化、公权化、新闻化、通常化的语言。语言运用背后的差别，就是两个文体不同写作主体的对举性。按照评论家阎纲的看法，新闻文体的通常化语言即被称为“新华体”，即便有一些记者个性化的抒发，整体上仍是媒体意志的集中体现。而报告文学作家的语言运用则要做到意蕴丰富、个性十足，强调私人化表达、故事性叙述。如句式“党的十一届三中全会以后”，读者早已熟络，通讯报道基本直接运用。而报告文学作家们却往往采用更富有意味的表述方式，如“那年，你上县里开会回来，咱村就分了地”等，表达的内容富有陌生化却又丰富许多。打个不太恰当的比方，通讯报道可称为“放大了的消息”，而报告文学则可称作“文学的报告”。说到底，两者语言运用上的差异性，正源于读者阅读期待上的迥异性。好的报告文学，除了具备新闻般的真实性外，应格外重视“在语言上下功夫，力戒空话套话，克服新闻笔调，增强文学色彩”[①]。

综上，新闻是以事件为核心，围绕事件展开记述和说明的。而报告文学则是以人物为中心，事件、情节都是为了塑造人物。

---

①廉正祥，《试论报告文学的新闻属性》，载《新闻界》，1995年第6期。

"新闻的本质是信息，文学的本质是艺术，报告文学的本质是艺术性地传达信息。"[①]报告文学对新闻真实性的接纳与对文学艺术表现手段的有效吸收，使得它在新闻和虚构文学之间的空白地带建立起了独立的营盘。

第二节 报告文学与纪实文学之比较分析

2014年8月，第六届"鲁迅文学奖"评选过程中发生了一个轰动文学界的新闻事件——阿来的纪实文学作品《瞻对：一个两百年的康巴传奇》票选最终得票数为0票。粉丝们对这样的结果大跌眼镜，乃至阿来本人都对评选体例、具体程序等提出强烈质疑。虽然事件并未延续多长时间便尘埃落定，但由此发酵引起的"报告文学"与"非虚构写作"的激烈争论却甚嚣尘上、震动文坛。评选与论争的背后，隐藏着的其实是当下作家和学人们渴求通过"立足现实、重返现场"[②]来重构、紧密"文学与现实的关联"[③]的焦灼心态与复杂心理。

按照文本及其所书写对象世界的关系关照，文学可划分为虚构和纪实（也称非虚构）两个大类。小说、戏剧、诗歌等均属虚构文学，而报告文学、传记文学、回忆录、纪实小说、文艺特写等则被纳入纪实文学范畴中，而这其中"报告文学、传记、纪实

---

① 刘崇华，《新时期新闻传播媒介与报告文学发展的关系研究》，载《新闻知识》，2015年第7期。

② 丁增武，《"报告文学"和"非虚构写作"之争的辨析与考察》，载《合肥学院学报》（综合版），2016年第2期。

③ 信世杰，《非虚构与报告文学：互为毒药还是良药？》，载《文学报》，2019年4月25日，第19版。

小说是当代纪实文学的三大主要样式”[1]。纪实文学在中国和世界范围内，都可谓古已有之、源远流长。纪传体文学可以视为纪实文学发轫阶段的主要表现形态，东方的《史记》与西方的《希腊罗马名人传》等纪实文学巨著至今熠熠生辉。但作为一个明确的文学概念，“纪实文学”这一命名在我国的出现却是在新时期之后。1984年，《当代》杂志率先发表了两个纪实小说——刘亚洲的《海水下面是泥土——李大维讲的故事》和庞瑞垠的《东平之死》，读来耳目一新。紧随其后，《上海文学》《作家》《收获》《钟山》等国内重要文学刊物都刊载了张辛欣、桑晔等人的实录文学作品，文学价值与史料价值兼具的特色让它们在文坛展露锋芒。而刘心武、梁晓声的加入，使纪实小说一时间颇为炫目。而国外并没有“纪实文学”或者“纪实小说”的说法，取而代之的是“非虚构小说”或“新新闻主义”[2]，是一个“异质同构型聚合式谱系概念”[3]。

梳理东西方纪实文学，可以发现它们具有某些共同审美特征：一是非虚构性。内容上，忠于生活中的真人真事；情感上，遵从于作品中的人物自身；形式上，讲求与虚构文学划清界限。按照刘心武的说法，一般小说从一百件事中融汇提炼出第一百零一件来写，而纪实小说则是从一百件事中挑出最值得写的一件。“忠于生活中的真人真事”[4]，是纪实文学的基本特征。二是文学性。纪实文学的“纪实”更多是作为“文学”的修饰语、限定

①吴松江，《报告文学与纪实小说的区别与界定》，载《广播电视大学学报》，2002年第1期。
②彭在钦，《纪实中的非纪实性——论新纪实小说在报告文学中的衍生》，载《求索》，1998年第1期。
③龚举善，《非虚构文化视野下报告文学的文体个性》，载《文艺报》，2011年9月5日，第8版。
④张幸淼，《纪实文学与报告文学异同论》，载《天津外国语学院学报》，1998年第3期。

语，因为无法做到简单完全照搬生活，而必须采取文学化手段，以彰显其文学品性与美学价值。纪实文学创作过程中较多借鉴吸纳小说笔法，尤其在人物形象塑造、环境描写、细节刻画等方面，既追求准确性，也强调感染力。因此，纪实文学允许适当虚构来凸显其文学性，类似于刘心武《公共汽车咏叹调》中的心理描写和社会剖析就是明证。三是论说性。纪实文学既强调对生活内容尽可能真实地呈现，也不排除作家主观态度的显露。刘心武《5 · 19长镜头》中对相关足球事件的大段评论剖析、梁晓声《京华见闻录》中对以权谋私等不正之风的揭露与抨击，并不会让读者觉得伤害到了真实性的认可度，反而因情感上的互动更加容易产生真实性的共鸣。由此可见，纪实文学的“纪实”，不仅涵盖客观之实，更包含主观之实。

反观报告文学，其真正诞生是伴随近代新闻事业的兴起而发端，仍然是一种新兴的文学样式。从梁启超的《戊戌政变记》到夏衍的《包身工》，从徐迟的《哥德巴赫猜想》再到何建明的《浦东史诗》，报告文学在狭小的历史时域中持续迸发出夺目光芒。作为一种特殊文学样式的报告文学，也拥有独异的美学特征：一是新闻性。这一性质决定了报告文学的非虚构诉求，按照基希的说法——“严格地忠于事实”是报告文学的第一个条件，是“立文之本”[①]。对于新闻所强调的五个W要素，报告文学都必须作出明确交代，拒绝无中生有、真假混淆。新闻性同时决定了报告文学的时代性与新颖性，所写的现象、人物、问题等都必须具有时代精神，以对广大读者形成信息诱惑、阅读诱引。二是文学性。报告文学的文学性包括了鲜明的形象性、充沛的抒情性

---

①王晖，《报告文学：作为非虚构文体的文学魅力》，载《甘肃社会科学》，2005年第1期。

和表达的多样性三个具体维度。报告文学创作过程中对于细节描写的重视，可以给读者以真切的“在场感”，因而，适当想象在报告文学中是被允许的。同时，基希也把“强烈的社会感情”作为报告文学文体的必要条件之一，凸显了报告文学以情动人的特质。多样化的文学表达意味着报告文学可以在非虚构前提下对其他文体的优长和特色兼收并蓄，不断丰富自身的表达方式。三是论说性。对报告文学而言，其现实功利性往往先于文学审美。“报告者的意识”在报告文学中具化为崇高使命感、责任感及强烈的社会功利意识，并以此为基准对所写事物进行褒贬的价值评判。正如有论者提到的，“优秀的报告文学作家不但是文学家，而且也是政论家、思想家。”①

宏观梳理纪实文学与报告文学的发展历程与美学特征，不难发现二者确有相似、相近之处，比如二者对真实性、文学性、论说性的共同追求。报告文学与纪实文学都强调要表现生活中的真人真事，实事求是、忠于事实；都要通过形象性表达、生动性细节、多样化方式来表现其文学性品格；也都凸显出论说性的特征，在字里行间展示作者对相关人物、事件、问题等的价值评判。这一系列相似性带来的最直接问题就是同一篇作品，常常既被编入纪实文学作品集，也被收入报告文学作品选。但是，相似、相近与相同仍有距离，二者分属不同的文学样式，是绝对不可以直接等同的。两种文体的差异同样显而易见：

第一，报告文学比纪实文学更加尊重客观真实性，非虚构的品格更突显。纪实文学允许适当虚构，而报告文学则强调要忠诚于客观事实。这就带来了两个文体写作过程中的差异性选择。首

① 丁增武，《“报告文学”和“非虚构写作”之争的辨析与考察》，载《合肥学院学报》（综合版），2016年第2期。

先，报告文学中的人和事要严格客观真实，不允许有虚构成分。而纪实文学在“非虚构”前提下，在次要人物、非重点情节乃至细节刻画方面容许变通，虚构这一报告文学所不容许的做法也被吸纳到了纪实文学书写中。很多纪实小说为了衬托主人公，往往虚构杜撰出现实生活中并不存在的人物、细节等，如邢卓的纪实小说《忌日》就给“我”假想出了一个叫“迟玲玲”的女朋友。其次，报告文学通常要求身份的真实性，即真名真姓、真的单位、真的住址等，以增强其干预生活的现实功能。这方面，纪实文学比较灵活，可以是真名真姓，也可变通性隐去。有些纪实文学，“甚至连地理真实和物理真实的概念都模糊化了，让读者对彼的文学信誉度大打折扣，甚至产生置疑。”[①]再次，纪实文学可以具体的“他”来剖析“他们”，而报告文学则只能针对写作对象发表看法，无法用某一个个体代表整个群体，其价值判断也不具有群体适用性。最后，纪实文学的题材选择虽没有新闻性诉求，但它同样可以对具有新闻意义的人物、事件等进行描写与展示，但在写作过程中由于部分情节、细节的虚构性，因而有别于报告文学。可见，虽然“真实性”是非虚构写作最为推崇的特征，但在真正进行创作过程中并无法做到。非虚构作家梁鸿就指出，“非虚构写作中的‘真实’，也仅仅能说是作者在尽最大努力接近‘真实’，并非是真实本身。”[②]

第二，报告文学与纪实文学在对待新闻性上差别巨大。报告文学的新闻性是其基本特征之一，这就决定了它的题材选择必须注重时代性、时效性、新颖性，必须选择具有强烈“现代感”的

① 徐剑，《关于报告文学和非虚构几个关键词的断想——我写报告文学的心路旅程之二》，载《广播电视大学学报》（哲学社会科学版），2018年第1期。
② 韩锡鹏，《从文化资本视角比较报告文学与非虚构写作》，载《青年记者》，2019年第14期。

题材进行文本的立意构思，因而，报告文学的时态通常是现在进行时。即便是历史题材的报告文学，也应彰显其时代价值和现实效用，而不是毫无立场在故纸堆中挖掘引人入胜的故事。纪实文学则既不讲求新闻性，也不强调新颖性。遍览中外纪实文学作品，其题材范围较之报告文学明显要宽泛许多，写今天的现实、写昨天的历史，似乎并不会有太大差别，更不会对文体叙事伦理构成冲击。纪实文学写现实，也不需要像报告文学那样以行走的姿态紧密追踪现实、关注社会动向、捕捉重大事件。简单地说，有否新闻价值，蕴含的消息新颖与否，并不是评判纪实文学的标准。纪实文学的时态更多都是“过去完成时”，包括了回忆录、传记文学等。

第三，两者在看待文学性方面虽无显著区别，但也有歧异。文学性在两个文体中的表现相当接近，都是为了增强作品的形象生动性与艺术感染力。报告文学的文学性受到了新闻真实性的制约，因此，在对文学手段的采纳运用上颇受限制，虚构小说笔法显然不在其武器库中。报告文学的艺术想象是认知性聚焦的延伸，也是其文学性的一大表现。但报告文学的想象都是为其真实性服务的，仅止于还原真相，不可能进行充分展开，更无法做到毫无节制进行。在这一点上，纪实文学有着更大的自由度和灵活性。不论是刻画人物，还是渲染氛围，亦或是展示心理，虚构小说笔法都能被允许、被认可、被接受。因此，纪实文学的艺术想象比起报告文学显然要充分许多。从这个意义上，也可以说，纪实文学的文学性（或文学色彩）是要比报告文学强一些的。

第四，报告文学与纪实文学虽然都有论说性的文体特征，但两者的论说性也有差别。这种差别主要取决于二者对待真实性的态度。如前所述，纪实文学的纪实性并非纯客观，而是允许有虚构成分，因此作者在对表现对象做出审美评判时，可采用直接或间接的方式。而报告文学肩负着行走时代、干预现实的文体功能，它的倾向性比起纪实文学更旗帜鲜明，对论说对象的是非优劣的褒贬也更充分、更大胆、更直露。

由上观之，纪实文学与报告文学呈现出了同中有异的区别态势。甚至有人因此认为纪实文学是一种介于报告文学与虚构小说之间的新型文体，兼具报告文学与小说的文体优势。它追求真实性，但远没有报告文学那么严格；它追求文学性，可采纳小说虚构笔法来营构艺术境界。就纪实性、文学性、论说性三个维度而言，所有报告文学作品其实都可归到纪实文学范畴中，有学者就将报告文学定义为"叙事性非虚构文学"[1]，但反过来则不成立，毕竟报告文学所强调的新闻性是纪实文学不具备的。在概念日益驳杂的时代里，"非虚构""纪实""报告文学"三个概念虽互相区别，却有其融通之处。无论是"理念意义上的非虚构文学、原则意义上的纪实文学，还是文体意义上的报告文学"[2]，作为文学的概念都有它们出现并存在的合理合法性。必须指出的是，非虚构文学或纪实文学都不能用作报告文学的替换概念，它们在外延上是更大于报告文学的，是一个"文类"[3]概念而非文体概念。通过对这两个相似性概念的梳理与思辨，报告文学可视为非虚构视野下具有特别强烈的现实性、真实性、新闻性和批判性的特殊文体样式。梳理新时期以来的纪实文学创作，可以说，以报告文学为主体的非虚构叙事越来越显示出自身叙事的优

①丁晓原，《有思想的非虚构：李鸣生报告文学论》，载《广播电视大学学报》，2019年第1期。
②龚举善，《非虚构文化视野下报告文学的文体个性》，载《文艺报》，2011年9月5日，第8版。
③丁晓原，《报告文学，回到非虚构叙事本位》，载《文艺争鸣》，2014年第1期。

势——"'抵抗虚构'的真实性、快速反映生活的时效性、针砭时弊的批判性"①。从这个意义上，纪实文学的繁荣，哪怕只是论争不断，对于报告文学的文体发展而言都是好事。

第三节 报告文学与虚构文学之比较分析

"小说有着他的主角。为了他们，读者的爱和憎就炽燃起来了。短篇小说和戏剧都是这样的。在他们之后，文学的各种体裁都有着一个很长的历史。他们的形式已经达到一定的稳固性了。纵然有着许多变化，但那一定的骨骼却仍然留存着。"②巴克在分析报告文学与小说差别时，聚焦在"骨骼""形式特点"等方面。归结而言，这些差异是二者在叙事结构上的差别。小说经由历史洗练已形成专属结构形式，但报告文学的年轻导致了对其结构认定的困难。考虑到"小说有它自己的主要线索，它的主角们的生活。而报告文学的主要线索就是主题自身"，巴克对报告文学叙事方向也提出看法——"报告文学者基希注意着每一个轻微的细节——而用最简洁的公式把他们结合起来，报告文学家的这种最简洁的方式并不是科学家的最简要的公式。后者乃是一种学术上的、清除了一切血和肉的抽象。报告作家的最简洁的公式必须不是杀害生活却是被设定为生活的。"③

的确，在某种意义上，报告文学文体的发生发展离不开对已有文体的吸收与借鉴，特别是源远流长且不断推陈出新的小

①龚举善，《"非虚构"叙事的文学伦理及限度》，载《文艺研究》，2013年第5期。
②[塞]巴克，张元松译，《基希及其报告文学》，载《国际文学》第4号，1935年。
③[塞]巴克，张元松译，《基希及其报告文学》，载《国际文学》第4号，1935年。

说。报告文学走着同现实主义小说一样的创作道路，也分享着现代小说丰富的结构体式、艺术技巧、语态风格等。作为一种新兴的非虚构文体，报告文学在其萌生时期“对小说等虚构性文体结构形式的简单模仿”[①]合情合理。一直以来都对西方文学思潮与艺术技法关注颇多的茅盾显然也读到了巴克的《基希及其报告文学》，在《关于“报告文学”》一文中的许多观点，都可看到巴文的影子，或是对其的反叛。行文中，他对报告文学文体发展有自己的期待——“好的‘报告’须要具备小说所有的艺术上的条件，——人物的刻画，环境的描写，氛围的渲染等等；但‘报告’和‘小说’不同。前者是注重在实有的‘某一事件’和时间上的‘立即’报道，而后者则是作家积聚下多少的生活体验，研究分析得了结论，藉创作想象之力而给以充分的形象化”。[②]“没有专门研究”报告文学的茅盾对报告文学与小说间的差异进行了切中要害的到位分析。但由于对小说艺术条件的热衷，茅盾对《包身工》式的“论文式报告文学”进行了错误批判，而他对“小说式报告文学”的无形倡导对中国现代报告文学的叙事结构形态演变产生了深远的历史影响。

需要指出的是，后代在对茅盾倡导的“小说式报告文学”的认定上存在着严重的误读。茅盾《关于“报告文学”》中主张的报告文学创作对小说艺术技法的吸纳并不包含叙事结构层面。他只是在对“论文式报告文学”的批判及对“标本”的恐惧中指出了对报告文学应如何强化文学性的一些主观看法。在“人物的刻画，环境的描写，氛围的渲染等等”方面，报告文学创作同小说可以是类同的。但是，就叙事结构而言，报告文学的文体叙述显

①王晖，《二十世纪中国报告文学的叙述模式》，载《中国社会科学》，2003年第2期。
②茅盾，《关于“报告文学”》，载《中流》第1卷第11期，1937年2月20日。

然有着区别于小说的选择。“要使这种诱惑不致失败，作家必须要像不使作品失去艺术性那样地审慎地选取绘画器具，在正确地展视中，组织自己的记述，而必须把它作为是艺术文告——艺术地揭发罪恶的文告。”①

“如果支承着小说叙事的那些结构与组织着历史、传记、新闻故事以及我们自己生活中的榜样意识的那些结构是一致的，那么这些结构是如何形成的这一问题就会令人产生新的兴趣。指称叙事结构的文学术语当然是‘情节’（plot）。”②亚里士多德在《诗学》中对情节进行了细致探讨，将其视为对事件的安排。后世出现的叙事理论中“故事”与“话语”的区分正是对情节价值的强调，“前者指按照实际时间和因果关系排列的事件，后者指对素材进行的艺术加工。”③俄国形式主义者更是将情节视为对故事事件的重新安排，是小说文学审美性的重要表现。因而，小说叙事结构中核心关键词必然是情节。小说情节的功能排列所包含着时间、空间、人物、因果等干扰因素会导向不同的结构形态，从而实现由故事表层结构走向话语深层结构。结合前文对报告文学叙事结构类型的划分，不难发现二者的相似性，这大概是报告文学发生发展的过程中一度沦为附庸文体的重要原因。但表面形似并不意味着报告文学与小说在叙事结构上真正融通，二者实质性的区别可以通过对几个叙事结构类型具体操作上的差异予以呈现。

还是从托多罗夫对叙事作品结构所做的分类谈起，也就是逻

①[捷]基希，《一种危险的文学样式》，见张德明编《中外作家论报告文学》，云南人民出版社，1985年，第276页。
②[美]华莱士·马丁著，伍晓明译，《当代叙事学》，北京大学出版社，2005年，第73页。
③申丹、王丽亚，《西方叙事学：经典与后经典》，北京大学出版社，2010年，第34页。

辑和时间布局与空间布局。不管是非虚构的报告文学，还是虚构性的小说，其线型结构都可以按照不同的结构依据区分为单线型、复线型和环状三种形态。术语上的相同根源于其外在联结方式上类似的表现，但并不意味着二者的直接等价。比较报告文学与小说两个文体的线型结构内部，差异明显。

单线型报告文学在现代报告文学的萌生发展期占据绝对主导地位。紧凑事件与有限人物，方便了报告文学以新闻的时效性去反映叙述者的所见所思。叙述与描写是其主要的表达方式。因此，单线型的报告文学在其萌芽阶段同传统的单线型短篇小说几无差别。很多文本若剔除其历史背景、实际环境等真实要素，被读者误为虚构小说文本并不足为奇。丁玲的《多事之秋》以叙述和描写为主导，只有上海等地名及“九一八”事变的历史背景指涉着非虚构的文体特征。这是任何新事物不可避免的蹒跚学步，也被视为报告文学简单模仿小说叙事结构的直接证据。不过，文体的发展与成熟还是将这一弊病有效治愈。单线型报告文学在客观性的描写与叙述的同时，将主观性评价加入文本，叙议结合。报告文学理论研究中的“政论性”很大程度上指向的就是报告文学客观叙述之外的主观议论。这种叙议结构的出现，扭转了人们对报告文学附庸文体角色认定的谬误，也从“报告”“文学”两个侧面将其属性予以呈现——由小说借鉴而来的客观性的叙述和描写将脱胎于新闻的直白的通讯化倾向克服了，使其能更加生动进行客观还原；而主观性议论的添加则能更好地传达叙述者的主观倾向，深化报告文学的主观文学性。

“卷帙浩繁的长篇小说大多可归入复线这一类型，《战争与和平》《安娜·卡列尼娜》《红楼梦》均可列出复线的四个层次，即使一些连接松散的长篇小说也可运用复线理论分析其结构。”[1]复线的“复”可以和“长篇小说”直接画等号，而报告文学有着相似的等价关系。复线型结构的报告文学在中国高峰性写作的潮流出现在20世纪80年代，横向全景式报告文学是其最典型形态。对应小说复线结构，复线型结构的报告文学也不再局限单一情节线索的展开或单一人物的简单叙议，“在这里，人物较少成为被叙述的主角，他们常常仅仅只是作为叙述的片断而存在，以为整个事件的叙说服务为目的”。[2]没有了类似长篇小说中主人公的角色设置，复线结构型的报告文学将某个特定的重大社会事件作为叙事主体，在鸿篇巨制中容纳了萌芽、发展、高潮、结局等来龙去脉。情节为人物服务，正是由于人物形象安排上的结构缺失，使得这个类型的报告文学在情节设置上明显缺少长篇小说的紧密性、连贯性与曲折性。单线型报告文学所采纳的叙议结构在这类文本中依旧拥有着强大生命力。相当比例的非叙事话语在叙述过程中的夹杂，使叙与议在复线型报告文学中有机啮合，呈现出一体化特征。长篇小说当中也有非叙事话语，但明显少于报告文学。而且长篇小说中的非叙事话语更多充当情节连接的功能，或至少提供相应的情节性资讯。在这点上，复线型报告文学的独特性又得到了凸显。相应的史料记载、日记、报刊的新闻消息、口述实录、备忘录等因素使文体叙述出现间隙，打乱了本就松散的叙事结构。这种结构方式在凸显所叙述事件主体多维性的同时，也强化了叙述者叙述的权威性。读者能通过叙述者游刃有余的叙事掌控将事件的表层与深层尽收眼底。

报告文学线型结构类型的环状结构对应的是小说的环形结构。在小说文体中，环形情节最明显特征是缺少一个贯穿始终的

①胡亚敏，《叙事学》，华中师范大学出版社，2004年，第130页。
②王晖，《二十世纪中国报告文学的叙述模式》，载《中国社会科学》，2003年第2期。

主线，全文由许多小故事组成，《儒林外史》《官场现形记》等就是由一个故事引出另一个故事的连环式结构，而林斤澜的《矮凳桥传奇》、贾平凹的《商州初录》、阿城的《遍地风流》则属于多个相对独立小故事构成的并列式结构。单就理论的外在特征与子类别划分上看，报告文学与小说似乎没有明显差别。并列式环形结构的小说对情节完整性的挑战，更是直逼报告文学叙议结构历来对情节连贯性的忽视。然而，"理论就像创造和运用它们的人一样富于启示性、误导性、化简性和构造性"。①真正要探究报告文学与小说在环状结构上的差别，必须回到创作实践。现代报告文学的环状结构文本往往由一个主题作为号召，积聚相关的具体实例，这些相对独立的小的叙事单元就如同一组组的特写环绕并簇拥在主题之下。宋之的的《一九三六年春在太原》正是这种环状结构的绝佳范本。较之于环形结构的小说，在这一报告文学文本中同样没有贯穿始终的情节线索，但它有贯穿始终的主题、人物，还有叙述者主观的情感态度。不过，也正由于必要情节线索的缺失，环形结构的小说与环状结构的报告文学在现实创作实践中只占较小比例。

"非线型情节类型是相对线型而言的，是对传统的故事型情节的一种冲击。它表现为线型情节的紊乱或隐退，其基本特征为打乱时间顺序和因果关系，淡化人物和情节。"②由于固守传统的写作方式与技巧，小说在其现代转型的最开初依然被视为无足轻重的边缘艺术。非线型结构方式正是作为对传统的反叛而出现的，也是小说现代性的重要侧面。情节结构的开放与情节的淡化是其最重要的两种趋势。情节的时间线性不再是小说结构的凭

① [美]华莱士・马丁著，伍晓明译，《当代叙事学》，北京大学出版社，2005年，第100页。
② 胡亚敏，《叙事学》，华中师范大学出版社，2004年，第132页。

借，时序打乱、非情节性叙事比重增加、沿着人物意识活动组织故事等叙事技巧的出现，都彰显着小说不墨守成规的开放性。这种时间因素的弱化在非线型结构的报告文学中也有体现。20世纪80年代出现的集合式问题报告文学的浪潮，将这种叙事结构方式的优势发挥得淋漓尽致，也在客观上打破了原有线型结构方式的霸权局面。提出问题→分析问题→解决问题的结构方式对于社会焦点、热点问题的呈现有其独特叙事优势，时间线性逻辑的打破方便了叙述者在文本中以更加自由的方式对个案事例、统计数字等因素进行摆放。而文末以叙述者的议论作结，则深化了报告文学理论反思的写作诉求。理性思考在文本中深入浅出的驾驭使得感性的描摹退为背景，宏观关照的视野也超越了局部写真的狭隘。在这种结构方式中，叙事的生动性与客观性依旧保留，而主体性的凸显与张扬则将报告文学的批判品格全面展示出来。

综上所述，报告文学与小说虽然基本上分享着相同的叙事结构理论术语，但二者结构方式有着相当大的差异。虽然两个文体都有线型与非线型，单线型、复线型与环状等具体分类，但小说的“线”指向情节，而报告文学的“线”则指向主题。小说结构因素中，强调叙述与描写，而报告文学则强调的是叙述者的主体性。情节性的组织结构虽然与报告文学的成长相伴相随，但它更多只是报告文学叙述的基础。现代报告文学的文体发展在小说化与论文式这两种极端化倾向的力避当中，不断丰富着文体的叙事结构体式。

第四节　作为一种博采众长的开放性文体

"对于文学作品而言，文体规范是一种无形而巨大的压力，它迫使各种体裁的作品就范于它的规约，从而促成了诗歌、散文、小说等不同文体语言的各自风格。"[①]梳理报告文学同新闻文体、纪实文学及虚构文学的异同，一方面廓清了报告文学文体的独特性，另一方面也辨明了它与几个文体间的具体差别。更重要的是，它提醒了我们，报告文学文体在时代发展过程中，正越来越多受到其他文体的影响与滋养。这一点，可以从报告文学作家队伍的身份组成窥见一斑，大多数的报告文学作家要么从小说、散文等行列中转型而来，要么就是兼有多种文体创作，几乎很少见到专门性、专业性的报告文学作家。

以《扬眉剑出鞘》《中年颂》《倾斜的足球场》等报告文学作品饮誉文坛的理由，曾经写过一篇《和青年谈谈报告文学》。他以躬身实践的经验指出："除了虚构与概括的手法不宜引进报告文学，其他一切属于表现形式的文学手法都可以在报告文学中充分调动。调动得越好，就越逼真；越真实，就越富于艺术的感染力。"[②]寥寥数语，既强化了报告文学对任何虚构元素的拒绝，又凸显了报告文学创作过程中对其他文体的开放性姿态。报告文学要强化其文学性、感染力，必然要在非虚构的前提下，从驳杂的文学家族中吸纳多样化的表现技巧，如"提炼、剪裁、描摹、比兴、工笔刻画、重笔渲染、精选角度、截取断面、澎湃的

---

①胡柏一，《吸纳百川 博采众长——谈报告文学语言的张力》，载《文艺评论》，2006年第5期。

②理由，《和青年谈谈报告文学》，载《八小时以外》，1982年第4期。

抒情、恰当的议论以及艺术语言的调动等"[1]。简单地说，除却报告文学所不齿的虚构、造假外，作为一个综合性很强的文体，报告文学可以"拿来主义"的姿态从新闻、纪实文学、小说、诗歌、散文、戏剧中吸收艺术表现手法为我所用。

一是向新闻文体特别是深度报道学习。报告文学与新闻文体的相通性与生俱来。与社会现实结合的紧密性、事件的时代性、广泛的传播性等，毫无疑问都体现着报告文学与新闻母体之间"藕断丝连"的密切关系。但是，因为理念先行、主体张扬的文体特性，报告文学在表现现实时往往比新闻更丰富更深刻。文学日益边缘化的今天，报告文学也发生了一些令人隐忧的转型。"对社会现实与文明保持批判性审视、对弱势群体和底层民众给予正义的关注、对当代文化方向提出建设性意见，理应是报告文学文化批判性的应有之义，考察现代报告文学发展史，大凡杰出的报告文学作品一般都具有这样的基本品质。"[2]但实际的情况并没有理想中的丰满。尤其是新世纪，原来冲锋陷阵的勇士逐渐退化成了温文尔雅的绅士，甚至阿谀奉承的小人，理性锋芒的缺失、文化批判的弱化成了当下报告文学文体的一大硬伤。这种变化有其外在原因，生活节奏的快速化，使很多读者更倾向于接受短平快的新闻消息，拒绝卷帙浩繁的报告文学作品。这就意味着报告文学的发展要顺应时代潮流，必须继续按照新闻的规律来摒弃虚构，通过现实境况的呈现、梳理、阐释，为读者提供简单新闻所获取不到的深度信息。新世纪，报告文学有意识向新闻文体"取经"，一方面出现了类似《"懒汉"治村》《行走的脊梁——

①张俊鹏，《新时期新闻视野中的报告文学研究》，硕士学位论文，河南大学，2006年。
②王晖、丁晓原，《事件·创作·批评——关于当下报告文学局势的对话》，载《文艺报》，2004年9月23日，第8版。

泰山挑山工纪事》等短小精悍的报告文学文本，另一方面则向新闻的深度报道靠拢，注重通过对表象的挖掘揭示新闻背后的真相，帮助读者认识事物本质。同时，报告文学也有意识将民意调查、数据整合、内容分析等新闻领域的科学研究方法纳入创作的前期准备。深度报道更注重用事实说话，强调有效信息的传递，关注普通人的生存状态，也更加注重理性的思考，这种深刻性再加上新闻文体所具有的传播广泛性，使深度报道一时颇为轰动，盘踞着人数众多的拥趸。比如《中国青年报》开设了旨在“不放弃社会‘焦点’‘热点’的同时”，“更多地关注普通人的生存状态和想法”[①]的“冰点”栏目，通过对新闻事件的调查与展示，达到干预社会的目的。“冰点”的成功，为报告文学指明了方向。新世纪出现的一批注重用事实说话，同时强化理性思考的报告文学佳作，正是报告文学主动向深度报道学习的成果。

二是采纳小说等虚构文体中的优点。同属文学范畴，但报告文学跟小说除了虚构与否的明显差别外，还有更重要的区别性特征——理念先行。夏衍曾指出，“报告文学一是要真实，二是要有正确的立场。”[②]而《流民图》的作者萧乾也认为，他的那些报告文学作品“涉及的地方虽然不同，写作时期也不一样，但我有的只是一个企图，那就是褒善贬恶，为受蹂躏者呼喊，向黑暗进攻”。[③]换句话说，理念先行要求报告文学的创作主体在坚守非虚构性的基础上，还要具有“张扬理念的主观意识”[④]。小说

---

①李大同，《“冰点”发刊词》，载《中国青年报》，1995年1月6日。
②夏衍，《关于报告文学的一封信》，选自周国华、陈进波主编的《报告文学论文集》，新华出版社，1985年，第338页。
③萧乾，《人生采访记·前记》，选自鲍霁《萧乾研究资料》，十月出版社，1988年，第330页。
④王文军，《试论报告文学作为独立文体的核心要素之形成——局部抗战时期上海报告文学研究之二》，载《上海大学学报》（社会科学版），2005年第1期。

《当铺前》和报告文学《流民图》所选取的题材一样，但其艺术美感差别明显。茅盾的《当铺前》叙述的是连年遭受水灾和旱灾的农民们悲惨的生活状况，时代背景等写实因素被作者有意虚化，且作者处处刻意使自己退避于情节和人物之外，尽量客观表现人物命运、安排故事情节，让读者通过阅读去体会、理解。而《流民图》则是时为《大公报》记者的萧乾不辞辛劳、不畏艰险，奔走于大水泛滥的津浦铁路沿线，同时用强烈正义感、同情心为广大读者描绘的不堪画卷。写作过程中，包括小说艺术中人物形象的塑造、环境氛围的烘托、细节描写的重视等都被有机运用到了这一报告文学中，为读者留下了20世纪30年代黄河中下游地区人民苦难生活的真实档案。同时，由于作者身份外化，作品主题表现得更加突出。再比如《扬眉剑出鞘》的开头是这样的：

一辆闪着红十字标记的救护车和两辆小汽车，驶出马德里体育宫，沿着公路向前疾驰。

这是一九七八年三月二十六日的晚上，西班牙的首都沉浸在深蓝色的夜幕里。透过车窗望去，朦胧的建筑物，晶莹的喷水泉和闪烁迷离的灯光，一晃而过。马德里初春的夜色清凉如水，而车里人的心情却灼热、焦急……

汽车停在一所医院的门前。[1]

小说的悬念设置就是在叙事的最开始就安排一个紧张场面，以紧张气氛紧紧抓住读者的探求与好奇心理。这段开头虽都只是客观描写，但已能引发读者内心一系列的追问，诱引阅读。可以

① 理由，《扬眉剑出鞘》，见《中国报告文学丛书》第三辑第五分册，长江文艺出版社，1982年，第206页。

说，正是因为有选择地采纳了虚构小说中多样化的文学表达手段，报告文学历来被诟病的文学性得到了进一步丰富，报告文学也变通性地将其转化为富有文体特色的表现手法，持续强化文学的审美功效。

三是借鉴影视文学中的艺术表现手法。读图影像时代里，越来越多的文学作品被改编成电影，成为受人追捧的影视文学佳作。报告文学也不例外，何建明创作的四十余部报告文学作品，已有包括《国家——2011·中国外交史上的空前行动》等在内的10部被翻拍成了影视作品。两种形态的文学都深受欢迎，充分展现了两种文体在时代语境中较高的受关注度。改编、翻拍的成功，当然有编剧的居功至伟，但更不能忽视报告文学自身具有的影像化处理。从报告文学《国家——2011·中国外交史上的空前行动》到电影《战狼2》，两种文体都做到了以全景式、多层面、立体化的手法，真实再现利比亚撤侨行动，细节的生动性与感染力，使报告文学文本自身就深具画面感。刘笑伟、王志国的长篇报告文学《万里瞻天红旗扬》同样是一部气势恢宏、艺术表现手法多样的优秀作品，字里行间突出的“影像化特征”[①]令读者津津乐道。作者十分巧妙地借鉴了电影与纪录片的表达技巧，用立体思维与角度观察人物，梳理、整合个体经验，使作品富有立体感和画面感。正如刘笑伟谈到的，最开始接受采写任务时，主人公王继才在他的脑海里只是一个模糊存在、一个抽象符号。但是，经过长达半年多的全面深入采访，王继才的形象逐渐在他的脑子里清晰站立起来，变得血肉丰满。中华优秀传统文化的历史传承、家庭红色文化的耳濡目染，再加上自己浓烈的英雄情

①佟鑫，《为报告文学写作注入文体新意》，载《文艺报》，2019年11月22日，第2版。

结，三者共同塑造出了王继才。特别是他在小岛上演绎着的那些爱国奉献的平凡故事，在刘笑伟看来就如同过电影一般令人印象深刻。基于这样的认定，作者创造性地艺术建构、精心剪裁，王继才的爱国事迹得以如镜头语言般呈现，生动的画面感使人产生直观的视觉感受，形象化、视觉化的文本内容通俗易懂且生动引人，使读者的阅读过程如同观看电影。影视文学在当下时代中的震撼力与辐射面不言而喻，报告文学有意识地艺术嫁接正是文体与时俱进的具体体现。

四是从学术研究论文中吸收营养。这一点尤其明显体现在学术体报告文学创作中。学术研究论文的专业性、学术性，使它具有大众难以挑战的权威性、真实性；学术研究论文的宏观性、抽象性，使它具有普通视野无法达到的全局性、概括性；学术研究论文的准确性、数字化，使它具有独特而珍贵的史志性、说服力。报告文学创作同学术研究论文有相通之处，都是以真实的社会事件作为记录对象，都强调真实性，也都强调田野调查。正如周立波在《谈谈报告文学》中强调的，“报告文学者的写字间是整个的社会，他应当像社会的新闻记者样的收集材料”，“基希的报告全部根据大量的社会事实和史实……他的每一篇报告，就是在科学的意义上讲，也可以说是一种绵密的社会调查”[①]。以刊登在1936年《光明》第一卷第八号上的《岱山的渔盐民》为例。此文以确凿的材料、生动深沉的笔法、精巧的结构和对所写对象的满腔同情，写出了日本人大肆经济掠夺的背景下，岱山渔盐民极为悲惨的生活状况，其中运用到了大量类似学术论文的数据：日本人走私以前，处于天堂乐国的岱山盐渔民花四块钱就可以配

①周立波，《谈谈报告文学》，载《读书生活》第3卷第12期，1936年4月25日。

购七八千斤，而现在盐税陡增了六倍以后，就只能买一千三百多斤。这些放在学术论文中可能十分枯燥乏味的数据，却能够将岱山盐渔民不幸的生活境遇以十分具体可感的方式表现出来，最后盐渔民的生死反抗也就显得合情合理了。《包身工》在数据运用上比《岱山的渔盐民》更加炉火纯青，它们穿插在对上海杨树浦福临路东洋纱厂一群包身工非人生活的叙述中，冷静、客观的数据在这群活生生的纱厂女工身上获得了具体可感的生命：纱厂女工没有一个有健康的颜色，做12小时的工，据调查每人平均要吸入0.15克的花絮，这些十五六岁的女孩儿每天吃两粥一饭，十六七个人睡在7尺阔、12尺深的像鸽子笼一样的工房楼下，在剧烈的高温下干着成年男工的活儿，工资却不及男工的三分之一。这些数字，倾注了作者对包身工无限的同情和对侵略者野蛮行径的深切痛恨，“它对揭露日本纱厂靠吸中国包身工的血不断扩张资本起到了具体强化主题的有力作用”。[①]可以说，正是这些历史研究方法与数据数字的引入，增强了报告文学的叙事权威性和感染力，使报告文学更真实可信，又具有具体而微的文学魅力。

作为一个晚近出现并很快成长起来的文体，报告文学的蜕变速度不可谓不快。非虚构的文体要求下，通过对多重文学艺术技巧的吸纳使它迅速蔚为大观。小说的情节设计、戏剧的场景与对话、诗歌的跳跃手法等，都能在诸多报告文学作品当中看到它们的艺术闪光。前文提到的《万里瞻天红旗扬》就可以看到新闻、小说、散文、诗歌等多种文体要素的有机融合，小说的悬念、新闻的简洁、散文的抒情、诗歌的灵动，让报告文学文体更加熠熠

---

① 王文军，《试论报告文学作为独立文体的核心要素之形成——局部抗战时期上海报告文学研究之二》，载《上海大学学报》（社会科学版），2005年第1期。

生辉。博采众长，以酿己蜜，已成为报告文学文体包容性的一大体现，通过从诗歌中汲取诗情，从散文中汲取意境，从小说中汲取人物刻画，从戏剧文学中汲取对话，从电影文学中汲取“可视性”，从杂文中汲取形象化议论等，报告文学正展现着它越来越蓬勃的生命力。

第八章

报告文学的发展向度

1931年11月15日，左联执委会通过的《中国无产阶级革命文学的新任务》决议中提出："作品的体裁也以简单明了，容易为工农大众所接受为原则。现在我们必须研究并且批判地采用中国本有的大众文学，西欧的报告文学，宣传艺术，壁小说，大众朗诵诗等等体裁。"[①]论及左联文化策略助推下中国20世纪30年代报告文学的创作高峰，已有部分研究者认知到了这个深具党派意识的决议所具备的引领作用。他们更多着眼于30年代左翼意识形态对报告文学文体叙事的推崇，却忽略了其他方面的探究。决议中"中国本有""大众文学""西欧"等关键表述，充分预示了现代报告文学发展向度的更丰富问题。

如前所述，现代报告文学的萌生早在近代王韬、梁启超、康有为等的尝试性创作中就已开始。但其文体命名、文体意识、高峰写作及理论研究等文体内部的关键性因素，却是在20世纪30年代才姗姗来迟。许多不同时代的理论研究者虽然都明确指认了报告文学的"近代起源说"，但在论及报告文学现代转型时，却格

① 《中国无产阶级革命文学的新任务》，载《文学导报》第1卷第8期，1931年11月15日。

外瞩目于“域外资源”[1]影响的评说。即便他们并不完全认可茅盾在《关于“报告文学”》中提出的“不二价的最新输入”[2]这一说法，但川口浩的《报告文学论》、基希的《一种危险的文学样式》、巴克的《基希及其报告文学》以及随后波列伏依的《论特写》、奥维奇金的《谈特写》等国外报告文学理论文章，却是他们至为重要的理论来源。理论关键词、评价标准、文体定位，甚至于“近代起源说”本身都很大程度上源自“域外视角”。袁殊的《报告文学论》作为国内最早的报告文学理论文章，很大部分参考了川口浩的同题论文；阿英的《从上海事变说到报告文学》大段摘录川口浩《报告文学论》的话语；周立波在《谈谈报告文学》中所举的例证正是基希及其报告文学创作；周钢鸣1938年出版的《报告文学写作法》是依据欧洲、日本等作家的观点及“左联”的理论写成；冯牧、黄钢等在抗战行军的紧张过程中依然随身携带基希《秘密的中国》手抄本，经常背诵其中的《纱厂童工》《黄包车！黄包车》等经典篇章，并将其作为报告文学创作的借鉴范本……理论照搬，直至创作效仿，充分确证了国外报告文学理论与创作对中国报告文学现代化进程不可磨灭的重要影响。“这一时期国外报告文学理论的引进，对中国报告文学的发展起了巨大的作用。”[3]“三十年代，外国报告文学作品陆续传到我国。作为一种文学营养，它相当有益于我国报告文学创作的发展。”“此外，外国报告文学理论的文章也对我国报告文学创作发生了相当大的影响。”[4]“30年代国际报告文学理论的引

① 黄科安，《域外资源与中国现代报告文学理论之建构》，载《中国现代文学研究丛刊》，2011年第7期。
② 茅盾，《关于“报告文学”》，载《中流》第1卷第11期，1937年2月20日。
③ 张春宁，《中国报告文学史稿》，群言出版社，1993年，第80页。
④ 赵遐秋，《中国现代报告文学史》，中国人民大学出版社，1987年，第20页。

入，确是催生了中国报告文学的繁荣。”①“自1931年起，报告文学理论批评主要从两个方面展开。一是大量地译介国外的报告文学理论，作为建构中国报告文学理论的参照与借鉴。”②多位报告文学研究者的论断都是很好的佐证。

西方报告文学理论与创作的强势笼罩，促发了中国报告文学创作的繁荣景象，却也带来了国内报告文学的研究与创作界“影响的焦虑”。刘白羽、张海珊等推崇的“古已有之说”，就可视为是对国外报告文学强势影响一种有意为之的颠覆。外国报告文学理论与创作虽直接指导并深刻影响了现代报告文学的文体发展，但毕竟其直面的受众仍旧是深受传统文化耳濡目染的国人，其创作意图、创作过程、传播途径等也都带有明显中国印迹。具体而言，组织化、政治化、互文性、民族性是中国现代报告文学百余年发展历程中至为显在的四个发展向度。

第一节　组织化：报告文学文体的大众普及

一个文体要想真正走向繁荣，就必须充分融入普通读者大众，实现大众化。“大众化”这个概念源自“大众文化”。本雅明、霍克海默、阿多诺、霍加特等都曾对其下过定义，但其含义的丰富仍然难以明辨。顾名思义，大众文化即众人喜好的文化，大众化指使其受到众人喜好的努力。对于“社会传播性写作”③的报告文学文体而言，大众化诉求是必然的。左联成立之后，之

①尹均生，《从国际报告文学视阈审视中国报告文学》，载《广播电视大学学报》，2010年第1期。
②丁晓原，《20世纪中国报告文学理论批评史》，安徽大学出版社，1999年，第5页。
③丁晓原，《论发生期的中国报告文学》，载《社会科学研究》，1999年第3期。

所以大力倡导报告文学，目的也在于发挥其叙事大众化的文体优势。

“从猛烈的阶级斗争当中，自兵战的罢工斗争当中，如火如荼的乡村斗争当中，经过平民夜校，经过工厂小报壁报，经过种种煽动宣传的工作，创造我们的报告文学（Reportage）吧！”[①]脱胎于新闻的报告文学，本就是旨在进行传播扩散的叙述方式。左联执委通过的这份文件，从接受与传播角度对报告文学的形式规范进行了设定，明确了报告文学民族化、大众化的必然性。1932年4月25日，左联机关刊物《文学》上刊载了洛扬的《论文学的大众化》：

> 国际普罗革命文学的新的大众形式的采用。即如报告文学……这些形式，都是真的从劳动大众中产生，从萌芽而成长为普罗艺术的新的形式的。[②]

这可视作中国最早从国际视域对报告文学大众化进行正面肯定的理论文章。正因充分见识到了报告文学的“大众化”[③]优势，无产阶级文学的领导机构才将其作为文化斗争载体予以热烈倡导。基希等的报告文学能起借鉴作用，紧接着结合本国实际，创造属于中国的报告文学才是左联推崇报告文学的终极目的。为此，冯宪章、陶晶孙等左联成员首先将文体名称及外国报告文学的最新动态及时带回国内。而袁殊、胡风、阿英等则结合中国实

①《无产阶级文学运动新的情势及我们的任务》，载《文化斗争》第1卷第1期，1930年8月15日。
②洛扬，《论文学的大众化》，载《文学》第一卷第一期，1932年4月25日。
③李玮，《论20世纪30年代文学语言“大众化”与“报告文学”文体的发生》，载《文学评论》，2011年第6期。

际发表了《报告文学论》《关于速写及其他》《从上海事变说到报告文学》等理论文章，用以指导国内的报告文学创作。《文艺新闻》《北斗》《文学》《世界文化》等左联刊物承担起了报告文学译介、理论研究及创作阵地的作用。1942年，毛泽东《在延安文艺座谈会上的讲话》进一步推动了文艺的大众化进程。他同样对“通讯文学”（即报告文学）高度重视。可以说，大众化是现代报告文学迅速发展并走向繁盛的首要前提。文体深受外来文化影响，既是外在捆绑，却也因此具备了极强可塑性。放眼整个现代报告文学的创作实绩，以下几方面叙事大众化的努力清晰可见：

一、群众写作。新世纪的报告文学研究者已基本认同了报告文学的“近代起源说”，但是在作品指认上却众说纷纭。这在很大程度上源于现代报告文学源起阶段创作上的惨淡景况。现代传媒的登场重新架构了社会的组织结构，也逐步改变了社会大众的思维方式，但其效果依旧苍白。早期现代报告文学文体叙事的大众化进程受制于两方面因素：一是读者大众的受教育程度与艺术接受水平，二是当时报告文学创作者所摄取的题材单一、创作数量有限及传播范围相对狭窄等。近代中国报告文学创作基本集中于两个类型的题材摄入，政治时事与域外采风，而在具体创作过程中往往陷入模式化的泥淖。特别是纪游体报告文学，不管是王韬的《漫游随录》、李奎的《环游地球新录》，还是梁启超的《新大陆游记》，整体行文更多是“在路上”的简单重复，只能凭借文本内富含的自然社会风情达到对读者的诱引。较之母体新闻，本时期报告文学的文学性有了相当强化，但依旧乏力。本就乏善可陈，创作数量不多则平添了报告文学初生的时代尴尬。除却梁启超这样的“奠基”[①]性报告文学作家，很难再找出优秀的报告文学作家作品。不过，因之将近代报告文学文本一概予以粗糙、稚嫩的定位，显然也是简单粗暴，毕竟初生期的蹒跚本该获得理解。更何况，本时期的报告文学创作之于后代有着源头与借鉴之功。“觉世与新民”[②]目标的预设及其取得的一定实绩，提醒了报告文学强大的文体叙事功能，也将大众化作为难题抛给了后起时代。伴随文体命名与域外资源传入的开始，中国现代报告文学的大众化追求在三四十年代有了显著体现——群众写作。

顾名思义，群众写作是区别于作家写作的一种群体性创作热潮，让更多个体参与到报告文学创作中，能够有力推动整个报告文学文体的社会辐射。阿英编选的《上海事变与报告文学》是群众性报告文学创作的第一个专集，是他在“一·二八”事变后从《时事新报》《太平洋日报》《时报》等刊物上大量描写淞沪战役的通讯报告中选取28篇编成的。虽然“收在这里的，很多是没有担负起报告文学真正使命的作品，阶级意识上非常成问题，而仅止于形式的接近”[③]，但是它对事变的了解与纪念以及让民众认识到报告文学重要性的功能却是无法绕过的。

群众写作最典型的当属茅盾1936年4月主编的《中国的一日》。该书仿照高尔基主编《世界的一日》做法，选择五月廿一日作为时间要求。编委会收到了来自社会各个阶层、各种职业的公务员、小商人、教员、学生、农民等三千篇以上的稿件，经层层筛选，留下其中的490篇，总计80万字。广泛的群众性是其最显著特色。编委们挑选稿件时既顾及地域性，也充分考虑投稿

① 丁晓原，《梁启超：中国报告文学奠基者》，载《晋阳学刊》，1999年第1期。
② 丁晓原，《论发生期的中国报告文学》，载《社会科学研究》，1999年第3期。
③ 阿英，《从上海事变说到报告文学》（代序一），见《中国报告文学丛书》第一辑第三分册，长江文艺出版社，1981年，第8页。

人的身份及社会属性。“其中，学生来稿约占总数百分之三四点九，教员占百分之一五点五，工人占百分之一点七，商人占百分之九，农民占百分之零点四，文字生活者占百分之四点七，其他自由职业、军警及属性不明者占百分之三三点八。”①辐射的广泛性将中国这一天各个地方发生的情况进行了文学性集合，也加快了报告文学文体叙事在普通读者心目中的普及。

紧随其后，1936年9月，上海天马书局出版了梁瑞瑜主编的报告文学集《活的记录》，编入作品52篇。1938年梅益选编的《上海的一日》共收录报告文学作品432篇，全书一百万字，是同类型报告文学群众写作规模最大的。40年代解放区中则有《红军长征记》《渡江一日》等群众性报告文学作品问世。类似的群众写作在新中国成立后依然存在，如《志愿军的一日》《志愿军英雄传》等。他们的编选无疑促进了报告文学的民间传播。虽然群众性报告文学创作整体艺术性较为薄弱，但如果不是这些作品的征集与选编，很难看到现代报告文学文体影响力的迅速扩散，自然更谈不上作为一种叙事文体的迅速成长。

到了新时期，中国报告文学第二个高峰期的达成，同样离不开群众写作的有力支撑，只不过，这阶段的群众写作的刺激动力更多来自全国性征文活动及相关的报告文学评奖、文学扶持等。不论是一开始设置的全国优秀报告文学奖，还是随后出现的更加亲民的“505杯”中国报告文学奖、“改革潮”报告文学奖，直至标示报告文学领域最高荣誉的鲁迅文学奖、徐迟报告文学奖等，各个类型的评奖机制都为报告文学提供了很好的发展平台，提供了源源不断的外在刺激。新世纪，在中国作家协会牵头下，

① 赵遐秋，《中国现代报告文学史》，中国人民大学出版社，1987年，第149页。

中国报告文学学会连同其他相关文学机构共同发起了包括“我与报告文学”“中国新时代之星报告文学”“‘时代人物’全国优秀报告文学作品”等大型征文活动，推动着群体性报告文学创作的时代延续。中国作家协会自2004年启动的重点作品扶持工程，对深入生活、聚焦时代的报告文学文体偏爱有加。马娜的《中国机器人》、纪红建的《乡村国是》、徐剑《大国重器》等都是其扶持下诞生的代表性文本。2016年以来，中国作协相继开展了“中国报告”中短篇报告文学创作工程和“时代楷模”报告文学创作征集活动。[①]“中国报告”工程资助了近五十个创作选题，推出了王宏甲的《塘约道路》等近百篇广受关注和好评的中短篇报告文学。“时代楷模”征集活动已扶持三十七个创作项目，刘国强的《祖国至上》等数十篇短篇报告文学在《人民日报》等媒体上相继发表。“报告文学创作是需要组织、引导与扶持的”[②]，这些机制的推陈出新，“导向”[③]着报告文学文体的大众普及。

二、底层叙事。作为一个扎根现实的文体，报告文学必然要直面现实，“关注经济社会的新发展新变化”。[④]现实社会生活既是报告文学赖以生存发展的根基，也是实现叙事功能的根本所在。报告文学产生于阶级冲突加剧的动荡时期，基希、马克·吐温、约翰·里德、高尔基等国际报告文学作家均倡导报告文学应该与被压迫者紧密联系，发出底层呐喊，如《震撼世界的十天》《密西西比河上》《秘密的中国》等。只不过，他们的结构方式

---

①欣闻，《出实招 求实效 推精品——文学创作重点作品扶持工程成果显著》，载《文艺报》，2019年3月13日，第1版。
②杨晓升，《报告文学：站在时代潮头 追寻中国现代化建设步伐》，载《文艺报》，2017年9月25日，第2版。
③石兴泽，《荣光与冷落：基于报告文学创作现状的几点思索——从一则报纸信息、十种杂志态度说开去》，载《海南师范大学学报》，2017年第6期。
④何建明，《文学要努力反映时代》，载《文艺报》，2018年4月23日，第6版。

更明显体现为一种历史的宏大叙事，并较少《深渊中的人们》这种底层关怀。

在充分吸收基希等的报告文学理论后，中国现代报告文学也将“底层叙事”进行了有效践行。30年代接连出现的《包身工》《流民图》《盐区妇女》《纺车的轰声》《矿工手记》等反映底层工农生活的报告文学文本，标示了现代报告文学作家在结合本国实际后有意识的文体创新。底层叙事体现在报告文学创作中有其多样性，既可表现为《三门峡截流小记》中对人民进步的讴歌，也可体现为《伐木者，醒来！》式的对民众缺陷与局限性的无情批判；既可像《哥德巴赫猜想》那般通过普通人物的塑造反映大的时代，也可采用类似《西部的倾诉》这种问题反映的方式来彰显底层生存的艰难；既可以是《落泪是金》般饱含深情的呐喊与呼吁，也可以像《国家书房》这类冷面素朴的白描与报告……不管是哪种选择，扎根底层、反映民生都是报告文学作家责任感最强力的释放。仔细梳理现代报告文学的文体发展史，这种底层关怀在现代报告文学界有着良好的延续性，足见报告文学作家对底层关注的自觉性。

“细微中见精神”[①]，表面看，底层叙事只体现为作家的题材选择，但本质上它是一种深层文学意识。“20世纪，报告文学的兴盛、繁荣与辉煌，已是不争的事实。它的最大特点是：报告文学的主流始终站在劳苦大众一边。”[②]报告文学作家能舍弃对上层社会的歌功颂德，却不能放弃对底层的人文关怀。这种底层叙事、“底层意识”[③]也是现代报告文学深受普通民众瞩目的重要

①常晓军，《报告文学：文学使命的坚守》，载《文艺报》，2017年2月27日，第6版。
②尹均生，《国际报告文学的源起与发展》，华中师范大学出版社，2009年，第379页。
③胡柏一，《报告文学的底层意识与作家的文学自觉》，载《文艺争鸣》，2004年第5期。

原因。

三、叙议结构。中国传统小说较之于西方最明显差别在叙事人称上。西方小说更偏重心理，因此第一人称叙事是更合适的选择。而中国传统小说偏重情节，因而更多使用第三人称的叙述方式。全知全能的叙事者能够在作品中随时出现，进行解释、过渡、评价等叙事干预。普通民众也渐渐习惯了这样的“说书人”角色。因此，在近代文化转型中，知识分子既力主革新，又不得不照顾到国内民众的阅读习惯。从报告文学文体发展的谱系上看，类似的聚焦方式也被梁启超、瞿秋白等第一代的报告文学作家承继下来，延续发展至今。

虽然《新大陆游记》《欧游心影录》《饿乡纪程》《赤都心史》等萌生期报告文学作品采纳的是与国际报告文学接轨的纪游体方式，但叙述者在作品内部的存在更明显。在进行非虚构叙述时，叙述者总会时不时站出来进行议论和评价。这在西方文学传统中实为罕见。虽然国际报告文学本着批判、倾向等目的也导向了叙述者外显，但在进行文体叙事时远没有中国报告文学这样直露，出现频率也不高。因此，即便是在20世纪30年代接受了西方报告文学理论滋养后，中国报告文学的叙议结构并没有因此退出叙事结构的方阵，反而在包括《包身工》《流民图》《萍踪寄语》《萍踪忆语》中有更明显体现，叙与议的结合也更加紧密。很快，“叙议结构”①演化成了现代报告文学叙事结构的基础体式。

叙议结构中，叙述者自由度较大，近似于古代小说中的说书人，能对场景进行生动还原，也可不动声色只是客观再现；能通过概述进行环境背景介绍，也可深入人物内心世界；能平铺直叙

①王晖，《二十世纪中国报告文学的叙述模式》，载《中国社会科学》，2003年第2期。

讲述事件来龙去脉，也可明目张胆直接进行主观议论……这种叙事结构方便了报告文学创作者对节奏的掌控，也因为更符合普通民众的阅读习惯而加速了报告文学文体的民间认同。从这个意义上说，如果中国报告文学改换其他结构方式，将严重影响文体的现实传播与接受。

理论与创作上对西方的单纯效仿对于20世纪30年代中国现代报告文学文体发展的特殊语境来说是必经阶段。伴随着报告文学在国内的开枝散叶，文体不断成长蜕变，中国现代报告文学并没有满足于域外资源毫无取舍的生搬硬套，而是在借鉴传统基础上实现了逐步“中国化”“大众化”，彰显着自身的“叙事优势”[①]。

第二节　政治化：报告文学文体的历史担当

纵观古代文学发展历史，“时运交移、质文代变”，文体荣枯深受时代语境影响。这种情状延伸到了现代文学阶段。时代变化带给作家审美创作心理的变化，直接体现为文体的发展与变异。但就中国文学发展脉络来看，政治这条线索却执着如一贯穿着。“政治是一个义项繁多的范畴。英文‘politics’含有‘策略’‘阴谋’‘权术’‘手腕’等意义，因而方正之士对政治往往侧目鄙夷。”[②]不管如何看待这一范畴，它的存在却是无可回避的事实。“作为一种特别能直面社会现实的独特文体”[③]，报告文学

①丁晓原，《重构报告文学的叙事优势》，载《博览群书》，2014年第6期。
②丁晓原，《文化生态视镜中的中国报告文学》，复旦大学出版社，2008年，第90页。
③李朝全，《报告文学发展中存在的问题》，载《南方文坛》，2009年第6期。

没有例外。

在持续很长时间的报告文学理论研究中，“政论性”作为描述文体特征的关键性术语频繁出现。它指的是以政治化视角关照文本中的人物、事件、问题等，并进行政治性议论。随着文学研究对政治意识形态束缚的逐步摆脱，“政论性”这个政治色彩极强的理论术语似乎有逐步退出报告文学研究的趋势。但不可否认，“政治意识形态”[①]长期对报告文学文体成长产生外在影响。“真理是艺术最上乘的原料。所以要认识没有自由的法西斯统治下的国家，决不能不多多地理解政治。在这种国家的文学中，充满了麻木的冷淡，关于嗜血和新领土的抒情的空想。在这里，正是由于作家对于人生问题缺乏理解，所以也就不能正确地提出问题。”[②]在基希看来，于报告文学创作者而言，对政治的理解至关重要。如果没有认知到这一点，就不能在创作中真正提出问题，更谈不上发挥报告文学文体的功能。“政治同构”[③]是报告文学理论研究绕不开的，也是现代报告文学发展的重要向度。

作为中国古代重要文学理论，“文以载道”有其特殊贡献。在它导引下，毫无功利性诉求的纯文学在任何阶段的中国都成了稀缺的奢侈。放眼浩如烟海的古代文学长廊，文学更多承担着程度不一的政治使命担当。传统孕育之下的萌生期报告文学也从古代文艺中继承了近似的文体意识，而且因时代之特殊性体现得尤其明显。伴随被迫开放带来的新思想传入，以及西方文化殖民带来的新闻事业繁荣，中国知识分子逐步觉醒。《循环日报》《时务

①王晖，《意识形态与百年中国报告文学》，载《社会科学辑刊》，2004年第2期。
②[捷]基希，《一种危险的文学样式》，见张德明编《中外作家论报告文学》，云南人民出版社，1985年，第276页。
③贺绍俊、巫晓燕，《大国气象·政治同构·文体意识——论新世纪报告文学》，载《文艺争鸣》，2010年第10期。

报》《湘报》等的创办，昭示了他们借以启蒙新民的变革意识。在纪实性的新闻中掺入作者主观议论，特别是《漫游随录》《环游地球随录》《新大陆游记》等域外采风性的信息承载，强化了这种社会性写作的启蒙功用。虽然就其实际收效而言，并未达到创作预期，但却是动荡时代里不可或缺的知识分子言说方式。比较而言，近代转型时期的报告文学更多是对域外自然与人文景观的实录，也将西方政治、经济、文化等进行体现，借以完成对晚清统治者思想落后、昏庸无能的批判，显示出对主流政治意识形态的对抗性。“五四”后的《旅欧通信》《饿乡纪程》《赤都心史》等延续了基本相同的叙述方式，“有一种普遍的政治性偏至”①。尤其是在《戊戌政变记》《二十一日听审的感想》《执政府大屠杀记》等时事性报告文本中，政治性事件完全成了叙事中心。这也是随后左翼意识形态主导现代报告文学并不明显的开始。

“左翼”一词本身就带有着“某些阶层、群体与主流的、居于统治体制中心的意识形态的监督与对抗”②的文化含义。因此，它引领下的文学具有革命、批判等激进的诉求。左联的成立与运作是在国际共产党组织协助下，而左联的文学主张很多源自十月革命后的苏联。这样一来，高尔基、赫尔岑等推崇的特写（报告文学）就进入左翼知识人的视野。川口浩的《报告文学论》、基希的《一种危险的文学样式》等理论文章很快被左翼知识分子译介、传播，用以指导报告文学创作。这个阶段的现代报告文学主要呈现出两种对左翼政治进行归附的文本形态：一种是关心下层疾苦。不管是《宿羊山麓之哀鸿》《参观闸北施粥厂》

---

①丁晓原，《论“全媒体”时代的中国报告文学转型》，载《文学评论》，2020年第1期。
②王晖，《意识形态与百年中国报告文学》，载《社会科学辑刊》，2004年第2期。

等对自然灾害、战乱之下灾民惨状的叙说，还是《包身工》《包饭作》《盐区妇女》等对底层群体生活的展示，写作主体倾向性都十分显见，同情底层不幸、揭示上层罪恶是其根本。另一种是对外族入侵的描述。《第七连》《台儿庄战场散记》《广州在轰炸》等既彰显国人的民族抗争意识，也体现出对右翼意识形态的批判。

需要指出的是，20世纪30年代报告文学体现出的左翼政治的导引性有着强大的外来进步文化背景。川口浩、巴克、基希等的理论性著述进入国内的同时，基希、史沫特莱、斯诺等的创作也逐步风行。这些文本给正在兴盛的现代报告文学以体裁、叙述方式等具体层面的指引，也将基希所说的“理解政治”传达给了中国报告文学作家。虽然也可将其影响视为古代文学“不虚美、不隐恶”的“实录”精神及晚清小说以来批判意识的现代回响，但基希《秘密的中国》等文本风行所带来的集体性仿效弱化了观点的合法性。现代报告文学在30年代的繁荣，与其说是充分借鉴吸收了外来文学理论创作之后的成长，不如说是它适应了时代对文学的政治化需求。

不过，政治文化对中国报告文学发展施行强势制导却是在新中国成立直至1976年间。政治本身全局性的召唤及控制以及报告文学创作对其高度的认同与归附，成就了这样一个特殊发展时期的存在。这种高度政治化的源头可追溯到1942年毛泽东《在延安文艺座谈会上的讲话》。“在政治文化主控的年代里，文学工作者对政治化的文学规约总体上是认同的。”[①]作家的主体性陷于一种集体失落的状态。左翼意识形态向国家意识形态的转变是新

① 丁晓原，《文化生态视镜中的中国报告文学》，复旦大学出版社，2008年，第95页。

中国成立后政治变化在文学领域中的直接体现，“它的结果就是导致了报告文学文体内蕴的改变，即由左翼意识形态对主流意识形态的批判、对抗、反思转换成对主流意识形态所要求内容的附和与歌颂”。[1]这既是报告文学适应时代新变的中国化表现，也是报告文学文体异化之尴尬的外化形态。虽然也偶有《在桥梁工地上》《本报内部消息》等批判反思文本，但总体看，本时期报告文学集中于抗美援朝与社会建设两个题材范畴，颂歌化是唯一基调。不管是《谁是最可爱的人》《歼灭性的打击》《生活在英雄们的中间》等军事题材的歌唱，还是《王家斌》《从城里来的姑娘》《三门峡截流小记》等对新农村、工程建设的颂扬，基希报告文学理论主张中所要求的批判性已不再，取而代之的是集体无意识般的颂歌化模式。

较之于国际报告文学，歌颂功能的文本可视作报告文学中国化的重要侧面。但是，十七年直至新时期以前的这类作品明显带有过于浓重的浪漫抒情化的情愫，并且这种情感的注入越来越浓烈，直到最后变成了宗教式的顶礼膜拜，而忘却了报告文学非虚构的客观要求。价值评判的单一化在红色年代确是不可避免。政治制导对文学的过分规约起到了对文艺思想控制的效果，但其对文体也是伤筋动骨的。

新时期的到来昭示了全新的政治文化语境，徐迟《哥德巴赫猜想》的顺利发表与推而广之确证了政治高压的松动。红色年代迷失的知识分子自我意识，在新的历史语境中被重新找回，报告文学写作重回正轨，很快迎来又一次高峰。政治意识形态在本时期的作用不像30年代的引导，也不像十七年以来的规约，而是采

---

①王晖，《意识形态与百年中国报告文学》，载《社会科学辑刊》，2004年第2期。

取更加自由的方式支持文学的多元发展。众语喧哗、百花齐放成了本时期报告文学的成长趋态：既有《地质之光》《哥德巴赫猜想》《大雁情》《奇异的书简》等对普通科学家、知识分子、思想者的中立书写，也能看到《一封终于发出的信》《痴情》《倒在玫瑰色的晨光中》《正气歌》等对"文革"罪孽深刻的揭露与反思；既能看到《中国的"小皇帝"》《伐木者，醒来！》《西部在移民》等对于社会问题的全面探讨，也能看到《性别悲剧》《绿色罗曼——当代中国军人婚姻透视》等对于女性、婚姻世界的深度聚焦……基于这样的丰富性，报告文学"再也不是徘徊于新闻与文学之间的时常找不到自己准确位置的东西，而是作为一种独立的、日臻成熟的文学样式，在我们的文坛勃兴起来了。它完全有资格与小说、诗歌甚至戏剧等文艺形式并驾齐驱，争相媲美"①。

即便如此，仍不能忽略《热流》《三门李轶闻》《励精图治》等报告文学叙事文本存在的价值和意义。对经济改革、先进人物、重大工程、重大科技成就等的歌颂，散发着政治意识形态对报告文学的吸附作用。在相当长的历史时域中，报告文学所受政治意识形态影响都如影随形，其对报告文学写作主体、文本叙事乃至传播与接受的外在制约都是深刻的、难以撼动的。这种政治化影响的强势波及20世纪90年代直至今日。伴随市场经济到来的商业主义，很大程度上改变了原有报告文学的叙述方式。抢进度、赛想象、批判退位、堆砌材料、篇幅冗长等一系列缺点的暴露，让我们看到了报告文学文体演进面临的全新挑战。不过，由它带来的多元而自由的写作形态却促进了报告文学文体又一次成

① 刘淮，《真实性·倾向性·艺术性》，载《文艺研究》，1980年第4期。

长。政治化长期笼罩之下的报告文学文体在这种相对世俗的意识形态导引下有了新的蜕变，批判、反思更多消解在了泛化的客观中。然而，回望历史，对影响中华民族现代化进程的重大实践、对新时期改革者、劳动者的塑造、对主旋律的张扬依旧按部就班，典型如《"希望工程"纪实》《飞向太空港》《根本利益》《生命的呐喊》《守望天山》等。新兴传媒改变了读者的阅读习惯，改变了报告文学的传播媒介，却依旧坚守在政治化形态上。即便是何建明的《落泪是金》、梅洁的《西部的倾诉》、魏荣汉的《昂贵的选票》、朱晓军的《天使在作战》等批判性写作，完成的只是对主流政治话语的一种补充。相对遗憾的是，20世纪90年代以来的报告文学在叙述者主观干预、政论性等方面已大不如前，这在一定程度上影响了人们对于报告文学生命强力的认知。

政治化倾向在现代报告文学发展的历史进程中一直以一种显要姿态存在。不论是萌生期启蒙新民的政治诉求，还是发展期左翼政治意识形态的强势介入，不论是十七年前后政治文化对报告文学的制导，还是新时期以来不间断的主旋律歌颂，总能从报告文学文体成长蜕变的脉络中剥离出政治身影。政治化作为中国报告文学文体耀眼的一环，是体现其文体承担非常重要的方面，也是报告文学叙事功能得以发挥的关键。30至70年代报告文学的政治化倾向可视为现代报告文学深受外国报告文学影响的外化形态，但就萌生期与新时期以来报告文学中如影随形的政治化形态而言，其深受中国古代文学影响的传承性自不待言。

第三节　互文性：报告文学写作的文体互渗

“报告文学和电影都是年轻的，非常年轻的艺术。在他们的活动上有着许多共通的地方。譬如特写，幻象，简单动作，剪接（Montage），等。”[①]巴克在论及报告文学创作时，提到了报告文学与电影之间艺术手法的相互借鉴。这种相互关系在时下文学理论中有专门术语指称——“互文性”（Intertexuality），它由法国符号学家朱丽娅·克里斯蒂娃1969年在其《符号学》中首次提出。在她看来，每一个文本并非传统意义上的自足，而是都作为其他文本的镜子，每一文本都是对其他文本的吸收与转化，它们相互参照，彼此牵连，形成一个潜力无限的开放网络。随着罗兰·巴特、哈罗德·布鲁姆、巴赫金等人对互文性理论的拓展，它已经成为当下很重要的文本理论，展示了文学研究的多种向度。

概而言之，互文性理论主要包含两个含义：其一，对于任何一个确定的文本来说，它都不是孤立的，它需要与它所引用、改写、吸收、扩展或在总体上加以改造的其他文本之间形成一种相互的关系；其二，任何文本都是一种互文，在一个文本中，不同程度地以各种多少能辨认的形式存在着其他文本；譬如，先时文化的文本和周围文化的文本，任何文本都是对过去引文的重新组织。按照这两方面含义，可将其区分为文本互渗和文体互渗两种基本形态。

文本互渗指两个或两个以上文本间的相互关系，可根据文本所属的叙述者不同将其分成两类情况：一种是单个作家的不同文

①[塞]巴克，张元松译，《基希及其报告文学》，载《国际文学》第4号，1935年。

本之间，另一种则是不同作家的不同文本之间。

作家内部的文本互文，针对单个作家而言。在他前后创作的文本中，时间虽有相应距离，内容上却有明显延续性。后一个作品往往从前一个作品的末尾谈起，或后一个作品的开始部分将前一个作品予以概述性介绍，从而引出随后内容，在报告文学中普遍存在的续篇、续集、系列作品等现象就是其习见的外化形态。这种现象在现代报告文学发展的萌生期就已开始。周恩来《旅欧通信》中的《留法勤工俭学生之大波澜》《勤工俭学生在法最后之运命》即对中国留法学生运动的持续关注。瞿秋白的《饿乡纪程》与《赤都心史》中单篇作品间的延续性显而易见，而这两个报告文学集之间也存在明显的文本互文。“此本为著者在莫斯科一年中的杂记，继续于《饿乡纪程》之后。(《饿乡纪程》已出版，商务印书馆改名为《新俄国游记》)。《饿乡纪程》叙至到莫斯科日为止，此书叙莫斯科生活中之见闻轶事。”[①]《赤都心史》引言中的这段话证明了二者间的互文关系。30年代报告文学创作的文本互渗最为明显体现在邹韬奋的《萍踪寄语》上。这一报告文学作品分成了初集、二集、三集三部分，叙写的是他因“爱国有罪”流亡国外期间的见闻与感受。这种系列性的作品在中国报告文学史上是首次，而其中蕴含的丰富内容则使这一作品影响巨大。不过，总体而言，碍于时代制约，一直到新时期前，中国报告文学创作中的文本延续现象并不出众。新时期较为宽松的政治文化环境，给了报告文学作家更加充裕的时空进行非虚构性的文学叙事。续篇、系列作品等一时蔚为风潮：孟晓云的“中学生三部曲”——《多思的年华》《我们与你们》《你在哪里失去

① 瞿秋白，《赤都心史》，见《中国报告文学丛书》第一辑第二分册，长江文艺出版社，1981年，第93页。

了他》表现了她对中学教育问题的热切关注；苏晓康的《阴阳大裂变》及其续篇《不结浆果的黄土地》“以丰富、典型的事例，深入、精到的分析以及全方位的立体方式，从宏观的角度观照了现代婚姻”[①]；高原的《百万大裁军》及其续篇《转业军官备忘录》则在对比之中对军队问题予以了抒发；何建明的“教育三部曲”——《中国高考报告》《落泪是金》《恐惧无爱》则紧跟时代步伐，关注中国世纪末的教育改革……这种文本间的互文接续彰显作家对某一现象的持续关注，而随后创作较之于前作更加理性的思考则能引起更强烈的社会反响。采取这样的叙事策略，对于报告文学叙事功能的发挥大有裨益。

作家之间文本的互文关系可表现为陈桂棣《淮河的警告》中对《沂蒙九章》的有意提及，但更多的却是表现为对同一题材的不同反应，即通常所说的类似作品现象。作家既可以在同一时间进行同一题材写作，也可以是有时间距离的先后创作。在中国报告文学发展的历程中，同样不乏例证。萌生期瞿秋白的《饿乡纪程》《赤都心史》首先将“世界第一新国”予以了客观的反映，随后胡愈之的《莫斯科印象记》、林克多的《苏联见闻录》、陆宁普的《莫斯科观感录》延续着中国知识分子对苏联这个新兴社会主义国家热切的兴趣。发展期的报告文学面临着动荡的战争语境，在左联引导下，底层关注成了文学大众化必然的叙事选择。《纺车的轰声》《包饭作》《包身工》虽创作时间不同，但无一例外侧目于纺织工人苦难不堪的被剥削生活。政治制导之下的十七年报告文学写作，题材选择高度集中于抗美援朝与社会主义建设上，魏巍的《谁是最可爱的人》、巴金的《生活在英雄们的中

① 章罗生，《中国报告文学发展史》，湖南人民出版社，2002年，第288页。

间》等表现出了对志愿军战士的饱含深情……新时期以来的现代报告文学呈现出了异彩纷呈的绽放姿态，但是相同题材仍有着不同作者的共同重视。徐迟的《地质之光》与黄钢的《亚洲大陆的新崛起——从李四光走的道路看新中国地质科学的跃进》不仅在题材上都选择李四光为中心，而且在伦敦归国、总理接见、主席关切等具体情节设置上互文照应，确证着其非虚构的文体品格。麦天枢的《爱河横流》与苏晓康的《不结浆果的黄土地》关注于安徽定远县农村中的落后，二者在包括私奔、拐卖、童养媳、彩礼等多种不合理或不正常的婚姻现象的列举过程中体现出明显的互文对照。1987年，李树喜的《大兴安岭火灾纪实》、乔迈的《火后论火》、中夙的《兴安岭大山火》等则同时倾注于对大兴安岭火灾的报道，透露出反思意味……不同作家对于同一题材互文性的表现能够形成一种集束性的聚光状态，表现出社会知识人对于某一个特定事件、人物、问题的共同关注。虽然他们选择的角度会有所差异，但正是这种差异性造就了对文本对象思考的全面与反思的深入。

除却文本互文，现代报告文学的丰富性也在文体互文上用力颇多。文本互文也称文体交叉，即在报告文学写作中将新闻、小说、诗歌、戏剧、影视等其他文体予以形式上的借用、文体上的结合，从而呈现出“复调”[①]形态，而非纪实报告的独调。

“从文体内视角考察，一种新的文体，它产生于对原先存在的文体的创造性转化中。”[②]现代报告文学从新闻脱胎而来，它带有显见的互文体性无可厚非。梁启超、黄远生、康有为、瞿秋

① 丁晓原，《“复调”与“复式”——新世纪十年报告文学观察》，载《文艺争鸣》，2011年第4期。
② 丁晓原，《文化生态视镜中的中国报告文学》，复旦大学出版社，2008年，第62页。

白等早期报告文学作家都属于杂家型的历史人物，例如梁启超是著名的报人、政论家和有一定创作实绩的文学家。内忧外患的时代里，他们急需通过文学表达实现启蒙新民的目标。纪实性地传达真实、典型的社会信息，成了发生期现代报告文学首要的文体使命，但并非所有这类作品都能被定性为报告文学。在新闻的“硬”前提下，还需适度掺入政论性的“软”，只有外化并强化作家主体性的主观性表达的参与，才使新闻这种讲求客观呈现的作品兼而有了议论与抒情。这就使萌生期报告文学同时具备了新闻性、政论性与文学性的杂体互见的文体特征。这种杂体性特征在瞿秋白的《饿乡纪程》与《赤都心史》中体现得尤为明显，“我愿意突出个性，印取自己的思潮，所以杂集随感录，且要试摹‘社会的画稿’，所以凡能描写如意的，略仿散文诗。材料的来源，都在我莫斯科生涯中。约略可以分作几种：杂记，散文诗，‘逸事’，读书录，参观游览记”。[①]这种将散文诗置于报告文学的做法自然是作者文体意识模糊的体现，但正是萌生期报告文学所确立的这种杂体互文的体式导引着整个现代报告文学的后续进展。

20世纪30年代，现代报告文学迎来了全新的发展。基希的报告文学不仅在理论方面对中国报告文学予以了指引，也以《秘密的中国》等为其提供了创作实践的范本。巴克谈及基希报告文学所说的报告文学与电影之间技巧上的相互借鉴很快地被国内作家效仿。采用“新闻剪集”与“镜头切换”的结构方式的宋之的的《一九三六年春在太原》无疑是最典型文本。作者以客观冷静的姿态展示了所见所闻，而“零散片断”的思想情感抒发则将主观

① 瞿秋白，《赤都心史》，见《中国报告文学丛书》第一辑第二分册，长江文艺出版社，1981年，第92页。

的讽刺与批判进行了抒发。语言上的俭省跟宋之的戏剧家的出身有直接关系，但富有艺术示范性的却是戏剧、新闻、电影等其他文体技巧的有效渗入。而在《包身工》中，虽然选取的是包身工的群像，但作者化用了小说的叙述技巧，突出了芦材棒这一典型人物形象，通过对个人命运的苦难来反映整个阶层生活的不堪。包括萧乾的《流民图》、范长江的《塞上行》等文本，随处可见电影特写聚焦手法的运用。多种文体技巧的吸纳为报告文学的发展积累了重要的叙事技巧。

十七年报告文学因为政治制导的颂歌独调而陷入写作上的模式化，但这并不妨碍其在形式层面上对电影等其他文体技法的借用。《为了六十一个阶级兄弟》正是十七年报告文学成熟运用电影分镜头手法的绝佳范本。整个文本采用了蒙太奇的画面拼接方式进行结构，显示出了抢救战斗的紧张与助人为乐的感人。虽然只是白纸黑字的现场还原，却突出了荧幕上的画面感。蒙太奇手法的使用使作者巧妙完成了地点的交叉切换，从容驾驭着时间的紧凑，从而使作品获得了永久性的艺术价值。

新时期以来的报告文学，百花齐放是其显见的发展趋态。作家作品之众、艺术成就之高、社会影响力之大都无与伦比。其实，本时期报告文学的繁荣也体现在叙事技巧的创新上。“小说的描写与结构技巧、戏剧的对话艺术和电影的分镜头的叙述方法，以及诗歌的跳跃手法”[①]等等，只要是能够丰富报告文学写作技巧的，无所不包。很多报告文学的开头部分将小说结构中的悬念设置予以引入，然后再沿着问题的拆解展开叙事，强烈的故事性达到了对读者的诱引，如理由的《扬眉剑出鞘》与《她有

①尹均生，《国际报告文学的源起与发展》，华中师范大学出版社，2009年，第354页。

多少孩子——记著名妇产科专家林巧稚》、杨世运等的《从青工到副教授——李慰萱发奋自学二十年》、乔迈的《三门李轶闻》等；有的报告文学则引入大段戏剧性对话，如徐迟的《哥德巴赫猜想》、黄宗英的《大雁情》、涵逸的《中国的“小皇帝”》等；电影蒙太奇的艺术手段持续发挥着它的叙事魅力，如理由的《痴情》、李鸣生的《飞向太空港》……这一方面来源于许多作家有不同文体的创作经历，另一方面也在于报告文学自身文体上的求新求变。多重创作手法的吸收借鉴并不影响报告文学文体品格的显现，反而因其宽阔的包容性而使报告文学获得了长足进步。

20世纪90年代以来的报告文学同样延续了文体间互文的惯性。只不过，视野的全面性与冗长的篇幅使读者很容易忽视其中采纳的多种艺术手法。黄传会的《“希望工程”纪实》运用了电影镜头定格手法；杨黎光的《没有家园的灵魂》叙事悬念的设置、散文的句式、诗歌的节奏以及对人物心灵书写的重视；一合《红与黑—— 一个“两面”市长的悲剧和自白》中生动的细节描写、戏剧性的冲突场面、人物对白；朱晓军《天使在作战》中的典型人物塑造……可以说，正是由于这一系列其他文体叙事技巧的采纳，才使许多原本篇幅过长的文本依然适应市场经济时代人们不同的阅读兴趣，从而在文学日益边缘化的时代里发挥着报告文学犀利的现实干预功能。

当然，报告文学当中体现出的互文现象还有很多其他的形态，例如《哥德巴赫猜想》对陈景润论文的引用、《大雁情》加入的“阳虚鸟迹”神话、《奇异的书简》对两人书信的摘录、《中国的“小皇帝”》开头的美国《新闻周刊》文章、《强国梦——当代中国体育的误区》中李闻的《母亲的心》的全文、《淮河的警告》开头的古老歌谣、《没有家园的灵魂》中的中外名言……

由上观之，国外报告文学理论所提倡的文体间的互文在被国内报告文学作家吸收时，更多被转化成了相对浅层的文本间互文。这可以视为中国现代报告文学文体创造性的重要发展向度。互文性理论在文化层面上的深入使得文学话语具备了更加丰富的形态，现代报告文学发展有赖于互文手法的运用而持续显示着其经久不衰的艺术生命力与现实效用。

第四节　民族性：中西报告文学的文体差异

关注现实的特质使报告文学在中国与西方都取得了卓著收获。非虚构所代表的文学趋势，已成为当下文学领域最重要的发展趋态之一。作为一种世界性文体，在并不漫长的发展历史中，中西方报告文学在非虚构性、文学性、新闻性、批判精神等诸多层面上显示出了相同诉求，也逐步明确了这一文体的基本属性。中西共享着报告文学文体成长的硕果累累。当然，共性追求的背后更不能忽略民族精神、价值观念、文化背景等差异所造成的迥异文学选择。

首先，大众化作为中西报告文学共同的追求都将底层关怀、群众写作等予以践行。但这并不意味着两者在实现大众化过程中就完全类同。仅就人物形象择取这一点，就能轻易看到中国同国际报告文学在实现大众化过程中截然不同的方式。西方报告文学更加重视的是本色与个性，而中国报告文学则更加侧目于崇高与平凡这两个向度。国际报告文学更多作为阶级性分明的文体出现在读者视域中。西方文学对于个体的重视同样在报告文学文体中有着张扬性的体现：

他一忽儿在两个小房间之间来回踱步，一忽儿坐下来，一忽儿躺下来，一忽儿倚着桌子读一叠报告。毛夫人还没有睡。忽然间，他们两个都俯下身去，看到一只飞蛾在蜡烛旁边奄奄一息地死去，高兴得叫起来，这确是一只很可爱的小东西，翅膀是淡淡的苹果绿，边上有一条橘黄色和玫瑰的彩纹。毛泽东打开一本书，把这片彩色的薄纱般的羽翼夹了进去。①

如果剔除“毛夫人”“毛泽东”这两个提示性的词语，很难想象这是一个叙写中国伟大领袖的报告文学文本。斯诺选择毛泽东捕捉飞蛾作标本这样一个日常生活化的细节看似平淡无奇，实则饶有深意。一方面，昏黄跃动的烛照之下，毛泽东依旧在为人民解放事业辛勤工作、不懈思索，另一方面则显示出了艰苦环境之下革命领导人乐观的生活态度。奄奄一息的飞蛾不仅是具象的昆虫，而带有相当程度的政治隐喻。面对如此闲适的生活，斯诺不免发出“这样的人会是真的在认真地考虑战争么？”②的追问，富余生活情趣的细节活画出了血肉丰满的毛泽东形象。这种人物塑造的方式同西方以人为本的文化传统密不可分。英雄、典型也是凡人，因此，细致刻画英雄人物作为普通人的一面成了西方报告文学相同的选择。这就不难理解高尔基会将为人处世的细枝末节来叙写列宁光辉形象，而舍弃了对他革命生平的连贯叙述，“他看《服装史》，散步，同别人争论，爱听讲故事，他生活

①[美]埃德加·斯诺著，董乐山译，《西行漫记》，生活·读书·新知三联书店，1979年，第88页。
②[美]埃德加·斯诺著，董乐山译，《西行漫记》，生活·读书·新知三联书店，1979年，第88页。

在同志们和人民中像鱼在水中一样自由自在”，他“对于世界上的一切有着生动的、无穷的兴趣，对于人们抱着一样温和的态度”。[①]

较之于英雄典型形象的日常本色，西方报告文学在描摹社会众生时则表现出了对人物个性的重视。在斯诺的《西行漫记》中，除却毛泽东外，还有形形色色的社会众生，斯诺在敏锐观察基础上突出其个性特征。“满面春风，身上穿着一套褪色的制服，红星帽的帽檐软垂，慈蔼的眼睛上戴着一副眼镜，一只腿架已经断了，是用一根绳子系在耳朵上的。这就是财政人民委员！”[②]寥寥数笔，一位勤俭而睿智的财政委员形象活灵活现。“同一个农民讨价还价半天，最后把一只心爱的兔子换了三只西瓜。吃了西瓜，他很不高兴，要把兔子还给他！”[③]三言两语，就展示了红军战士内心中的七情六欲。独臂将军蔡树潘“有时他很不高兴地看着他的空袖子”，“再三要求我回到白色世界后给他寄一条假臂”。[④]底层众生平凡又普通，但在斯诺笔下，每个人物都以其个性化的性格特征给读者留下深刻印象。

中国报告文学人物形象塑造的方式明显区别于西方。叙写英雄人物过程中，中国作家往往热衷于抓取其伟大品质与忘我的牺牲精神进行细致呈现。在中国文化的载道传统与牺牲精神导引之下，英雄人物重德重义、甘于奉献、超乎凡人的伟岸形象成了中国现代报告文学的显见特征。瞿秋白的《饿乡纪程》同样塑造

①张德明，《外国报告文学选》，光明日报出版社，1985年，第48页。
②[美]埃德加·斯诺著，董乐山译，《西行漫记》，生活·读书·新知三联书店，1979年，第213页。
③[美]埃德加·斯诺著，董乐山译，《西行漫记》，生活·读书·新知三联书店，1979年，第306页。
④[美]埃德加·斯诺著，董乐山译，《西行漫记》，生活·读书·新知三联书店，1979年，第331页。

了列宁形象，但他无疑是高大的。“列宁出席发言三四次，德法语非常流利，谈吐沉着果断，演说时绝没有大学教授的态度，而一种诚挚果毅的政治家态度流露于自然之中。”“安德莱厅每逢列宁演说，台前拥挤不堪，椅上，桌上都站堆着人山。电气照相灯开时，列宁伟大的投影投射在共产国际，‘世界无产阶级联合起来’，俄罗斯社会主义联邦苏维埃共和国等标语题词上，又衬着红绫奇画——另成一新奇的感想，特异的象征。……列宁的演说，篇末数字往往为霹雳的鼓掌声所吞没。……”[1]“文以载道”的观念影响下，中国文学历来崇尚现实效用，这种对于英雄形象的仰视姿态无疑能为社会公众树立榜样，承载着民众的理想人格。特别是在战争语境下，刘白羽、华山、魏巍、巴金等的报告文学创作都给人一种浓烈的英雄情结。较之于西方报告文学如水流淌般对英雄人物人性方方面面的裸露，中国现代报告文学则给人一种“山”的印象——骨气与伟岸。中西方文化对于完美与真诚不同的追求，恰恰在报告文学文体中得到了很好体现。

底层关怀作为中国报告文学实现大众化绝佳的途径已获得足够关注。因此，除却相对有距离感的英雄叙事，现代报告文学也将平凡众生纳入自己范畴之中。绝少嬉笑、认真生活、勤劳而又理性地面对生活磨难、倔强地奋斗等几条，基本就能凝练出中国报告文学作家笔下普通人的生存状态。因此，普通人在中国报告文学中往往被处理成某一阶层的代表，典型如《包身工》中的芦柴棒：

就拿上面讲到过的芦柴棒来做个例吧，——其实，这样

① 瞿秋白，《赤都心史》，见《中国报告文学丛书》第一辑第二分册，长江文艺出版社，1981年，第118页。

的情况每个包身工都会遭遇到：有一次，在一个很冷的清晨，芦柴棒害了急性的重伤风而躺在“床”上了。她们躺的地方，到了一定的时间是非让出来做吃粥的地方不可的，可是在那一天，芦柴棒可真的挣扎不起来了，她很见机地将身体慢慢地移到屋子的角上，缩做一团，尽可能地不占地方。可是在这种工房里面，生病躺着休养的例子是不能任你开的，一个打杂的很快地走过来了。[①]

仅从一个细节，夏衍就还原了包身工震撼人心的困苦生活。虽然以芦柴棒作为例证，整个文本留给读者印象最深的也就是悲苦无助的芦柴棒。然而在塑造过程中，作者并不注意凸显其个性特征，而是将其作为整个包身工阶层的典型，借以传达出对所有包身工的同情及制度批判。20世纪80年代以来的问题报告文学、全景式报告文学大多采用类似处理方式，《中国的“小皇帝”》《西部在移民》《丐帮漂流记》《中国农民调查》等都以个体展示指向对某个群体的情感评判。

崇高与平凡、本色与个性——作为中西报告文学人物形象不同的叙事选择，将中西不同的文化性格予以充分表现。二者在现实基础上延续传统，并无孰轻孰重评判的必要。

其次是政治化影响下的情感抒发。“中国的报告文学和国际报告文学有一个共同特点，即鲁迅称之为‘呐喊的文学’，为贫苦人民呐喊，为无产阶级呐喊，为反帝、反封建呐喊，浸染着强烈的政治色彩和革命基调。”[②]中国现代报告文学在其源起阶段

---

① 夏衍，《包身工》，见《中国报告文学丛书》第一辑第一分册，长江文艺出版社，1981年，第269页。
② 尹均生，《从国际报告文学视阈审视中国报告文学》，载《广播电视大学学报》，2010年第1期。

就被渗入了启蒙新民的政治印记，经由30年代的国际报告文学影响，政治化成了不可磨灭的印记。但中西方不同的文化传统还是带来了二者包括政治性抒发在内的不一样的情感表达——西方报告文学热衷寓情于事，中国报告文学则往往直抒胸臆。

作为国际报告文学的标杆，基希的报告文学文本具有范本意义。例如他采用虚实相交、对比映衬的手法写《斗鸡》，将墨西哥乡村的“斗鸡图”具象化，但是他并未满足于写“鸡”，而是由斗鸡写到场边赌徒，“等到一方终于躺在地上起不来时，胜利者并不以胜利自居。它不像人在胜利时那样，发出胜利的欢呼，自豪地绕场一周。它满身血污，安静地站在临死的高卢人旁；它侧过身子，好像不是看它建树的丰功伟业，只是当牺牲者抽搐地动一下，它才转过身，给它补上一刀。这样，斗败者就完全断气了”。[①]作者没有直接抒发对赌徒的愤懑或哀悼，而是将这种情愫融入叙事进程，对鸡的“哀其不幸，怒其不争”事实上指向了场边观战的赌徒们，通过表达对鸡的悲哀之情，基希不动声色地将希冀传达出来。

另一位国际报告文学大师斯诺同样是寓情于事的高手，“我曾经站在那弹痕累累的内城城墙下，看到上万名学生在这里集合，他们不顾宪警的棍棒，齐声高呼：‘一致抗日！反对日本帝国主义分割华北的要求！’……他们不怕坐牢，也不怕可能丢脑袋，大批走向街头，喊出了那被禁的口号：‘停止内战！国共合作抗日救国！’”[②]将自己视为世界公民的斯诺，对于发生在中国的战争导致的人民生活的水深火热表示深切同情，又对爱国学生

① 张德明，《外国报告文学选》，光明日报出版社，1985年，第126页。
② [美]埃德加·斯诺著，董乐山译，《西行漫记》，生活·读书·新知三联书店，1979年，第8页。

运动予以赞赏。他的情感也并非按捺不住，而是暗含在娓娓道来的叙述中。

可见，西方国家的报告文学作品，极少见到诸如伟岸、赞颂、卑鄙、可恶等具体标示情感评判的词语，更多通过细节、语言、动作等具体事件叙述达到传情达意的叙事目的。这一点，中国现代报告文学作家则有着不同的叙事选择。

包括《哥德巴赫猜想》《国殇》《大雁情》《天使在作战》等作品，强烈的抒情性是其共性特点。在他们看来，隐匿性的叙事无法传达出作者好恶，更无法引起读者共鸣，因此，古代小说等叙事文本中浓墨重彩的说书人形象在现代报告文学中得到了重生。“就有这样的糊涂话：这个人，研究（1+2）的问题。他搞的是一套人们莫名其妙的数学。让哥德巴赫猜想见鬼去吧！”，面对如此可笑言论，徐迟没有坐视不理，而是予以犀利回答，“说这话的人才像白痴呢！”[①]作者没有将批判场面予以展示，只是借助于对“糊涂话”本身的还击来表达对荒谬的批判。

理由的报告文学被学界称为“小说化式报告文学”[②]。他一向以结构精巧、细节真实、人物刻画显示着报告文学创作的独异性。即便如此，在《扬眉剑出鞘》的最末，作者还是没能例外地直接表达对栾菊杰的赞誉之情，而且是以政治高度对其进行评价。“在党中央领导下，八亿人民扬眉吐气，毫光四射。作为体育战线一名普通战士的栾菊杰，她的剑脱鞘而出，凝聚着祖国的灿烂霞光！”[③]这种直抒胸臆在中国现代报告文学的任意时期都

---

①徐迟，《哥德巴赫猜想》，见《中国报告文学丛书》第三辑第五分册，长江文艺出版社，1982年，第110页。

②张春宁，《中国报告文学史稿》，群言出版社，1993年，第396页。

③理由，《扬眉剑出鞘》，见《中国报告文学丛书》第三辑第五分册，长江文艺出版社，1982年，第220页。

是一以贯之的，《饿乡纪程》《包身工》《谁是最可爱的人》《奇异的书简》《大桥》等文本中都能看到类似的直接表达。

寓情于事与直抒胸臆虽然都传达政治性的倾诉，但不同的表达方式还是确证了中西方不一样的情感言说习惯。

其三在于互文性上的差别。国际报告文学寓情于事的特点有赖于其叙事上的优势，欧美报告文学创作擅长场景再现，在文体上更多借鉴电影、小说、戏剧等叙事文体的结构艺术及悬念设置、蒙太奇、戏剧冲突等技巧，生动曲折的故事是其显在特点。巴克在论及基希报告文学时所提到的电影叙事技巧与报告文学之间的相互借鉴已提示了这一点。

> 我跑到一个高地，下面是一个水塘，周围长了很高的草，我在那里躲到太阳落山。士兵们追捕我，还强迫一些农民帮助他们搜寻。有好多次他们走得很近，有一两次我几乎可以碰到他们……可是我还是没有被发现。最后，天黑了，他们放弃了搜寻。[1]

这是斯诺《西行漫记》中毛泽东撤离时的自述，通过真实的语言将场景进行故事性再现，其叙事方式对于读者的吸引完全采纳的是小说的做法。包括随后对红军长征艰险与士兵勇猛的细致描绘也都借鉴的是叙事性作品中的技巧。基希的《列宁同志问候你》、史沫特莱的《伟大的道路》等同样凸显了故事的曲折性与事例的典型性。

叙事见长带来的另一个优点在于欧美报告文学语言风格上的

①[美]埃德加·斯诺著，董乐山译，《西行漫记》，生活·读书·新知三联书店，1979年，第146页。

简洁生动。在叙事与写景中蕴含作者主观态度，“时当五月，山洪暴发，水流湍急，河面甚至比长江还宽，……安顺场以西四百里，峡谷高耸，河流又窄，又深，又急的地方……”[①]表面看，这只是在进行环境描写，但事实上，仅从简短的字里行间，已可窥视到作者对红军战士飞夺泸定桥之英勇无畏的歌颂之情。

相比较而言，中国古代文学明显缺乏叙事传统，虽有唐传奇、明清戏曲等叙事性文体，但并不纯熟。因此，中国现代报告文学的作者更多从其母体散文中寻找滋养。特别是新时期以来的报告文学热潮中，对于散文化结构方式、诗意抒情以及情绪性话语的运用成了一种集体无意识。虽然现代报告文学也对小说、戏剧、电影等叙事文体的技巧借鉴颇多，但在《哥德巴赫猜想》《一封终于发出的信》《小木屋》《奇异的书简》《西部的倾诉》等文本中，更多是散文的精致与流畅。“且让我们这样稍稍窥视一下彼岸彼土。那里似有美丽多姿的白鹤在飞翔舞蹈。你看那玉羽雪白，雪白得不沾一点尘土；而鹤顶鲜红，而且鹤眼也是鲜红的。它踯躅徘徊，一飞千里。”[②]许多中国报告文学作家的文本语言中，既能看到他们醇厚的古典文学素养，也能直接感受到他们诗意的抒情，韵味深长，正如李春雷谈到的“在文学表现上，我追求一种介于散文、小说和新闻之间的文本”[③]。所以，中国现代报告文学常常出现的古典诗词互文也就顺理成章了。当然，也因为重于抒情，中国现代报告文学的语句较之西方更加典雅，甚至因此而失于冗长。

---

①[美]埃德加·斯诺著，董乐山译，《西行漫记》，生活·读书·新知三联书店，1979年，第176页。

②徐迟，《哥德巴赫猜想》，见《中国报告文学丛书》第三辑第五分册，长江文艺出版社，1982年，第116页。

③李春雷，《新时代县委书记的好榜样——长篇报告文学〈县委书记〉创作感言》，载《中国艺术报》，2019年5月8日，第8版。

归结而言，不论是本色与个性同崇高与平凡之间的人物塑造方式的差异性，还是寓情于事与直抒胸臆的表达上的区别，抑或文体互文上的不同带来的叙事上的长与短，中国现代报告文学在诸多的层面上都表现出了对西方报告文学的学习与超越，而其民族性光芒散发的关键正在于中西不同的文化传统与现实语境。